竜《りゅう》王《おう》様《さま》のお気《き》に入《い》り！

ブサイク泣き虫、溺愛に戸惑う

野羊まひろ
Mahiro Yagi

—— Illustration ——
螢子 Keiko

Dragon King's Favorite

この物語はフィクションであり、
実際の人物・団体・事件等とは、いっさい関係ありません。

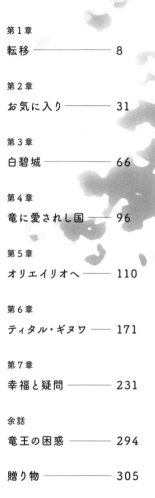

登場人物紹介

竜王様（リューイ）

八つの異世界を管理している神竜。
好みの魂を持つ人間を「お気に入り」として
発情する習性がある。
陸は今まで会ったことがないほど
相性の良い人間だが…！
人間姿だと絶世の美男子だが、
エッチの時以外はドラゴン姿が多い

保科陸《ほしなりく》

爬虫類顔の高校生。どこに行っても
トカゲ男呼ばわりのひどい扱いを
されていたが、まっすぐな心の持ち主

保科海斗《ほしなかいと》
陸の弟。美形の優等生で、
兄を馬鹿にしている。
一緒に異世界に召喚される
クスタディオ
竜に愛されし国（リュティビーア）の
神官長。100年ぶりに現れた
「お気に入り」陸に大感激！
シジス
竜に愛されし国
（リュティビーア）の神官。
辛辣な青年だが陸には甘い
エルミア
竜王を信奉する竜に愛されし国
（リュティビーア）の王子だが、
姉姫が「お気に入り」に
選ばれなかったことで陸を敵対視する
セキ
竜王様の従者①
しっかり者でリーダー格
のカエル
セイ
竜王様の従者②
堅物で、真面目なカエル
コウ
竜王様の従者③
明るくてひょうきん
なカエル

Dragon King's Favorite

竜王様のお気に入り！

ブサイク泣き虫、溺愛に戸惑う

第1章　転移

学校の渡り廊下で、目の前を歩いていた女生徒が、手のひらサイズのぬいぐるみを落とした。

女の子が、バッグに着けているアクセサリーのようなものだ。ピンク色のクマ。別になにも考えずにそれを拾って、「落としたよ」と声をかけただけ。なのにその女子は振り返って俺の顔を見ると、わかりやすく表情を嫌悪に染めた。

「うわ、ヘビ男じゃん。あんたが触ったのなんて、キモくてもういらないって。捨てといてよ」

「ちょ、面と向かってそこまで言う？　ひどいねー、あんた」

一緒に歩いていた友人らしい女子は、口ではひどいねなんて言いながら笑っていた。

「だって、なんかこいつが触ったところジメっとしてそうだしー」

「あー、なんかわかるわ」

アハハハハ、と無邪気に笑いながら去っていく彼女達。捨てろと言われたピンクのクマを握りしめたまま、黙って見送る。

——なんで俺、ぬいぐるみに触っちゃったんだろう。単に、落としたよって声をかけるだけにしておけばよかった。それ以前に、落とし物なんて無視すればよかった。

ああいう反応をされることは、わかっていたのに。言葉の暴力をぶつけられることには慣れているが、何度言われても、何度笑われても、悲しいものは悲しい。

俺、保科陸《ほしなりく》は不細工《ぶさいく》だ。日本人だってのに赤茶けた髪、色素の薄い茶色の目。細い目は凶悪なほど釣り上がっていて三白眼《さんぱくがん》、眉毛は幅は太いのに生えてんだか生えてないんだかわからないほど薄い。

鼻はありえないってくらい低くて扁平《へんぺい》だし、青白い肌に対して、唇はなにも塗っていないのに妙に赤くて薄く、横に広い。歯並びはガタガタな上、八重歯がやたらと発達していて、笑うと悪魔のようだと評されたことがある。だからなるべく、笑わないように。人前では大きく口を開けないように、気をつけている。

毛の生えにくい体質なのか、ヒゲも生えないし腋毛《わきげ》もない。日に焼けず、年中青白い肌は他人の目に不気味に映るらしく、顔立ちも相まって蛇《へび》だとかトカゲとか、爬虫類《はちゅうるい》を連想させるようだ。そんな異相《いそう》を少しでも隠したくて前髪を長くしていると、顔を覆うその髪型がまた陰気で鬱陶《うっとう》しいと陰口を叩かれた。

平均程度の身長はあるものの、食が細い上に筋肉が皆無でガリガリに近い痩身《そうしん》なのも気持ち悪く見える一因みたいだけど、無理をして食べると吐いてしまうし、筋トレをしても、筋肉の欠片《かけら》もつかない。だいたい、俺のこの顔で筋肉をつけたらつけたで、それもまた気持ち悪いと言われるだけな気がする。

美男美女と周囲からもてはやされる容姿の両親は俺が成長すればするほど顕著《けんちょ》になっていく不細工さにショックを受け、母は整形疑惑を囁かれて鬱《うつ》になったし、父はＤＮＡ鑑定をしてまで俺との血の繋《つな》がりを確認したのだそうだ。

そんな両親だから、二歳下に生まれてきた弟が自分達に似た端整な顔立ちだったことに歓喜して以降は、俺など、存在すら認めたくないのだろう。弟のあとに生まれた妹も、両親の恵まれた遺伝子を受け継いだ見目《みめ》麗《うるわ》しい美少女で。美しい両親と天使のように無垢《むく》で愛らしいふたりの兄妹。その家族構成の中に、俺のような醜《みにく》い長男が入る隙間など一ミリもなかった。

自宅は、広大な土地を有する煉瓦《れんが》造りの古い洋館だ。財産家である母の家系が代々受け継いできた家屋《かおく》は、見た目も古ければ内装も置かれている家具もすべてアンティークで、維持費だけでも馬鹿にならない。母方の祖父母、両親、俺達兄弟の他に、常時十人ほどの使用人が住み込みで働いており、専属の庭師、車の運転手がいる。

時代がかった造りながら瀟洒《しょうしゃ》な屋敷は部屋数が多くて、幼少期の俺は、家の中で何度も迷子になったものだ。いつかすべての部屋を見て回りたいと幼心に夢想していたが、それは叶わなかった。俺の姿を見ると気分を害するという母と祖父の指示により、自室から出ることを禁じられていたからだ。小学校に入学する頃には——屋敷を囲う外壁の内側、庭園の片隅に建てられた平屋建ての小さな離れに隔離《かくり》された。

まだ桜の蕾《つぼみ》もついていない、肌寒い春の日。俺の手を引いて離れに導いたのは、杖をついている祖母だった。小柄な祖母の後ろには、長年仕《つか》えている使用人の老女が一緒についてきていた。

母は俺の姿を見るだけで情緒不安定になってヒステリーを起こすし、祖父は俺の醜い容姿を罵《ののし》り、視界に入るとどこかへ行けと追い払う。父は、俺などいないものとして完全に無視していた。そんな中、特別優しくしてくれるわけではないけれど、『おばあちゃん』と呼びかけても許してくれる祖母のことを、俺は慕っていた。

こつん、こつんと地面を突く杖の音と、自分の手を包み込む温かい手のひらの感触を、未だにうっすらと憶《おぼ》えている。思い返せば、俺が家族の体温を温かいと感じられるほどに接触したのは、この時が最後だったかもしれない。

なにか話したはずだけど、祖母と交わした会話は憶えていない。子どもだった俺は、自宅の敷地内に出現した新しい建築物に興奮していて、そこに入れたことを単純に喜んでいたのだ。

離れの中を、老いた使用人が案内してくれた。風呂とトイレの場所、使い方。引き戸で仕切られた寝室と、狭いキッチンスペースに置かれた小さな冷蔵庫。テレビが置かれた八畳ほどの居間の壁際には、真新しいランドセルが乗った子ども用の学習机が置かれていた。ぴかぴかのランドセルを見てはしゃぐ俺だけを残して、気がつけば祖母と老女は外に出ていた。カシャン――外側から、鍵をかける音が響く。

扉の向こう側では、なぜか祖母が泣いていた。不憫《ふびん》だ、不憫だという呟《つぶや》きが泣き声に混じったが、当時の俺は『ふびん』という言葉の意味を知らなかった。

おばあちゃん、なんで泣いているの？　泣かないで。開かない扉の向こうに必死で呼びかけると、祖母の涙声は更に大きくなって、やがて遠ざかっていった。

置き去りにされたまま、陽が落ちて暗くなっても、ひとりぼっちのまま。部屋の照明をつけるためのスイッチは高い位置にあり、つま先立ちになっても届かない。隅っこの暗闇から、今にも得体の知れないオバケが出てきそうで……暗い室内が怖かった。

誰か、迎えに来て。食堂で、家族といっしょにご飯食べたいなんてわがまま、もう言わない。弟や妹に会いたいって、駄々《だだ》をこねないよ。ぼく、ちゃんと自分の部屋で、静かにしているから――。

押しても引いてもびくともしない出入り口や、格子のはまった窓からの脱出は不可能で、離れから出ることを諦める頃には、幼いながらもなんとなく自分の立場を悟った。

家族が住む屋敷から、追い出されたんだ。

「……おなか、すいた」

冷蔵庫を開くとこぼれてきた照明の明るさで、少しだけ怖さが和《やわ》らいだ。入っていたパック入りの牛乳を、プラスチックのコップに移して少量ずつ飲む。

寒いから、本当は冷たいままじゃなくてホットミルクが飲みたかった。屋敷の中でなら、お手伝いさんに頼んだら温めてもらえるのに。

窓から差し込む月明かりを頼りに、テレビのリモコンを探し当てる。まっ暗な部屋の中、テレビの液晶画面が明るく浮かび上がった時、それはただのニュース番組だったのだけれど、耳に届いた他人の声に、すごくほっとした。寝室から持ち出した毛布にくるまり、つけっぱなしのテレビの前で寝てしまった。

——翌朝から一日三回、食事が差し入れられるようになった。

数日に一度、使用人が離れの中を無言で掃除して、洗濯物を引き取っていく。冷蔵庫やキッチンには最低限の飲み物や菓子類が置かれ、常に補充される。

小学校に入学すると、朝、開錠されて外出を許されるようになった。下校して自宅前の門をくぐると、使用人の誰かが俺を離れへ誘導し、また扉に鍵がかけられる。

必要なものがあればそれを伝えた次の日には用意されるので、生活に不自由はない。

ただ、どれだけ望んでも与えられないものは、両親の愛情と、家族との交流だった。

庭に造られた人間用の犬小屋で生活するようになって、どれくらい経《た》った頃だったか……たしか一年も経っていなかったはずだ。元々闘病中だった祖母が亡くなった。葬式への出席は認められず、祖母付きの使用人である老女から、その死を聞かされた。

『死』がなんなのか、まだよくわからなくて「おばあちゃんに会いたい」とだけ訴えると、祖母よりも年配の使用人は、「もう二度と会えないのです。人が亡くなるとは、そういうことです」淡々と、そう説明して去っていった。

物心ついて以来、お前が泣くと鬱陶しいと、母に何度も叱られた。顔が醜ければ、声まで耳障《みみざわ》りだと。泣き止まなかったら叩かれるから、泣くのはいけないことだと思っていたんだ。

だけど、祖母に二度と会えないと知った俺は悲しみの衝動に襲われて、いつの間にか声をあげて泣いていた。ひとりぼっちの離れで泣き声をあげる分には、怒る人なんていない。咎《とが》められることもないのだと、ようやく気づいた。

大人で唯一自分を疎《うと》まなかった祖母を想い、気が済むまで泣いた。

血の繋がった家族とはいえ、同じ敷地内で住む場所も別、食事も別。親戚に会うような行事には一切呼ばれず、家族旅行にだって、同行が許されるはずもない。

離れから見える立派な洋館は、近いのに遠かった。

「あーあ、本当に馬鹿だね兄さんは」

そんな声をかけられて、はっと我に返る。女生徒達が去ったあと、人気のない廊下でぼんやりとしていたみたいだ。

「誰かに話しかけても気持ち悪がられるだけなんだから、もういっそのこと喋《しゃべ》らなきゃいいんだよ」

「海斗《かいと》……」

話しかけてきたのは、弟の海斗だった。さっきの一部始終を見ていたらしい。

慌《あわ》てて、手の中に握りしめていたピンクのクマをポケットに隠した。こんなことをしても見られた事実は変わらないのに、馬鹿みたいだ。

弟は今春から、同じ高校に入学してきた。俺の、色素が抜けたような赤茶けた髪の毛とは全然違う、艶やかで綺麗《きれい》な黒髪、優等生然とした男らしくて端整な顔立ち。ふたつ歳下なのに身長はすでに俺を追い越していて、若干《じゃっかん》見下ろしてくる。容姿だけじゃない。海斗は成績優秀でスポーツ万能、楽器をやらせればなんでも、簡単に弾きこなしてしまう。

両親からすれば、すべてが自慢の愛息子《まなむすこ》。俺の顔を見ると怖がって泣き出す妹は、海斗に抱き上げられればすぐに泣き止む。

今はたまたまひとりのようだが、海斗の周囲には男女問わず常に人が集まる。同じように美しく、明るく、社交性にとんだ人間ばかりだ。小中高と、当たり前のようにいじめられ、周囲から孤立して友達のひとりもいない俺とは、あまりにも正反対な男だった。

「兄さんが余計なことをすると俺まで恥かいちゃうから、もっとおとなしくしといてよ」

「……ならっ、同じ高校に来なきゃよかっただろ！　なんで、なんで来たんだよ、お前」

おかげで、悪目立ちするようになった。ひっそりと息を潜《ひそ》め、いじめや投げかけられる暴言を我慢してヘラヘラして。せめて暴力の対象にならないように、地味な生活を心がけていたのに。

教師にもクラスメイトにも、知らない下級生にまで、出来のいい弟と常に比較される。兄弟なのにありえないほどに似ていない顔を嘲笑《ちょうしょう》され、海斗の人気を妬《ねた》んだ生徒から絡まれて理不尽な暴力を受けたこともある。

小学校、中学校と海斗のせいで嫌な思いはすでに散々味わってきたから、高校は別のところにしたかった。自宅から通学するには少し遠くて、絶対弟が選ばないような二流の高校をわざわざ選択したというのに、海斗は両親や教師の反対を振りきって俺と同じ高校へ進学してきたのだ。

「ん？　理由なんて決まってるじゃない」

「な、なんだよ」

海斗は一歩足を踏み出し、美麗《びれい》な口元をニヤリと歪《ゆが》ませながら、心底楽しげに囁いた。

「頭が悪くて、不器用で、しかもそのブッサイクな顔面。ただでさえ完璧な俺が、兄さんっていう引き立て役のおかげで更に素晴らしく引き立つよ。『あんなのが兄弟だなんて可哀想《かわいそう》』っていう同情まで得られて、最高。大学まではさすがに兄さんのレベルに合わせる気ないけど、高校まではこの状況を楽しみたくってさ」

「そんな、理由で……！」

優越感に浸るために、俺を引き立て役にして利用しているということか？

ひどい。あまりに自分本位で、勝手だ。

「それにね。俺のせいで嫌がらせ受けてる兄さんとか、俺と比べられて、もう高校生になるってのにヘコんでこっそり泣いてる兄さんを見るのも、大好きなんだ」

俺が嫌がらせを受けていることまで、知っていたのか……。

最低なことを言いながら、弟は晴れ晴れしい笑顔を浮かべた。

泣くな。

泣くなよ、俺。泣いたらそれこそ、こいつの思うつぼじゃないかって、思うのに。

さっきの女子達にこけにされた時からくすぶっていた悲しさと、実の弟から浴びせられる悪意に、堪《こら》えきれないみじめさがこみ上げてきて、目が勝手に潤んでいく。

嫌だ。泣いている姿を、見られたくない。俺は顔を覆って、逃げようとした。なのに海斗が腕を摑み、痛いほどに握りしめて逃がしてくれない。

まだ、なにか言い足りないのだろうか。俺を傷つけ足りないのだろうか。

「離せっ」

「兄さんさぁ……」

弟が言葉を続けようとした時だった。

その体が急に、眩《まばゆ》い光に包まれたのは。

「うわっ」

「海斗っ！　なんだこれっ」

「わからない……っ！　か、らだが……後ろに引っ張られてる!!」

海斗の背後から出現した光は、あっという間に全身を飲み込んでいく。弟を、先が見えない光の彼方《かなた》へ連れ去ろうとしているかのようだ。

憎たらしい奴だけど、このわけのわからない展開で見捨てるほど、人間終わってない。俺は必死で、海斗の腕を引っ張った。

弟も、常にない焦《あせ》った形相《ぎょうそう》で、俺に縋《すが》りついてくる。腕を持つだけじゃダメだ。背中に手を回して、がむしゃらに抱きしめた。けれど全然、力が及ばない。引きずられる。

「海斗……っ！」

「兄さん！　嫌だ、離れないで！」

足を踏ん張って、力の限り海斗を引きとめようとしたものの――吸引力の方が強くて抗《あらが》いようがなく、俺たち兄弟は抱き合ったまま、謎の光に飲まれてしまった。


光がまぶしすぎて、目を閉じていても瞼《まぶた》の裏がチカチカする。

キィ――ンと金属を打ち鳴らしたような耳鳴りと、ジェットコースターで脳を揺さぶられたあとのような浮遊感。胸のむかつき。胃の中のものがせり上がってきて、口元を押さえる。

「大丈夫？」

「うぐ……吐き、そう」

ほんの数十秒だったように思う。海斗と一緒に光に包まれた直後、なにも見えなくなってがくんがくんと身体が激しく乱高下《らんこうげ》した挙句《あげく》、冷たくて固い床の上に投げ出された。

海斗が、まるでなにかから守るように、俺をぎゅっと胸に抱き込んでいる。周囲で誰かが興奮して叫んだり、歓喜するはしゃぎ声をあげており、耳に響いてひどくうるさい。

「＊＊＊＊＊＊！　＊＊＊？」

「＊＊＊、＊＊＊＊＊」

そっと目を開くと、薄暗い石造りの部屋の中だった。天井がなくて、降り注ぐ月光と松明《たいまつ》の灯《あか》りだけが光源となっている。

――月？　なぜ、月が出ているんだ。さっきまで、間違いなく昼間だったのに。

でこぼこした石の床にはまるで魔法陣みたいな模様が白い線で描かれていて、その中心に俺達はいた。室内には、俺と海斗の周囲に六人の人間がいる。足元まであるローブを着ていて深くフードを被《かぶ》っているので、顔立ちもなにもわからない。みんな大柄《おおがら》で、声の低さからして男のように思う。

彼らが話しているのは、まるで聞いたことのない言語だった。英語でもない、中国語でもない。何語？

「ここはどこですか？　あなた達は、誰ですか？」

謎の光に包まれて同じ体験をしたはずの海斗は、気分の悪さなど微塵《みじん》も感じていないように、周囲の人間に対して堂々と質問までしている。

「＊＊＊＊＊、＊＊＊＊＊＊＊？　＊＊＊」

「え……、はあ、言葉はわかるのですが、意味がわかりません」

「＊＊＊＊＊、＊＊＊＊＊」

「＊＊＊、＊＊＊＊＊＊＊＊＊＊？」

「はあ？　ちょっと、笑えちゃうなあ……ははっ」

俺には聞き取れない言語を話す相手と、海斗が日本語で会話を交わしている。そして、堪えきれないとでもいうように苦笑までしている。

「海斗、なに、話してる……」

「いや、兄さんのことをトカゲ男《リザードマン》か？　って言うからおかしくて。兄さんの顔って万国共通で爬虫類なんだね」

「お前、この人達の言葉がわかるのか……？」

「兄さん、わからないの？」

さっぱりわからない。

状況がまるで把握できないまま、ひたすら吐き気と戦っている間も、海斗は彼らと更に会話を重ねている。海斗は日本語なのに、それに対応する彼らが喋っているのは、俺には理解不能の言語。なのに、会話が成立している。

ああ、思考が働かない。ゾクゾクとした寒気がひどくなってきて、胃がねじれるように痛い。

「海斗、ごめん。吐きそう……」

「いいよ。無理せずに吐いて」

「う、ぐぇ……っ」

耐えきれず、ついに胃の中のものが逆流した。苦酸っぱい味が口の中に広がり、吐瀉物《としゃぶつ》が喉から床へとしたたり落ちてしまう。周囲の男達が驚いたように、嫌悪感丸出しでざわめいているが、一度吐きだしたら止まらない。

膝をついて激しく咳き込む俺の背を、海斗が優しく撫でてくれている。俺の吐き出したものがズボンに付着しても怒ったりしないのが、不思議だった。『気持ち悪い』『俺に迷惑かけるなよ』記憶の中には、そんな言葉で罵る弟の残像しかないから。

「＊＊＊！　＊＊＊、＊＊＊＊」

むしろ周囲の男達が怒ったように騒ぎだし、海斗から俺を引き離そうとしているのか、いきなり腕を摑んで力任せに引っ張られた。

自身の薄っぺらい身体が、一瞬浮いたかと思うと――床に、叩きつけられる。

「兄さんに、触るな!!」

海斗が悲痛な響きを含みながら叫んだ途端《とたん》、空気が。

空気が、なくなっていく。

身体が床に縫いつけられるように重くなる。酸素が消え失せ、まるで見えない巨大な鉄球がのしかかっているかのようだ。背中が重くて痛くて、その上、呼吸ができない。

「＊＊＊！　＊＊＊＊＊＊＊＊＊！」

「＊＊＊＊＊、＊＊＊＊」

「＊＊＊！」

突如発生した怪現象は俺だけではなく他の男達にも影響があるみたいで、部屋の中で立っているのは海斗だけだった。他はみんな、苦しそうに床に倒れ伏している。

圧迫感から声が出なくて、ひゅーひゅーと、先ほどの嘔吐で傷《いた》んだ喉から、熱い息だけが漏れる。

苦しい。苦しい。

背骨がみしみしと音をたてていて、折れそうだ。

助けて。誰か、助けて。

「兄さん！」

海斗の焦ったような声と、男達の理解不能な叫びが交差する中。

痛みと呼吸困難の極みで、俺は意識を手放した。

目を覚ますと、埃《ほこり》だらけの場所で寝ていた。口の近くや手のひらが、砂埃でざらざらする。

高校の制服である、黒い学ラン姿のままだ。ポケットからピンクのクマのぬいぐるみが少しはみ出しているのが、やけにシュールだった。

ここはどこだろう。地下なのか、窓のひとつもない。四方は石壁で囲まれていて、壁だけでなく床まで、じめっとした石畳。

喉がひりつくように痛くて、自分自身の吐瀉物のせいで汚れたらしく、制服はひどく臭《にお》った。室内全体も黴《か》びたような匂いが漂っていて、特に部屋の隅にある溝《みぞ》からは吐き気をもよおすほどの異臭が漂っている。

もはや、吐き出すものも残っていないけれど。

少しずつ、直前の記憶が戻ってくる。学校の渡り廊下で、弟と一緒に不思議な光に包まれた。光が消えたあと、周囲には顔の見えない男達がいて、俺には理解できない言語で話す彼らと、海斗は日本語で会話していた。俺が嘔吐し、引き離されそうになって海斗が怒鳴った直後に、身体が重くなって息ができなくて……。

そのあと、どうなったんだ?

海斗は無事だろうか。

室内の様子は暗く、わかりづらい。目が慣れてきたからよくよく目をこらせば、六畳程度の広さがある。隅の方にいる自分の視線の先には金属製の錆《さび》ついたドアがあり、その下の差し込み口のような場所にはトレイがあって、木のコップに入った水と、パンらしき食べ物が置いてあった。

――水！

思わず、飛びついた。毒かもしれないとか、これで病気になるかもだなんて、考えもしない。喉が痛くてたまらなくて、ひりついた粘膜を潤すために夢中で飲み込む。

余裕なく水を喉に流し込んだせいか、途中でゲホゲホとむせてしまった。それでも、最後の一滴までコップの中のぬるい水を飲みきって、未練がましく縁をぺろりと舐める。できればもう一杯欲しい。

咳が落ち着いたあと、とりあえず言葉が通じなくてもいいから誰かいないかと、鍵のかかった鉄の扉を叩いて「誰かいませんか」と呼びかけたものの、辺りはしんと静かで、人の気配はなかった。

せっかく水分を摂取したというのに、涙が滂沱《ぼうだ》と溢《あふ》れてくる。

誰か、今の状況を説明してほしい。

ここはどこ？　日本じゃないことくらいは、うっすらと想像がついている。俺は、いったいどんな手段で移動し、なんでここにいるんだ？　海斗はどこにいるんだろう。俺と同様、別の場所に閉じ込められているのか？

「誰か……」

ひどいしゃがれ声しか出ない。

喉が痛い。全身が痛い。

疑問だらけ。――夢なら、覚めて。

「う……、っひ、……誰か、いませんか……」

冷たい扉に縋っていくら嗚咽《おえつ》を漏らそうと、すべて説明してくれる親切な神様も、この状況から救ってくれるヒーローも現れなかった。

なにもわからないまま、埃にまみれ、異臭を放つ自分の学ランにくるまって眠る。

日本では春から初夏へと移ろう季節だったけれど、外の様子も見えないここ《ここ》では天候すら不明だ。凍え死ぬような気温ではないというだけ。ただ、石の床は冷え冷えしていて、横になっても壁にもたれて座り込んでもひんやりと冷たく、常時寒かった。

生理的な欲求がこみ上げたので仕方なく部屋の隅にある溝に用を足すと、一定の時間ごとに水が流れてそれを片付けた。

かたん、と音がしたのに気づけば、扉の下に水と簡素な食料が提供される。差し入れる誰かに、懸命に「ここから出してくれ」「お願い、なにか話してください」「言葉、わかりますか」などといろいろ話しかけてみたものの、扉の向こうからはなんの応《こた》えもなかった。

食事が差し入れられる時以外で、扉の外に人の気配を感じることはない。

日の光も差さない、薄暗いこの部屋に閉じ込められて、どれほど経っただろう。半月？　一ヶ月？　頭がおかしくなりそうだ。一日の食事が何度なのかもわからない。腹が減って胃が引き絞られるような感覚に襲われる頃、ようやく一杯の水と、硬いこぶし大のパンが差し入れられる。

初日はすぐに飲み干してしまった水だが、今は大事に何度かに分けて飲んでいる。パンも、一度に食べてしまわずにちびちびと前歯でかじった。

風呂にも入れず、服も同じものをずっと着っぱなしだから、なんだかねっとりして感じる。きっと、垢《あか》まみれで服も自身もひどく臭うのだろうけれど、もう嗅覚《きゅうかく》はとっくに麻痺してしまっていて、くさいとも感じない。

不細工で、家族に疎まれていて。学校では無視されるかいじめられて、友達もいない。

生きている価値を見いだせずに、今までだって何度も、自分を消し去りたいと願ったことがある。つらいことがあるたびに、いっそ死にたいと考えるのなんて、日常的ですらあった。

だけどなんだかんだいって、日本での俺の生活は平和だったんだ。離れに隔離されていたとはいえ綺麗な家に住んで、風呂もトイレもあって。退屈だったらテレビを観たり、ゲームをしたり。食事に不自由することは基本なかったし、学校にも通わせてもらった。孤独だったけれど、人と接して過ごしていた。

ここでは、まるで自分が人間じゃなくて、檻《おり》に入れられたただの動物みたいだ。

誰と口をきくこともなく、眠ることしか、自主的にすることがない。固い石の上で寝ても眠りは浅い。お腹が空いて死にそうなんて感覚、初めてだ。水が貴重に思えることも。風呂に入りたい、歯を磨《みが》きたい、好きなだけ水が飲みたい。糖分が欲しい。毛布にくるまり、清潔な布団で眠りたい。……誰かに、会いたい。

――すべて叶わないのなら、もう死にたい。どうやったら死ねる？　舌を噛み切るような勇気も覚悟もなければ、差し入れられる水とパンを口にせず、餓死《がし》を選ぶという意思の強さもなかった。

飢餓感《きがかん》を抱えて、ただぼうっと過ごしている時に唐突に差し入れられる粗末な食料が、いつしかご馳走《ちそう》のように思えて、見るだけで唾が溜まって食べずにはいられなかったのだ。

水分も栄養も足りなくてカサカサに荒れていく、肌と唇。垢が溜まって伸びていく、汚い爪先。痩せっぽちだった身体は更にガリガリに痩せてしまい、皮膚のあちこちが痒い。頭皮もべっとりしていて、少し掻くだけで重たいフケがぼろぼろと落ちてくる。

気が狂ってしまえば、すべてが些細《ささい》なことなのだと、気にもとめなくなるのかな。

誰でもいいから、どうか俺を殺すか、狂わせてくださいと――漠然《ばくぜん》と祈るだけの日々を送っていた、そんな時。

海斗が、俺を訪ねてやってきた。

扉の上部に、向こう側からだけ開く窓口があり、そこが開いて海斗の声が部屋に響いた。

「兄さん！」

「かいと……」

久しぶりに発した自分の声は、弱々しく掠れていた。

よろよろと、扉に駆け寄る。顔の上半分しか見えないけれど、嬉しかった。人と会えて、こうして会話を交わせることが。

「お前、無事だったのか」

「俺のことより、自分の心配してよ！　……ひどい臭い。あいつら、信じられない！　ごめん、兄さんがこんなに不潔な場所にいるなんて、知らなかったんだ。すぐに出られるよう、手配するから」

「なあ、ここはどこなんだ？　日本じゃないよな？」

「……兄さん、落ち着いて聞いてね。ここ、日本じゃないどころか地球じゃない。違う世界……異世界なんだよ」

なにを、言っているんだ。弟の言っている言葉の意味が飲み込めないまま、俺を見下ろす海斗の目を、ただ見つめ返す。

「今でも納得しかねるんだけど、俺は……『勇者』なんだって。黒髪黒目なのはこっちの世界にはいなくて、特別な存在だとかなんだとか。この世界にいる『魔王』を倒すために、召喚《しょうかん》されたらしい。で、その時に接触していた兄さんは巻き込まれて、一緒に来ちゃったんだ」

「巻き込まれて……？」

「そう。俺はこっちの世界に『渡って』くる過程で、言葉もわかるように、そしていろんな『特殊スキル』と『魔力』を授《さず》けられた。初日に、兄さんの気を失わせてしまったのは、俺の『魔力』の暴走のせいだったんだって……。あの暴走以来、人間とは思えないくらいの力がふつふつと湧いてくるんだ。触るものが、全部勝手に壊れちゃうんだよ。だから、兄さんに触れることもできない。今、力をコントロールできるように訓練しているところ」

「海斗。俺、巻き込まれただけなら、先に日本に帰れないのか？　だって、なんかよくわかんないけど、ここの人達が必要なのってお前だけだろ？」

必死だった。

海斗の気持ちだとか立ち位置だとか、慮《おもんぱか》る余裕なんてない。この牢から出て、日本に戻れるなら土下座でもなんでもする。足を舐めろと言われたら舐める。

しかし、疑問を投げかけると、海斗はそれまで眉を顰《ひそ》めて申し訳なさそうな表情だったのに、突然すっと目元を翳《かげ》らせて表情を消した。

「帰すわけないでしょ」

「え?」

「……なんでもない。一応、俺を召喚した魔術師に訊《き》いてみるよ。期待はしないで」

「今、帰すわけないって、言ったじゃないか! なんでだよ、帰らせてくれよ。俺、いらないじゃん!」

——ドゴッ!! 激しい打撃音が響き渡った。

固い金属製の扉が、こちら側に大きくへこんでいる。海斗が、こぶしを叩き込んだのだとしか思えない位置だ。分厚い金属製の扉を素手でへこませる力を持っている、現在の海斗。

驚くほどに冷たい眼差《まなざ》しで、俺を見下ろしている。

ごくりと、無意識に唾を飲み込んだ。

「とにかく。兄さんの待遇は、すぐ改めるように言いつける。だから、あとほんの少しだけ待っていて。絶対、悪いようにはしないから」

「……かい、海斗。……海斗っ!!」

待って! そう呼びかけたけれど、海斗はなにも応《こた》えずに扉の窓を閉めて、靴音を響かせながら遠ざかっていく。

誰の気配もなくなったあと、石牢の中でへたり込んだ。海斗との会話の内容を頭の中で反芻《はんすう》しながら呆然《ぼうぜん》としてしまい、しばらくそのまま動けなかった。勇者? 魔王? 意味がわからない。

まるで動物みたいに四つん這いになって、床に置いていた学ランの上着ににじり寄り、そのポケットに入っていたピンクのクマを取り出す。

この空間で他人の存在を感じられるものといえば、これだけだからだ。

小さなぬいぐるみを両手で握りしめていると、もう出し尽くしたと思っていた涙があとからあとから溢れ出てきた。ぼたぼたと膝に落ちていく雫《しずく》を、拭う気にもなれない。

石牢での生活は、俺の精神力を削りきっていた。

あの魔法陣のあった部屋で、すでに悟っていたさ。言葉はわからなかったけれど、この世界へ『招かれた』海斗と違って、俺はイレギュラーで『招かれざる』者だったのは明らかだ。

男達が、俺を見てリザードマンと呼んだのだと、海斗も嘲笑《あざわら》っていたじゃないか。リザードマンって、トカゲ男って意味のモンスターのことだよな。未知数でよくわからないけれど、海斗の権力で牢から出されたところで、自分が歓迎される存在じゃないってわかってるよ。

だって、海斗の兄だというのに、すでにここまでぞんざいな扱いを受けている。ただ生かされているだけで、人間扱いされてないんだぞ。

ここでも俺は、海斗の引き立て役。

『勇者』という救世主である海斗の、兄。不細工で役立たずで、弟みたいに特別な能力があるわけでもない。言葉も通じない、異邦《いほう》のリザードマン。

嫌だ、嫌だ、嫌だ。もうなにもかも嫌だ。

寝食の環境が改善されたとしても、こんなところに居《い》たくない。

俺は世界をまたいでまで、忌避《きひ》される存在なの？　醜いことが、そんなにも悪なのだろうか。

両親からは、高校を卒業したら家を出て行けと言われていた。そのまま帰ってくるなと。二度と顔を見せるなと。

それでいい。高校卒業まで金銭的に面倒をみてくれて、ありがとうございましたってなもんだ。

あと一年弱で高校を卒業したら、自分の素性を知る人が誰もいない土地に行って、ぐずな俺でもできる仕事をなにか見つけてさ。なるべく他人と関わらずに、静かに生活して……ひとりで人生を終えるつもりだった。恋愛や結婚だなんて夢、はなから見ていない。俺のことを好いてくれる人なんて、いるわけない。

ちゃんと、自分の立場くらいわきまえている。

ただ人並みの生活をして、息をしていたいだけだよ。

生まれたからには、いくら異形でもそれくらいの権利はあるだろ。じゃ、なかったら。

なんで神様は、俺みたいな人間を生み出したんだ。

——ごぽっ。

不思議な水音が耳に聞こえて、びくりと身体をこわばらせる。

音の発生源を見ると、暗くて狭い石牢の中に、大きな球体の水の塊《かたまり》が浮いていた。

……なに、これ？

薄暗い牢の中で、水の塊は虹色に輝いている。

ここから逃げるには死ぬしかないと真剣に考えていた俺に、七色の輝きはやたらと美しく見えて神々《こうごう》しかった。シャボン玉みたいにふよふよと宙に浮いて、大きくなったり小さくなったり伸縮を繰り返している。

そのうち、今度はどんどん膨張《ぼうちょう》しはじめた。部屋の中すべてを覆っていく。

ああ、飲み込まれる。

……なんでだろう、もう、生に執着していないからかな。

水の塊に覆われても、柔らかくて温かくて――心地よさしか感じなかったんだ。

窒息してもいいや。

この温かい水の中でなら。

第2章　お気に入り

ばしゃん！

膨張しながら浮遊していた水塊が、弾ける音が響く。

ぶわっと波打つほど大量の水が床に均等に広がっていって、俺はその中心でへたり込んでいた。虹色だと感じていた水の塊は、弾けてしまうとただの透明な水になった。

シャツもズボンもびしょ濡れで、肌に張りついている。ピンクのクマを握りしめて呆然としているヘビ男は、他人から見たらさぞかし滑稽《こっけい》で気味の悪いことだろう。

……あの石牢の中じゃない。薄暗かった牢から、いつの間にか――白い、すべてが白くて明るい清潔な場所に移動していた。床も、壁も白い。天井が高く、端が見えないほどに広い空間。

目の前には、サッカーボールくらいの大きさをした、色とりどりのいくつかの球体が浮いている。どれも複雑な色合いで、青いのなんて、まるで地球みたいだ。茶色いのや、緑のもの。マーブル模様のオレンジや赤っぽい球体。

釣っている糸も台座もなにも視認できないけど、複数の球体が浮いているのってどういう原理かな？　もういろいろありすぎて、どんな魔法でも理屈でも驚かない。

驚かないつもりだったけれど。

「竜王様！　落ち着かれてくださいぃぃぃーっ！」

「この貧相な人間で、間違いないのですね!?　ないのですね!?　あっあぁ、そんなに荒ぶられては、かように小さき者ではすぐに死んでしまいますぞ！」

「ひとまずは、わたくし達めに世話をお任せくだされぃ！」

背後から甲高《かんだか》い声がいくつも聞こえて、そちらに目を移した俺は、絶句した。

だって、三、四メートルはありそうな巨大な生物が、自分のすぐ後ろにいたのだから。

全身を覆う白銀の鱗《うろこ》。逆三角の、細い顔。左右対称で二本のつのがあって、顔の横には大きなとげとげしいひれが放射状に飛び出している。頭から背中にかけては鋭角な背びれがたてがみのように生えており、コウモリの羽みたいな骨ばった翼には、薄い膜が張っていた。

青い、まるで宝石のように輝くアーモンド型の瞳は、間違いなく俺を見据えている。鼻かどうかはわからないけれど、大きく裂けた口の上にある小さなふたつの穴が、ふーっ、ふーっ、と風を吹き出していて、興奮しているらしい荒い鼻息は、足元にいる俺まで届くほどだった。

これ、……これって。

俺の認識がおかしくなかったら、ドラゴン？　ゲームとかファンタジー映画に出てくる、あれ？

ドラゴンの足元には、背丈が小学校高学年くらいの人間大カエルが三匹、二足歩行でまとわりついている。さっきの甲高い声の持ち主はカエル達だったみたいで、色違いのフード付きチュニックを着た彼らはドラゴンを――俺を食べようとしているのかなんなのか、鋭い爪の生えた殺傷能力が高そうな前脚を突き出して、とにかく襲いかからんばかりの勢いである前傾姿勢のドラゴンを、その小柄な身体で必死に止めているようだった。

鱗をまとったドラゴンの体表を、小さな手でぺちぺちと忙しなく叩いている。

「お前達、まとわりつくな！　久しぶりにこの昂《たかぶ》りを覚えたのだ、疾《と》く堪能《たんのう》させよ！」

「せ、め、て！　人型をお取りください！」

「そのお姿のままでは、ひと摑みしただけで、この人間はご臨終《りんじゅう》でございまするー!!」

「むう……。そうか」

あれ。話の内容はよく理解できないけれども、なんでか日本語を話しているように聞こえるんだけど、俺の耳がおかしいのかな。

白銀のドラゴンと、洋服を着ている二足歩行の緑色のカエルが、日本語で会話。

なにこのファンタジー。

異様にもほどがある光景を前に逃げることすら思いつかず、座り込んだままぼけっとしていたら、髪からぽたぽたと水がしたたってきたので、無意識に目をこすった。

と、唐突に身体が浮いた。何事かと思ったら、明らかに日本人じゃない顔立ちをした長身の美男子に抱き上げられていた。いわゆるお姫様抱っこというやつである。同時に、あれだけ圧迫感のある大きさだったドラゴンが消えていて……。

「この姿ならよかろう」

青年の口から発された偉そうな低い声は、先ほどのドラゴンの声と同じものだった。

「竜王様、この少年、臭《にお》いますぞ。くさいですぞ」

「それに、ずいぶん弱っている様子。ほんの数刻だけお待ちくだされ！　やっと見つけた竜王様の『お気に入り』、我々とて長生きさせたいのでございます！」

「おや、本当に臭うな。そなた」

「は………」

惚けてしまって、なんの言葉も出てこない。

ドラゴンから人間に姿を変えたと思《おぼ》しきその人は、ギリシャ神話の挿絵に描かれるような形状の、ゆったりとした黒い衣服に身を包んでいた。

――絶世の美貌とは、このような顔のことをいうのだろうか。

自然な長さに切り揃《そろ》えられた、内から輝きを放つサラサラの銀髪。同色の睫毛《まつげ》はけぶるように長く、覗《のぞ》く瞳は宝石のサファイアをそのままはめ込んだかのように鮮やかな碧眼《へきがん》。彫りが深く真っ直ぐな鼻梁に、厚くも薄くもない、綺麗に色づいた唇。俺の青白くてじめっとした肌とは、根本的な造りから違う、艶があるのに白く透き通ったハリのある肌。

ああ、俺の貧しいにもほどがある語彙《ごい》では、とても彼の美しさを正確に表現することなんてできない。こんなにも美しい人が、逞《たくま》しい腕で俺を抱き上げている。推定一ヶ月、顔も身体も洗っていない、垢まみれで汚い、びしょ濡れのヘビ男を。

あまりにも、明確な格差。自分がひどく矮小《わいしょう》で醜い存在であるという自覚が大波のように胸に押し寄せてきて、羞恥のあまり、今こそ即死したい気分に陥《おちい》った。

「く、くさいし、汚いんです！　はな、は、は、離ひてくださいっっ」

ようやく声が出せたと思ったら舌が回らなくて、めちゃくちゃ吃《ども》ってしまった。

「竜王様、ほれ、こちらにお渡しください。我らが湯に入れ、ぴっかぴかに磨《みが》いて参りますゆえ」

「ほんの束の間の辛抱ですぞ！」

美しい人の周囲では、二足歩行のカエルがぴょんこぴょんこと跳び跳ねて、俺の身柄を渡すよう要求していた。緑色のつるつるヌメヌメした肌で、つぶらで大きな黒い目、アマガエルをそのまま人間大に巨大化したようなカエルが三匹、赤、青、黄色という色違いのチュニックを身につけて、時代錯《じだいさく》誤《ご》な言葉遣いで喋っているのだ。

「風呂になど入れずとも、綺麗にするだけならば。すぐ……」

彼がふぅっ、と唇を尖らせて小さな息を吹き出した、その瞬間に。

濡れていた服も体も髪の毛も、からりと乾いていた。同時に、ずっと感じていた肌や頭髪の粘ついた不快感も消えた。歯の裏のざらざらした歯垢《しこう》すら、消えた……!?

なに、これ。この人が、なにかしたのか?

魔法のような、不思議な超常現象に目を丸くして驚いていると、目の前の麗人《れいじん》が目元をほんのりピンク色に染めて、じっと熱のこもった眼差しで俺を見つめていた。

「な、ななな、なに。なんです、か?」

「……可愛らしい」

「はぁ!?」

幻聴!? 十七年の人生で、自分には一度たりとも縁のなかった単語である。

「キリリとした琥珀《こはくいろ》色の瞳。余計なおうとつのないつるりとした顔立ち、それに、この赤く薄い唇……。なんと蠱惑的《こわくてき》に私を誘うのだ」

「え、は、えええええええ、ぁ、ぅん……っ」

美男子が、やるせないようにばっさばさの睫毛を伏せがちにして、顔を近づけてきた。と、思ったら。あっという間に、彼の美しい唇が、俺の、無駄に横幅が広い唇にくっついていた。

え、キス? これって、一生経験できるわけないと思っていた、キスなのか!? 角度を変えながら何度も唇を合わせられた挙句、ぬるっと質量のあるなにかが口内に侵入してきた。柔らかいのに弾力があるそれに歯並びの悪い歯列をなぞられると、背中をぞくぞくとしたなにかが走り抜ける。

思わずひくん！　と身体を跳ねさせると、唇が離れていった。侵入したなにかは彼の舌だったらしく、ちゅるりと音をたてながら離れていったそれが、なぜか名残《なごり》惜しい。さっきよりも色味を濃くして濡れている唇を見るだけで、身体が熱くなった。

「口づけだけで、そのように敏感な反応を返さないでおくれ。ねだるように潤んだ眼《まなこ》で私を見つめてくるなど……もう、辛抱ならぬ」

「ふぁ？　え？　あ、はぅんっ」

耳殻《じかく》に舌を這わされながらはむはむと甘噛みされて、自分の口から気持ち悪いにもほどがある声が漏れる。

「あー、ダメです、竜王様！　その少年、表面は綺麗になりましたが生気が尽き果ててしまいそうなほど弱っておるのですよ！　一度きりの使い捨てにするおつもりですかっ！」

「けだものっ！」

「百年ぶりに現れた『お気に入り』でしょうがぁー！」

「……煩《わずら》わしいな、お前達は」

展開に完全に置いてけぼり状態の俺を尻目に、カエル達が美男子をぺちぺちと叩いてよくわからない抗議を繰り返す。

俺の耳を噛んでいた美しい人は、眉間に皺《しわ》を寄せて不機嫌さを隠さない。

こんな状況下で。

ぐうぅぅぅぅ――――。

俺の腹が、空気を読まずになんとも間抜《まぬ》けな音をたててしまった。

彼は俺を見つめて、悲しげに眉を顰める。恥ずかしさと、勝手にこみ上げる罪悪感で、どんな表情をすればいいのかわからない。

「……そなた、腹が空いているのか？　飢えている子どもを相手に、確かにどうかしていた……。お前達、この子に食事と、風呂を用意してあげておくれ。ただし、二刻しか待てない。私はこの子を欲している。二刻で準備を整えて、私のもとへ連れてくるように」

彼がそうっと白い床へ俺を降ろした途端、カエルに三匹がかりで持ち上げられる。

「承知いたしました！」

「急げ急げ！　許された時間は二刻じゃ！」

慌ただしい雰囲気の中、白い空間から連れ出された。


ぴちょん。どこかで、水滴が床に落ちる音が響く。

見た目に反して意外と力強いカエル達によって運び込まれた先は、鍾乳洞《しょうにゅうどう》の中みたいだ。

見上げるほど高い天井からは、つららのような白い塊がたくさん垂れ下がっている。風呂というよりも、プールのように広いエメラルドグリーンの湖は、湯気を立てていた。

「時間がないゆえ、ちょいと手荒に失礼するぞ」

「えっ、えー!?」

ボタンやベルトが乱暴に外されて、服を脱がされていく。下着も剝《は》ぎ取られそうになったので、必死に防御した。だってだって、ここだけは見られたくない！

「これ、抵抗するでない」

「やっいや、待って、見ないで」

「我らは人間の身体にはなにも興味ないゆえ、恥ずかしいことなどないぞ！」

下着の端を持って抵抗したが、複数の手で引っ張られると、結局つるんと脱がされてしまった。

「おや。おぬし腋も脛《すね》も、股間《ここ》も無毛じゃの」

「……っ!!」

カエルに見られて恥ずかしいもクソもないのかもしれないが、陰毛の生えていない股間を見られるのは羞恥心を煽《あお》られて、全身が火を噴くように熱い。

思い返せば、中学三年生。水泳の授業の時だっただろうか。クラスメイトの男子数名に股間を見られて、ひどくからかわれた。下着とタオルを奪われて無理やり足を開かされ、たくさんの男子に興味本位で覗き込まれた屈辱《くつじょく》は、忘れられない。

しかも数日後、わざわざ離れを訪ねてきた海斗に「兄さん、アソコに毛が生えてないって本当？」などと下品極まりない問いかけをされた挙句、見せてと強引に迫られて陰部を見られるというおまけつき。

一年生の弟にまで自分の恥ずかしい噂話が伝わっているのかと思うと、悔しくてみじめで、元々登校拒否気味だったのに、更に登校回数が減ったのだ。

「竜王様が綺麗になさっておられたでな、洗う必要はないか。ほれ、湯に浸かりなされ」

しかし、カエル達が股間のことで揶揄《やゆ》してくるようなこともなく、俺は湯に入れられた。推定一ヶ月ぶりの、お風呂。気持ちよすぎて、泣きそう……。

お湯に浸かっていると、甘いレモン水のような飲み物を渡されたので、ごくごく飲んだ。遠慮せずに飲める水分って素晴らしい。久しぶりに舌で感じる甘い味に、酔いしれる。

「あの、ここ、どこなんですか。さっきの人、誰ですか。どうして、俺はここにいるんですか」

彼らに訊《たず》ねたいことは山ほどあったけれど、とりあえずそれだけを訊いた。

「ここは竜王様の御座所《おましどころ》である白碧城《はくへきじょう》で、先ほどの方は竜王様じゃ。おぬしは、竜王様に抱かれるために召喚された。このあとは、伽《とぎ》が待っておるでな」

「は……？」

抱かれる？　とぎ？

っていうか、そもそも竜王ってなに？

「詳しく説明しておる暇はない。手短に言うと、竜王様は八つの世界を統治して管理する尊《たっと》き使命を持つお方。しかし永《なが》い永《なが》い時を生きておるので、たまに飽いて、すべてを破壊したい衝動に駆られるのだ。その衝動を鎮《しず》めるのに手っ取り早いのが、あの方の無聊《ぶりょう》を慰める閨《ねや》での相手を差し出すこと。……なのだが、竜王様好みのお相手が、もう長いこと見つからなくてのう」

赤いチュニックを着たカエルがよくわからない説明をしてくれている間にも、青いチュニックを着たカエルが桃のような果物の皮を剝《む》き、食べるように言ってくる。ぬめぬめとテカって見えるカエルの手で剝かれたものに拒否感が出そうだったけれど、激しく空腹だったので思いきって口に含む。

桃みたいな形と食感なのに、味と香りは梨みたいだ。瑞々しくて濃厚な甘みがあって、美味《おい》しい。

嫌悪感なんてあっという間に消え去り、渡されるはしから夢中で食べた。

「竜王様は、お好みの相手が目の前にいないことには発情なさらん。なんでも見た目だけではなく魂《たましい》の相性もあるとのことで、適当な人間を捧げるわけにもいかず、ここ数年は癇癪《かんしゃく》とお戯《たわむ》れが過ぎて困っておったのだが……ひと月ほど前に『心惹かれる魂の存在が現れた』と申されて気配を探り、幾日もかけてようやくおぬしの居場所を感知したらしい。それで、すぐさま召喚したのだ」

発情……。性欲のことだろうか？

「え、と。発情って、俺相手に？　俺、男ですよ。さっきの人って」

「竜王様とお呼びするように」

「…………竜王様、男に見えましたけど」

「男同士であることに疑問を抱いておるのか？　生殖行為ではないので、心配することはない。魂の相性が一番大事なのだそうだから」

「いやいや」

心配どころと、問題点がだいぶずれている。

「それにおぬしは、姿かたちまでお好みに適《かな》っておるらしい。あんなに興奮する竜王様は初めて拝見したわい」

「姿かたち……」

物心ついて以来、他人に醜い、気味が悪いと言われ続けたこの顔が？　ひょろひょろで、生えるべきところに毛の生えないような、生っ白くて未成熟な身体が、竜王様のお好み？

あの石牢に閉じ込められている時も、すべてが嘘だと思いたかったけれど、今はもっと現実感がなさすぎて混乱がひどい。なんなんだ、これ。夢？　夢であってほしい。

だけど夢にしては、『生殖行為ではない』だとか、やたら説明的で生々しい。っていうか意味がないのなら、なおさら男同士で性行為なんてしたくないよ。そもそも、あんなにも綺麗な男の人が俺相手に『発情』してるなんて、変だろ。おかしすぎる。俺は、そっち系の性癖も願望も、持っていないはず、なん、だけ……ど……。

「……う、ん？」

頭の整理が追いつかず、埒《らち》が明かないことを考えていたけれど、なぜかどんどん思考力が落ちていき、ふと気づけば、桃ひとつ分の果実を食べただけだというのに、腹が満たされて力が漲《みなぎ》るようだった。そしてお腹の奥から潤っていくような、不思議な感覚。なんだか頭も身体も、熱い、よう、な……。あれ……？

「なんか、ふわふわ、する」

「おお、この果実はひとつで腹も膨《ふく》れるし、おぬしら人間にとっては酒精と同じ効果もあるので酔いはじめたのかもしれぬな。ちゃんとしたご馳走を用意してやりたいところだが、今は時間がない。竜王様を満足させたあとで、たんと振る舞ってやるからの」

「はあ……？」

熱い。風呂の温度はぬるいけれど、浸かっていられない。ざばりと立ち上がると、カエルが厚手の敷布を敷いて、そこに寝ころぶよう誘導された。

さっきまで裸を見られるのも嫌だったのに、頭がぼーっとしてされるがままになってしまう。身体を拭かれ、人間とは質感の違う、ぷよぷよして丸い吸盤《きゅうばん》付きのカエルの手で、クリームのようなものを全身に塗り込められていく。ハサミで爪を切られ、ヤスリで丸く整えられる感覚。

「尻はどうする」

「竜王様がすぐにいたせるよう、慣らしておくか」

え、尻って……、尻って。

くるんとひっくり返されてうつ伏せにされ、尻の合間になにか液体がかけられる。

「張形《はりかた》を持ってこい」

ハリカタってなに。嫌な予感がして抵抗したいけれど、頭が働かない上に、力が入らない。見えないところで、なにか丸みを帯びた物体が尻の穴に当てられて、それはぬるぬるの粘液をまといながら、浅いところにちょっとずつ侵入しては出て行く。

「や、いやだぁ……っ！」

「しばし待て、すぐによくなる。この香油のおかげで、痛みは感じぬはずじゃし」

「痛くなくても、気持ち悪いっ！　そこは、モノを入れるところじゃないから！」

「香油には催淫《さいいん》効果もあるからの。心配せずとも、のちほど竜王様を受け入れる頃にはとろとろにほぐれ、おぬしの方から求めるほどに悦《よろこ》びを得られるであろう」

「……っ！」

男同士での性行為は、尻を使うんだとかなんとか、聞いたことがあるような気がする。嘘だろ、まさか。まさか、伽って、抱かれるって。ここに、男の性器を挿《い》れられるってこと!?

そんなの無理！

抗うものの、四つん這いの体勢にされて二匹のカエルに左右から易々《やすやす》と手足を押さえ込まれてしまい、後ろにいるカエルの手によって尻の中に埋められた、弾力のある柔らかい棒状の物体が深いところまで侵入してくる。

カエルの手つきは意外にも優しくて、決して無理やりねじ込む感じではなかった。香油だとかいうぬめった液体を足されて棒を抜き差しされるたび、ぬちゃぬちゃといやらしい音をたて、周囲には熟《う》れた果実のような甘い芳香がたちこめる。体内で温まった香油は次第に熱を帯び、つるりとした張形が粘膜をこするたび、むずがゆくて、もどかしいと感じるほどの快感を生み出しはじめた。

「ぁ、ぁん……」

自分の口から、勝手にこぼれ落ちた高い声に、ぎょっと驚く。き、気持ち悪っ！

「具合がよくなってきたかの」

「や……、ぁ、ふぁ……」

中でも特に快感を拾ってしまうスポットがあって、そこを刺激されると妙な声が止まらない。カエルの手つきもそれに連動して、感じてしまう場所ばかり重点的にこすってくる。

いつの間にか、だらしなく開いた口からは「あ、あ」と声が漏れ、腰が勝手に揺れていた。

こんなところで感じるなんて、ありえない。やだ、いやだ――。快感と酔いで支配された頭の片隅でほんの少しだけ残った理性がそう訴えるのに、まるで自分の身体じゃないみたいで、もたらされる快楽に抗えず、腰をくねらせて声を漏らす。

「ふむ、絶景だ。たまらんな」

不意に、男らしい低い声が聞こえた。

甲高いカエルの声じゃない。ぼんやりと、正気の失《う》せかけた脳のまま視点を変えると、さっきの……竜王様が、音もなく現れて正面から俺を見下ろしていた。

「わっ、竜王様！」

「まだ二刻経っておりませんぞ！」

「がっつきすぎでございまする！」

「うるさい。お前達は出て行け」

カエル達がなんやかんやと文句をつけていたが、竜王様がなにかしたのか、彼らの姿がパッと消えた。

腕に力をこめてなんとか起き上がると、肩に手が回って支えられる。風呂場だというのに、彼は服を着たままだ。

「……美しい。そなた、顔《かんばせ》だけでなく身体もなんと美しいのだ」

「えええ!?」

極上の美貌だというのに、息の荒い竜王様。ちょっと怖い。

俺を見下ろす双眸《そうぼう》はギラギラと輝き、欲望を隠そうともしていない。カエルとの会話でうっすら理解はしていたけれど、本当にこの人、俺なんかが欲望の対象なんだ。

「人間は、子ども以外はここに毛が生えているものと思っていたが……、そなたはここもつるつるとしていて、なんともいやらしいな」

ここ、と言いながら下腹部から性器に指を這わされて、びくっと身体を震わせた。当然ながら、他人にこんな場所を触られたのは初めてだ。今になって気づいたけれど、先ほどまで受けていた尻の中への刺激のせいで勃ち上がっていて、充血した先端からは、たらりと先走りまで垂れていた。

背中を逞しい胸板で支えながら、竜王様の手が俺の身体を撫で回す。

天井が高い鍾乳洞の中だけれど、湯が湧いているおかげか温かい。そして、あの果物の効果なのか頭はぽわんとしているのに、素肌を滑っていく指先の感触は鋭敏に拾ってしまう。

「ぁっ」

普段、皮膚の一部という認識しかなかった乳首を両方撫でさすられていると、ぷくりと中央が硬くなっていく。しこった乳首の側面を挟み込むように摘《つま》まれると、電流が走るように快感が広がった。

「ぁ、あっ、……やだ、ん！　ん！」

「感じやすいのだな、そなた」

「はぁ、ぁ……っ」

塗られていたクリームのせいか、汗と混じって皮膚の表面がとろっとしたぬめりに包まれている。乳首もぬるぬるしているから、指先で挟み込まれて擦られても痛くなかった。

むしろ、もっと強い刺激が欲しい。胸をいじられていると下半身にもうずうずとした熱が集まってきて、勝手に腰が揺れてしまう。勃ち上がった陰茎も一緒に揺れるのが涙でぼやけた視界に映り、恥ずかしくて太ももをこすり合わせた。そんなことで、隠せるはずがないのに。

「ん？　こちらも、触ってほしいのか？」

「ふああっ」

耳殻に口づけながら、低い美声で囁かれる。乳首をいじられながら、同時に勃起したものを握ってゆっくりと上下に動かされると、たまらない快感が身体を走り抜けた。

妙な声が止まらないのが嫌で、両手で口元を押さえると「ダメだ」と、耳の中に直接吹き込むように命じられた。耳、変だ。ぞくぞくする。

「声は抑えるな」

「やっ、だって……っ！　あ、ぁん」

「だって、なんだ？」

「は、恥ずか、しい……ですっ……」

酔っぱらって頭が回っていないけど。状況もわからないまま、なんだかすごいことされちゃっているけど！　恥ずかしくてたまらない。彼は服を着ているのに自分は全裸で、気持ちの悪い喘ぎを口からこぼしている今の状態が。

「――そなたの愛らしい声を、私はもっと聞きたい」

ぎゅっと抱きしめられて、あぐらをかいた彼の膝に乗せられた。

「手はここ。もう、どうやれば気持ちいいかわかっただろう？　自分でいじってごらん」

ここ、と手を持っていかれた先は、自分の胸の両方で痛いくらいに尖っている乳首だった。

「私はこちらを可愛がってあげるから」

「……う、……は、い」

竜王様の声を、耳元に吹き込まれると。勝手に手が動く。カチカチになっている両乳首を自分でいじって。先走りをこぼす先っぽをぬちゃぬちゃと彼の親指で擦られながら性器を扱《しご》かれ、尻の中に埋められたものを出し入れされる。こすって出すだけの自慰では味わったことのない、身体の奥から溢れ出てくるような快感。

「あぅ、あっ、ぁ、ぁ、……んっ、あ……」

尾てい骨《び》の辺りに、服の生地越しに硬いものが当たっている。熱くて硬い、竜王様の男の象徴。俺の痴態《ちたい》を見て彼が興奮しているのだということが伝わってきて、頭がかあっと熱くなった。信じられない。男の陰部を押しつけられて嫌悪を覚えるどころか、嬉しく思うなんて。

「あっ、あっ、……んん！　はぁ、ぁ……っ」

濡れた乳首をいじるのも、彼の手で扱かれてこすられる陰茎も、気持ちよくてたまらない。近づいてくる絶頂の予感に、体内の柔らかいモノを締めつけながら下半身が大きく震えた。

「りゅ、竜王、さまぁ……っ、出そ、あ、ふっ、出ちゃい、そう……っ」

「よいぞ」

「や、いや、あ、あ、や……っ」

竜王様の手の動きが激しくなる。もう胸を触っている余裕なんてなくなって、彼の二の腕に手を絡ませて縋った。

「ひ、ん……あーっ、ぁ、出、ちゃ……っぁ！」

視界が真っ白に染まり、怖いくらいに溢れるような快楽の奔流《ほんりゅう》の果て、欲望が弾けた。勢いよく飛び散った白濁が、竜王様の手と自分の腹を汚す。ひくひくと身体が跳ねて、内股が射精の余韻に震えた。

「はぁ……、ん……」

「そなた、なんと愛らしく、淫らな表情で極まるのだ……」

「あぅ……」

まだ息が整わないというのに、白皙《はくせき》の頬を興奮したように紅潮させた竜王様に顎《あご》を捕まえられて、キスで唇を塞がれた。ぬるりと舌を絡められると背筋に甘い痺れが走って、精を放って落ち着いたはずの下半身に再び熱が集まりそう。

息、できなくて苦しい……。

「ん、ん！」

苦しくて、抗議の意味をこめて腕をべしべしと叩くと、ようやく解放される。

「息、できない……です」

「すまぬ、苦しかったか」

「許せ」

今度は、唇を軽く触れ合わせるだけのキスをされて、なぜかさっきまでのような深いキスをされるよりも、ずっと恥ずかしく感じた。ちゅ、と。可愛い音をたてて離れた唇を、ぼぅっと見つめる。

竜王様は麗しい微笑を浮かべているけれど、その瞳は相変わらず欲情を隠さずにらんらんと輝いている。思わずびびって、射精後のけだるさを引きずる火照《ほて》った身体を身じろぎさせると、体内に埋まったままのアレが、角度を変えて——あの、どうしようもなく感じてしまう場所を圧迫した。

「んぁっ」

香油にまみれたそれは、力を入れたらぬるりと下がってくる。だけど外に飛び出た部分を、竜王様の指が摘んですぐに中へ押し込んでしまう。

「あ、っあ……やだ、あ」

そのままぬちゃぬちゃといやらしい音をたてながら出し入れされて、下腹部にきゅぅうと熱が集まる。尖ったままの乳首も指先で押しつぶすように捏《こ》ねられ、再び欲望の火がともった。

「や、竜王様……っ、俺、また……っ」

「好きなだけ乱れればよい」

熱を孕《はら》んだ声を耳に吹き込まれ、耳殻からの刺激にすらびくびくと反応してしまう。……耳って、こんなに感じちゃうところだったんだ。こんなの、知らない。知るわけない。

「そなたの名を訊いてもいいか」

「はぁ……ぁ……。保科、陸……」

「ホシナ、リク？」

「あ、……陸。……陸が、名前っ……んんっ」

「陸。そなたの媚態《びたい》を見ていたせいで、もう限界だ。移動する」

「えっ、……あ、ぁあっ！」

突然、体内に満たされていたものをズルルっと一気に抜き取られる。埋められていたものがなくなると、そこがひくひくと収縮して、信じられないことに喪失感を覚えてしまった。

いやだ……、なんで、こんなふうになるんだ。

尻を使うだなんて、絶対嫌だって思ったのに。快楽を拾えることを、もう知ってしまった。再び快楽に溺《おぼ》れはじめた身体は、そこを満たすなにかを欲しがっている。身体の変化に戸惑っている俺を抱きしめながら、いとも簡単に立ち上がった竜王様は。

——俺がほんの一回瞬きする間もなく、違う場所に移動していた。ここは……ベッドの上？　全貌は見えないけれど、四方に支柱があって天蓋《てんがい》のついている、広い広いベッドだ。

室内はベッド以外、家具らしきものがない。鍾乳洞の中より薄暗いが、寝台の周りだけは暖かみのある優しい色合いの灯りに照らされていた。

するすると肌触りのいいシーツが背中に触れている。

俺を横たえ、ベッドに膝立ちになった竜王様は手早く服を脱ぎ捨て、全裸になった。俺の貧相な身体とは、全然違う。広くて厚みのある胸板と、ハリのあるしなやかな筋肉をまとった、大人の身体。銀色の髪が、きらきらと輝いている。見上げた彼はやっぱり、とんでもなく綺麗だ。圧倒されるほどの美貌は、眉を寄せて碧眼を潤ませ、今は欲に濡れて俺を見つめていた。

本気で俺なんかを、欲している。こんなにも美しい人が、醜い俺を、なんで……？

お酒に酔っているようなふわふわした頭で不思議に思うが、求められているという現実を前に、男同士だとかなんだとかどうでもよくなってきてしまう。

顔が熱くなり、鼓動が速くなった。美貌と向き合ったまま、とても目を合わせていられなくて、視線を下ろし……下ろして…………。

思わず、二度見した。

「りゅっ、王様、そ、そそ、それ」

「どうした、陸」

髪と同じ銀糸のような下生えから雄々しく勃ち上がる竜王様のブツのサイズが、規格外すぎた。俺のとは比べるのも意味がないくらい太くて、長い。成熟した男の性器だ。しかも、皮が、つるつるしていない。形だけなら人間の性器に似ているけれど、血管が浮かび上がったそれは赤黒くて、まるで爬虫類の皮膚みたいに細かく不規則なおうとつがある。

――むっ、むむむ、無理ぃ――――っ!!

陶酔《とうすい》感が引っ込んで、思わず心の中で叫んでしまった。

お尻、気持ちよかったけど！　こんなに綺麗な人に俺なんかが求められていることに酔っちゃって、男同士とかどうでもいいやなんて思いかけちゃったけど！

物量的にも、質感的にも、この物体を受け入れるのは無理だろ！

「そんな、大きくて……痛そうなの、入れるのは無理です」

涙目でぶんぶんと首を振ると、竜王様が悲しげに眉を顰めた。

「陸……そのようにつれないことを言わないでおくれ。私は早くそなたの中に入りたい」

「や……だって、鱗みたいなのがある」

「ん？　……ああ、そうか。人間とは少し違うんだったな」

竜王様は合点《がてん》がいったというように呟き、前かがみになって俺の手を取ると自分の陰茎に導いた。

「触ってごらん。鱗ではない」

「ひ……っ」

ビクついてしまったけれど、竿に指の腹をつけて撫でると、少しでこぼこしているものの、表面はつるつるしていた。カリがあるのは人間の性器と一緒で、亀頭からは透明な雫がぷくりと浮いている。

自分のものと違う手触りを不思議に思いながら、つい指を上下に往復させると、竜王様が「う……っ」と呻《うめ》いた。

先っぽを濡らしている粘液の量が、こぷりと増える。

「あ。ご、ごめんなさい……」

「陸っ、もう辛抱ならん！」

「わっ」

両膝を掴まれて持ち上げられたかと思うと左右に大きく開かれて、その間に竜王様の身体が入り込んでくる。大きな身体が覆いかぶさってきて、唇で唇を塞がれた。粘膜を絡め合い、舌を吸われて、……苦しいのに、ぞわぞわと身体の奥から官能が引きずり出される。

先ほどまで尻に埋められていたものよりは細い指を、簡単に尻に咥《くわ》え込まされた。

「はぁ……そなたのここは、こんなにもぬかるんでおる。ひくひくと蠢《うごめ》いて、私を誘っているようだ」

「……あ、……っぁん、あっ」

元々、昂っていた身体がまた熱くなるのはあっという間だ。更にもう一本指を増やされ中をぐちゃぐちゃと掻き回され、お腹側の、ひどく感じてしまう場所をぐりぐりと刺激されるとたまらない快感が生まれて——脳内が、甘く蕩《とろ》けていく。

俺の中を散々に翻弄した指がずるりと抜かれる頃には、触られてもいないのに股間のものは再度勃ち上がっていた。両足を抱え上げられ、あらわにされた場所に竜王様の滾《たぎ》った熱い欲望が宛てがわれる。

「陸。決して、傷つけたりはせぬ」

「う……は、……あ、ああ、ぁっ！」

鍾乳洞で入れられた柔らかい無機物とも、指とも、全然違う。

熱くて、圧倒的な質量のある硬いものが、ずず、と潜《もぐ》り込んでくる。自分の中を、他人の熱がゆっくりゆっくりと満たしていく。時間をかけてほぐされたおかげか、カエルが言っていた香油の効果なのか。押し広げられていく苦しさはあっても、痛みは微々《びび》たるものだった。

「……っ、すべて、収まったぞ」

「ふ、ぁ……ぅ……う、そ……っ」

あんなに長大なものが自分の中に入っているなんて、信じられない。でも事実、大きく開いた足の中央にいる彼の肌との間に、隙間はなくなっていた。

「……は、……そなたの中は、まるで天上の心地だ。狭くて、きゅうきゅうと私を締めつけてくる……このままでも気持ちがよい」

竜王様は頬を染めて、少し眉を寄せながら口元を綻ばせる。長い睫毛を伏せて目を細めた美貌は上気しており、まるで熱に浮かされているみたいだ。色っぽすぎて、その表情を見るだけで下腹部が熱くざわめいた。竜王様が身体を前に倒して、覆い被さってくる。硬い性器が角度を変えて内部を刺激すると、ぞくっと震えてしまうほどの快感が走った。

「うんっ！」

「そなたも、よいのか？」

「……っ」

恥ずかしくて返答できず、横を向いた。

けれど耳の裏に唇を寄せられ、そこを舐め上げられると腰が勝手に揺れて、竜王様を締めつけてしまう。感じているのはおそらくバレバレだと思うと、ますます顔に熱が集まった。

「羞恥に震える姿も……とても、愛らしい。陸」

低い声で「りく」と呼ばれると、胸が熱くなる。自分の名前とは思えないような、甘ったるい響き。

年に数回程度しか顔を合わせない両親すら、その名を呼ぶことは滅多《めった》になくて『お前』とか『厄介者』と呼びかけられていたんだ。

生まれてからずっと、親しく名前で呼んでくれる存在もいなければ、どんな意味でも求められることなんて、なかったのに。日本とは異なる世界で今日初めて会ったこの人に、身体だけでも情熱的に求められ、名前を呼ばれている。

――たったそれだけのことで、心が舞い上がって、脳内から快楽物質がじわじわと湧き出した。

彼を受け入れ、繋がっている部位が、きゅうっと疼《うず》く。

今この瞬間、自分の胸に湧き起こった感情は、間違いなく喜びだった。

一粒ぽろりと涙が溢れると、止まらない。涙がこめかみを伝って、ぽろぽろと肌をころがり落ちていく。

「う……。はぁ、急に、締めつけるでない……。陸、どうした？　……痛むか？　つらいのか」

竜王様が、ぎょっとしたように目を丸くして、俺の上で慌てだした。

「ちが……うれ、……ひっ、く。嬉し、くて」

「ん？」

「うひっ、く……。名前……呼んでもらえるのが、嬉しいんです……」

呆気にとられた表情に変わった竜王様の顔の左右に突然、白い鋭角なトゲトゲがぽん、と出現した。

トゲトゲの間には薄い膜がある。なんだろう、魚のひれみたいな……？

「ひぇっ!?」

しかも、体内の彼の分身が更に硬くなって、一回り大きくなったぁぁ!?

「りゅ、竜王様？」

「……名前を呼ばれただけで喜ぶ人間など、初めて会った」

「す、すみませ……あっ」

体内をみっしりと満たす竜王様が、突然動きはじめた。彼がぐっ、ぐっ、と貫くと、信じられないほどの快楽を生み出す場所がある。そこを硬いものでこすられる感覚がたまらない。

生まれて初めて他人の熱に侵されている体内。奥まで突かれて揺さぶられる律動は苦しさももたらす。なのに――。

「ん、……ん……っぁ、ああ……っ」

「りく」

まるで脳内に直接響くように、竜王様が耳元で囁く。俺の名を。

「陸……」

そのたびに、苦しさも圧迫感も、悦びに塗り替えられていく。

竜王様の動きがだんだん大胆になっていって、身体の内側で発生する香油のぬめりをまとった摩擦からは、いつしか快感しか生まれなくなった。

「ふぁ、……あ、ひん……っぁー、ぁっ」

「陸、いいか？」

「……い、ぃ！　……竜王っ、……さまぁ……はぁっ、あ！」

「あぁ……私も、よい。たまらぬ……っ」

耳元に、竜王様の荒ぶった熱い息がかかる。自分だけではなく、彼も快楽を得ているのだと思うと、

この身体が彼に悦びを与えられているのだと感じると、夢の中にいるような幸福感に包まれた。

でこぼこした熱い塊でゴリゴリと内側の粘膜を擦られるのも、自分のつるつるの下腹と彼の引きしまった腹筋に挟まれて陰茎がぬるぬると刺激されるのも。

ぜんぶ、ぜんぶ気持ちいい。あたま、溶けちゃいそう。

「……ぅ、あ……っ……あっ、あっ」

「陸……っ、そなた、なんと愛らしいのだ……」

俺が嬉しい、と告げたからか、竜王様が吐息とともに「陸、……陸」と、繰り返し名前を呼ぶ。気づけば右手に彼の左手が重なっていて、汗ばんだ手のひらで無意識に、ぎゅっと握り返した。

身体を前後に揺さぶるピッチが上がる。口からは、はしたない声がひっきりなしにこぼれ、涙が止まらない。

与えられる快楽を貪ることに夢中で、なにも考えられなかった。

「ふ、ぅ……あっ、あっ、も、……もう……っ、いく……」

「……っ、……私も、もたぬ……はぁ……っ」

「……あっ、あっ、ぃ……あ、はぁ、ぁ、ぁ……っ……」

内股が震えて、ビクビクと腰が跳ねる。

「あ、あ……ぁ——」

ぞわぞわと背筋が震えるほどの官能が駆けめぐり、目もくらむような快楽を味わいながら、頂点に達した。自分の吐き出した精液が腹を濡らし、皮膚を伝わってしたたっていく。足のつま先まで痺れるような解放感に、震えが止まらない。

「陸……、ああ……っ、く……」

極まって全身を痙攣《けいれん》させる俺の奥深くで、竜王様の熱が弾ける。ぶわっと、体内に温かいなにかが広がるのを感じた。彼も達したのだと思ったけれど、深く埋まった体積は硬度を保ったまま、ゆっくり律動し続けている。

「はぁ……ぁ……」

「……陸、……すまぬ」

なかなか整わない荒い息を吐きながら与え続けられる甘い快感に震えていると、なぜか謝られて、「え？」と思う間もなく、身体を持ち上げられる。

「ふっ、あ、あ、あぁっ！」

視界が一気に高くなって、繋がったまま竜王様と対面になるように座っていた。

自重で、体内を貫くものが深く入り込んでくる。

「……は、ぁ……あ、ふ……っ」

「私の首に、手を回して」

竜王様の肩に手を触れると、人間の皮膚とは思えない、固い感触があった。潤んだ視界に、竜王様の頬から首筋、胸元のあちこちに白銀の細かい鱗が浮かぶ様が映る。顔の横に飛び出したひれみたいなトゲトゲも出っぱなしだし、碧《あお》い瞳はきらめいて、黒目の中心部分が、猫が瞳孔《どうこう》を細めている時のように縦になっていた。

——ドラゴンの時の、目みたい……。

蕩けた頭でそんなことをぼんやり考えていると、体内を穿《うが》っているもので下から突き上げられた。

「あっ！　ぁ！　……んんっ」

「そなたが、愛らしすぎて……っ！　もう、止まりそうにない……っ」

ぱちゅぱちゅと、中を掻き回されると竜王様が放ったものが攪拌《かくはん》されて溢れ出し、聞くに堪《た》えないほどいやらしい音をたてた。

「あーっ、ぁ、ぁ、……はぁ、……あっ、あ、竜王、さまぁ……っ」

「陸、……陸……っ」

まるで、愛しい人に呼びかけるように何度も名前を呼ばれて、前から後ろから何度も貫かれて……

多分、何時間もぶっ続けで抱かれたのだと思う。

途中、恥ずかしいことに尿意を覚えたので「トイレいかせてぇぇぇ」と訴えたが、竜王様の魔法だとかで『体内の老廃物を排除』したそうで、尿意は消えた。

ずっと快楽を与え続けられて、俺自身は精液が出なくなっても絶頂を与えられ、もうなにがなんだかわからない状態になってしまって——結局、四つん這いで竜王様に後ろから責められている記憶を最後に、意識を手放してしまった。


目を開けると、眼前にカエルのどアップが迫っていた。

「生きておるか？」

「……う、わぁぁぁっ、ぁぁぁ！」

目覚めてすぐ至近距離に、人間大アマガエルのどアップは心臓に悪すぎる。

バクバクとうるさい胸を押さえながら起き上がろうとしたが、腰から下が麻痺したかのように重たく、動かない。

「うぁ……」

「ああ、無理をするでない」

思わず呻いた俺の腕を、カエルがぺちぺちと叩く。頭の中によみがえる、気を失うまでの怒涛《どとう》の展開。そうだ、竜王様に——抱かれたんだ。痺れるような快感を与えられ続け、苦しいほどに責め立てられた濃密な時間を思い出すと、全身が羞恥で熱くなる。

夢じゃ、なかった……。

男と、あ、あんなことを、するなんて……今でも信じられない。だけど胸にこみ上げてくる想いには後悔だとか嫌悪感ばかりではなく、生まれて初めて、あんなにも情熱的に求められたことへの喜びが混じっており、そんな自分に戸惑った。

不思議な果物と香油によってもたらされる酔いと催淫効果もあったのかもしれないけれど、でもそれ以上に、あんなにも甘やかに優しく自分の名を呼ばれ、掻き抱《いだ》かれて——与えられる快楽に夢中になってしまい、途中からは我を忘れてしまった。

……それにしても、ここはいったいどこなんだろう。周囲を見渡したが、どうやら竜王様と一緒にいたあの部屋ではなくて、昨日のベッドよりはやや小さめの、天蓋付きの豪華な寝台に俺は寝かされていた。室内は広く、全体的に明るい色彩のインテリアで統一されており、金や宝石で装飾されたアンティーク調の重厚な家具が置かれている。華やかな、やたらとキラキラした部屋だった。まるでヨーロッパの、歴史ある宮殿内の一室みたいだ。

海斗が石牢を訪ねてきたあとから、あまりにもいろんなことが起きて、流されるままだったけれど……。目の前にいる人間大カエルを見るだに、どう考えても日本に戻れたわけではない。そして、カエルの説明によればたしか、俺は竜王様に『召喚』されたのだという。

海斗は言っていた。召喚されたタイミングで、言葉がわかるようになっていたと。あいつは望まれて喚《よ》ばれた勇者なのだとも。俺も、今回は望まれて『喚《よ》ばれた』から、最初から竜王様やカエルの言葉が理解できているのだろうか。

「喉が渇いておるじゃろ。とりあえず、飲め」

なんとか現状を把握しようと、とりとめなく考えごとをしていると、青いフード付きチュニックを身にまとったカエルが、仰向けに寝ている俺の口元にストローをさした飲み物を差し出してきた。

昨日のやりとりで、俺に対する害意がないことはもうわかっているので、素直にちゅうちゅうと吸い上げる。柑橘《かんきつ》系の甘酸っぱい風味の水は美味しくて、飲むと体中が瑞々しい感覚に満ちていくようだ。

「はあ、おいし……」

「おぬしのおかげで、竜王様は本日ご機嫌麗しいことこの上ない。ご苦労だったのう」

相手はカエルだけど、表情は案外わかりやすい。にっこにこしていて、そちらこそご機嫌じゃんと言いたくなる。

水分補給のあとは、鍾乳洞でも食べた、外見は桃のような果実を口に運ばれた。食べると、体がぽわっと熱くなって、思考がふわふわと酔ってしまう。だけど、ひとつ食べればお腹は満たされて元気が出る。不思議な果物だ。

下半身は相変わらずだるいけれど、なんとか起き上がった。

「あの、ここは」

「おぬし……ホシナ殿《どの》の部屋である」

「え……？」

「ホシナ殿で、合っているか？　竜王様に、そう呼べと教わったのだがの」

「合っています、けど……」

「なんでも、『リク』という名前は竜王様以外呼んではいかんのだと。自分だけが特別にそう呼ぶのだとおっしゃっておられた」

「……！」

頬が熱くなる。もしかして名前を呼ばれて嬉しい、と告げたせいだろうか？　きっと誰に呼ばれても嬉しいけれど、彼だけが『特別』に呼びたいというそのワードに、胸がドキドキするなんておかしいかな。

「竜王様は、人間との体力の違いを忘れてすぐに暴走してしまうからの。なにしろ百年ぶりの『お気に入り』である上にホシナ殿のことは特に気に入ったらしく、だいぶ負担をかけてしまったようで、すまなんだ」

「あ、いえ」

青チュニック姿のカエルが、憂《うれ》いを帯びたような表情で溜息を吐く。

改めて見ても、人間大カエルはシュールだな。彼らって、どういう存在なんだろう？　竜王様に仕《つか》えている立場なのはなんとなくわかるけれど。

「まあ、竜王様のお気に入りである期間は長くてほんの数年であるから、おぬしも楽しんでくれ」

「……え？」

「あの方は人型の時、人間にとっては見惚れてしまうほどに、たいそうな美貌なのであろう？　気に入られている間は大切にされるし、たいていのわがままは叶えられるからのう。ホシナ殿も、なんでもねだられるがよいぞ」

「……」

「特に、おぬしのように『召喚』で招かれるお気に入りなど、何百年ぶりかの……。たいていは献上されてくる『神子《みこ》』や『生贄《いけにえ》』からお気に入りを選ばれるが、ホシナ殿はほんに稀《まれ》な例じゃ。おそらく、解放の暁《あかつき》には望みのままに願いを叶えてもらえるはずじゃてな。今から、考えておけばよい」

「……意味、が、わからないけど。あの、竜王様の『お気に入り』って、そもそもなんですか？」

「赤が説明しておらなんだったか？　竜王様の無聊を慰めるため、閨での相手をする伽役のことだ」

「ぶりょう？　ねや？　とぎ？」

「うむ、わたしはこういう説明に慣れておらぬから、難しいの。ようは、退屈を紛らわすための性交の相手という意味じゃ」

「——っ！」

退屈を紛らわすための、相手。なんでだろう。胸に、痛く突き刺さった。

あんなにも情熱的に身体を求められて、何度も名前を呼ばれて……。昨日会ったばかりの彼に、愛されているような錯覚に陥っていた？　名前を、『陸』と呼ぶのは彼だけだと聞かされて、自分が特別だとでも考えた？

果実に酔ってふわふわと夢心地だった頭が、冷水を浴びせられたようにさっと冷える。

「ぬしら寿命の短い人間にとっては、十年という時間は長いのであろうが、竜王様にとってはほんのつまみ食い程度の期間なのじゃ。許せよ」

「十年……？」

「この白碧城では、人間はもって十年程度しか生きられぬ。清浄すぎる空気が、人間には耐えられぬらしい。逆に毒となり、身体を害する。十年を過ごしたら、出て行く他ない。……まあ、その前に」

その前、に？

「十年も竜王様のお気に入りで居続ける人間など、そうそうおりはせぬ」

第3章　白碧城

人の魂は変容する。

人間の魂が一番綺麗なのは生まれた時で、成長するに従って歪んでいくものらしい。だから、竜王様と出会った当初は相性のよかった魂の形が、どんどん変わっていってしまい、早かったら数ヶ月、長くても数年程度で竜王様好みではなくなるのだそうだ。

そうなったら、どんなに夢中になって愛《め》でていたお気に入りでも、竜王様は飽きてしまう。それどころか嫌悪さえ感じるようになって、いつしかそばに侍《はべ》らせることを厭《いと》うようになり――。最後はあっさりと、白碧城から放逐《ほうちく》される。

それが『お気に入り』に選ばれた人間の、末路《まつろ》。


青チュニックを着たカエルに改めて説明してもらったところによると、竜王というのは八界《はっかい》と呼ばれる八つの異なる世界を統治、管理している存在なのだという。それぞれの世界では、神として崇《あが》められているらしい。

説明のこの時点で、あまりにも荒唐無稽《こうとうむけい》な内容に唖然《あぜん》としてしまったけれど……。

俺を包み込んで、石牢から現在いる建物の中に移動させた不思議な水塊。召喚された場に浮いていた色とりどりの球体。ドラゴンから人へと姿を変えた竜王様。吐息ひとつで俺の汚れを清めてしまった力と、瞬間移動。それにベッドで、こ、行為の最中……、彼の目が、爬虫類めいた竜の目に変わった上、耳の部分は魚のひれのような形状になり皮膚に鱗が出現しているのを、至近距離で見たのだ。彼が、普通の人間でないことは明白だ。

竜王様が発情する相手は、人間に限られている。男女のこだわりはなく、魂が彼の好みの形をしていることが重要で、その魂の形というのは竜王様にしか見えない。俺の魂は大変に彼好みの形であり、召喚されたのだという。竜王様が選んだ人間は『お気に入り』と呼ばれ、魂が変容しない限りは彼に寵愛《ちょうあい》される。彼が発情したら閨での相手をつとめ、八界の管理という崇高《すうこう》なつとめをこなす竜王様の、精神と身体を慰める役割。

名誉で素晴らしいお役目であるぞ――、と、竜王様の『お気に入り』を、そんなふうに賛美して語るカエルには悪いが、正直、どこが？　って思った。突然召喚されて、本人の意思は完全無視で唐突に性行為に及ばれるなんて、どう贔屓目《ひいきめ》に見ても犯罪の域じゃないか……。いや、違うか。『竜王』が管理する世界の住人にとっては、相手が神という認識であり、名誉に思えるものなのかもしれない。

……ここは、どう考えても日本じゃない。俺の持つ常識は通用しない場所なのだと、自覚しなくては。

理解が及ばないことの方が多いけれど、信じられないと現実逃避をするよりも、無理やり納得して自分の置かれた状況と立場を把握するしかない。

「お城から追い出されたら、どうなるんですか？　そのへんにポイ？」

「いんや、『竜に愛されし国《リュティビーア》』に行ってその後の生活を送るものが多いの。リュティビーア出身のお気に入りは故国に戻れることになるが、残念ながら、他の世界からやってきたものは元の世界には戻れぬ」

元の世界……日本に戻ることは不可能なのかな。そもそも、海斗とともに召喚されたあの国とここは、同じ世界にあるのか？

「俺、自分がいた場所もよくわからないのですが、竜王様に『召喚』される前にいたところは遠いんですか？」

「遠いもなにも……。ここ、竜王様の居城である白碧城は、この城内だけが独立した世界なのだ。城の外は、すべて界を隔てた別世界よ」

「……っ！」

別世界。つまり、日本でないのはもちろん、あの石牢があった世界でもないということ？

「『お気に入り』として召喚されたからには、城から自由に出入りできる先はリュティビーアのみじゃ」

思わず、黙りこんでしまう。

飢えと孤独で苦しんだ石牢での生活に戻りたいなんて思わないが、平和で安穏《あんのん》と暮らしていた日本にも、戻ることができないなんて。

衝撃を受けたものの、石牢の中でひと月あまり、その可能性に関してはずっと考え続けていたし、もう死んでしまいたいと思いつめていた日々を思えば、ここに召喚された今はまだマシな状況のように思えた。

『お気に入り』として選ばれたら最後、その立場を拒否することもできないのかな。だけど拒否したところで——日本に帰れないのなら、地球とは異なるという未知の世界で、行くあてなど思いつかない。

竜王様に飽きられたあとは放逐されるといっても、着の身着のまま追い出されるわけではなく、この城の中にある扉のひとつから行くことができる『竜に愛されし国《リュティビーア》』へと送り出される慣習なんだとか。

竜に愛されし国――リュティビーア。そこは、白碧城と直接コンタクトを取ることが唯一許された、人間達の王国。国をあげて竜王様を信仰しており、その信仰の対象は竜王様の『お気に入り』にも及ぶ。竜王様に飽きられたのちも、『元お気に入り』として迎え入れられ、大切にされて生きていけるとのことだ。王族と結ばれる人もいるらしい。

人間にとって娯楽が少ない白碧城で過ごしていると退屈してしまうから、日中はリュティビーアへ遊びに行っていいとカエルは言う。

「ただし、竜王様のお気に入りである間は当然、他の人間との恋愛も性交も御法度《ごはっと》ぞ」

そんな注意を付け加えられたけれど、まだどんなところなのかも知らないし、自分に恋愛だのなんだのができるとは思えないので聞き流しておいた。

青チュニック姿のカエルから話を聞いていると、部屋の中に音もなく人の姿の竜王様が出現した。足首までたっぷりと布地がある襟なしのロングコートみたいな、濃い青色の生地に銀糸で刺繍《ししゅう》がしてある服をその身にまとっている。白い腰帯を巻いていて、足の長さがわかりやすい。八頭身、いや九頭身にも見えるほどスタイルのいい体躯《たいく》を引きたてていた。

「陸……っ」

竜王様は駆け寄ってきたかと思うとベッドに乗り上げ俺を抱きしめ、突然口づけてくる。動きが速すぎて、逃げる間も、顔を伏せる暇もない。唇のあとはちゅ、ちゅ、と頬やらこめかみにも口づけられ、恥ずかしさとくすぐったさで身を縮こまらせた。

「昨日はすまぬ、そなたが気を失っていることに気づかず無理をさせて」

「……っ！」

そうだった。情熱的、なんていえば聞こえはいいかもしれないけれど。

行為の途中でひれや鱗を出現させて、竜の目になった竜王様は本能を剥き出しにした野生の獣みたいだった。肉付きの薄い俺の身体をいいように持ち上げ、動かし、好き放題に弄《もてあそ》び、自分の欲望を優先して暴走していた。でも俺だって、終わりのない快楽の渦《うず》に巻き込まれていたわけで……、そりゃもう盛大に喘いで感じまくってしまったことは、記憶から消しようがない。

今も竜王様を受け入れた場所は熱を持ってズキズキと痛み、下半身は動かせないほどのだるさに苛《さいな》まれているというのに、昨夜の官能的な記憶がよみがえるだけで、下腹部がきゅんとせつなく疼いて重たくなった。生まれて初めての性行為の相手となった彼を見ると、ドキドキして全身が熱くなる。

「竜王様、赤が申しておったでしょうがー。今日はホシナ殿を休ませてやらねば。人間は脆弱《ぜいじゃく》なのですからな！」

「わかっておる。顔を見に参っただけだ。……昨日、最初に現れた時よりはだいぶ顔色がいいな」

ベッドの端に腰掛けた彼に、顔を覗き込まれる。相変わらずの美貌に、どきりと胸が跳ねた。

「あ、ああの、なんか、果物を食べて酔ってるから顔赤いのかもっ、です」

あああ。美しい顔の接近に狼狽《ろうばい》して、わけのわからない言いわけをしてしまったぁぁー！

美しさは罪だとかよく言うけど、本当にその言葉を痛感する。人間とは思えない、っていうか人間ではない彼は、髪も肌も瞳の輝きも、爪先ひとつに至るまでが人間の想像を超えるような完璧な造形美を象《かたど》っていて、美の化身と言い換えてもなんの違和感も覚えないほど綺麗だ。

特に俺は自身が不細工な分、美しいものには弱いし、美麗なものに俺ごときが近づいてはいけないのだという卑屈《ひくつ》な精神が身についている。美しい彼に見つめられるだけで、自分がミジンコ以下の卑《ひ》小《しょう》な存在に感じられていたたまれない。

「ふむ、そうか。ところで……陸、そなた、どこから来たのだ。突如、私の管理する世界のひとつ、ファグダンドルに出現したのだが」

「ふぁぐ、ファグダンドル……？」

「微《かす》かな気配を察してずっと探っておったが、そなたの魂は出現して以降どんどん弱っていくばかりで感知しづらく、焦りばかりが募った。私にとって、魂に惹かれる相手はとても貴重なのだ。失いたくなくて、ようやく場所が判明してすぐさま、状況もわからぬままにこちらへ召喚した」

「……俺にも、よくわからないんですけど。俺は弟と一緒に、日本という国から、多分そのファグダンドル？　というところに召喚されたんだと思います。あと、弟は『勇者』なんだって……そう、言っていました」

「日本？　聞いたことがない国だな。ああ、ファグダンドルは今、魔王軍の侵略行動が活発で人族が劣勢なようだから、異世界から勇者を喚《よ》び寄せたのか」

驚いた。我ながら意味不明な説明だと思ったのに、あっさり通じたから。

勇者だとか魔王とか、漫画やＲＰＧゲームで使われるような単語が、彼の口からするすると出てくるのが不思議すぎる。まあ、その彼本人が『竜王』という、俺にはなんだかよくわからない存在のドラゴンなわけだけど。

「勇者として喚び寄せられた者の血縁者が、なぜあんなにも日々、弱っていっておったのだ」

返事に、窮《きゅう》する。

弟の召喚に巻き込まれて、存在価値を見出されなかった挙句に幽閉され、ろくな食べ物ももらえずにお腹が空いていただなんて。自分の哀れなあの状況を、なぜかこの人に言いたくない。

「……弟は、勇者としての役割があったみたいです。でも、俺はすることがなかったから……放っておかれて、弟を招いた人達が、食事を出すのも忘れがちだったみたいで。お腹が空いていたからかも、しれません」

「そうであったか……陸はこんなにもか細いのに、食事を忘れるなんて許せぬな。青、食事はこれから、陸の好きなものを好きなだけ用意してやるようにな」

「承知いたしました！　のちほど、ホシナ殿の食のお好みを訊いておきまする」

竜王様の命に、カエルが胸を叩いて答えた。

するりと、竜王様の長い指先が頬を撫でる。

「陸……。はあ……、そなたのそばに在《あ》ると、発情せずにはおれぬ」

「えっ」

吐息とともに囁かれた不穏《ふおん》なセリフに対して思わず身じろぎした俺に、竜王様は微笑んで小さく首を振った。

「今日はゆるりと休め。――そなたの魂は実に強く、私を惹きつける。しかも、見た目までこんなにも美しい人間など、初めて会った……」

熱っぽい眼差しで見つめられて、頬が火照る。

だって、だって俺、蛇だのトカゲだのってずっと言われてきたのに……。あ、もしかして爬虫類顔だから？　ドラゴンからしたら同種みたいなものなのか？　いやいや、そんな馬鹿な。

「だからこそ、長く大事にしたいのだ。弟や元の世界に未練があるかもしれないが、二度と相まみえることかなわぬと理解してほしい。私に見初《みそ》められたからには我慢して、ここに留まっておくれ。これは次元の理《ことわり》で、誰にも覆《くつがえ》すことはできぬ」

「次元の、ことわり……」

「これ以上この場に在ると発情が止まらなくなるゆえ、私は去る。青、陸を頼んだぞ」

「お任せあれ、竜王様」

俺の頬にちゅ、とリップ音を響かせて、竜王様は掻き消えた。


長く大事にしたい――。

いずれ終わりが来ることを、明確に伝えてくる言葉だった。

カエルの説明を聞いておいてよかったと思う。じゃなかったら、絶対にまた勘違いしていた。ずっと大事にしたいと言われているのかと……。

俺は竜王様《かれ》のお気に入りで、特別な存在であることは間違いないらしい。

ただし、いつ終わるのかもわからない、曖昧《あいまい》な期間限定の。

自分の性癖や性的指向《セクシャリティ》なんて、改めて考えたことはない。

だって、男は女を好きになって、女は男を好きになるものだと、それが普通だっていう感覚を持ちながら今まで生きてきたんだ。自身の容姿がコンプレックスという言葉では片付かないほどに醜悪《しゅうあく》で、周囲に忌《い》み嫌われるものだってわかっていたから、人を好きになっても無駄だと思っていた。

人柄がよければ、外見は関係ない？

恋愛するなら、相手の見た目よりも中身重視？

そんな建前《たてまえ》、聞きたくもないよ。

別に自分の性格がいいだなんて思っているわけじゃなくて、どんな相手にだってひと目見た瞬間に嫌悪感を抱かれる自分の顔面を、客観的に理解しているだけだ。

同級生達が恋の話で盛り上がったり、ファーストキスがどうだの、彼女の胸の大きさがどうだの初体験がすごかっただのとシモ系の雑談をしているのが耳に入ったところで、醜い自分には関係ない、と気持ちに蓋《ふた》をしていた。

けれど、心の奥底での本音は違う。

いとも簡単に恋に落ち、恋人を作り、愛し合える彼らが羨《うらや》ましくて、妬ましかった。誰にも相手にされないで一生を終えるであろう自分の存在が、みじめでたまらなかった。

そんなふうに——セックスはおろか、キスすらも縁がないと思っていた俺にとって、竜王様と交わる行為は、脳にも身体にもとんでもない快楽と多幸感をもたらしてくれる、まるで麻薬のようなものだった。

「陸……。そなたは、なんと愛らしいのだ」

「んぁ……っ、あっ、竜王、さまぁ……っ」

可愛い美しい、愛《う》い奴だと蕩けるように優しい声で囁かれながら、竜王様に抱かれる日々。

ひたすらに、気持ちがいい。自分以外の人と、汗ばんだ素肌を合わせて快楽を貪り合い、ともに極まっていく一体感がこんなに心地いいものだなんて、想像もしていなかった。

毎回へとへとになるまで抱かれるせいで身体は疲弊《ひへい》するし、過ぎた快感は時に痛みや苦しさをもたらす。しかも、最後は失神して終わることが多い。

なのに、なぜだろう。行為が終わって時間が経つと、また彼が欲しくなる。

男に抱かれることへの拒否感なんて、最初の数日でどこかへ行ってしまった。

竜王様は百年ぶりの『お気に入り』出現で、久しぶりに性欲を刺激され、俺が休んでいる時間以外は発情しっぱなしになってしまったらしい。そんな彼に激しく抱かれてはぐったりフェードアウトし、起きたらカエルに甲斐甲斐《かいがい》しく世話をされてご飯を食べ、体力が回復したらまた竜王様に抱かれる。

この繰り返しで、正直、自分の置かれている状況を気にするどころじゃなかったっていうのもあるけれど。

誰かと触れ合える喜び。

初めて容姿を褒められて感じる、照れくささ。

求められ、必要とされることで得られる、心の充足感。

……全部、俺が心の底から欲しかったもの。でも絶対に手に入らないと、諦めていたもの。それらが与えられるのなら、これが期間限定の生活でも、いいか。

彼に飽きられ捨てられるその日まで、なにも考えず、この心地よさに身を任せたい……そう思ってしまった。


ひと月？　……それともふた月？　ここに来てどれくらいの昼夜を駆け抜けたのか、正確な日にちはわからないけれど、ようやく竜王様の激情が落ち着いてくれた。

落ち着いたといっても、竜王様の『おつとめ』……カエルによれば、八つの世界を管理しているとかなんとか、が終わったらドラゴン姿の竜王様と鍾乳洞のお風呂に入ったり、食事をしたり。寝るのは毎日一緒のベッドで、彼にほぼ毎晩抱かれている。

ようはひと晩の回数が落ち着いただけという感じ。

俺の方も行為に慣れてきたのと回数が減ったおかげで、次の日に起きて動けるようになったから、カエル達にいろいろと説明してもらいながら、この世界のことを少しずつ知っていった。

まず、時間のこと。

当たり前のように日数やひと月という単語でカエル達と話が通じていたから、時の流れ方は同じなのかと思っていたら微妙に違った。一日が二十二時間で、一刻が三十分のこと。二刻が一時間。二十五日で一ヶ月経過して、一年は十三ヶ月。

白碧城と、竜王様が治める八つの世界の時間の進み方は共通だそうだ。ただし、それぞれの世界で言語も違えば文化も違うらしい。

あらゆるものから遮断された異空間にあるという白碧城には、窓が一切ない。そして、城外と出入りするための扉がない。だから、外観はまるで想像もつかなかった。

太陽の光が差し込むこともなければ、外が暗くなって夜だと察することもできない。

時計がないので朝と夜の区別はつかなくて、なおさらどれほどの時間の経過があったのかがわかりづらかった。俺は眠くなったら好きな時に寝るし、お腹が空いたら部屋に備え付けてあるベルを鳴らしてカエルを呼び、食べ物をくださいとねだる。銀色のハンドベルはちりんちりん、と小さな音しか出ない。なのにどうやって音が届いているのか、数分後にはカエルの誰かが現れるのだ。

竜王様とカエル達はちゃんとリズムを持って朝も夜もわかっているみたいなので、「陸、そろそろ寝所へ参ろう」だとか、「食事にしましょうかの」などの声をかけられると、ああ、そんな時間なんだ——と、漠然と把握するのだった。

言語は、彼らと俺でまったく別の言葉を話している。

日本語で話す内容と口の動きがちぐはぐで、なんでだろうと思っていたら……『召喚』された時にすべての言語に対しての翻訳通訳能力のような力を授けられていて、言葉は脳内で自動翻訳されているそうだ。だから、驚くことにこの世界の文字も読めた。ただし、俺が日本語を書いても彼らには理解できないようだ。

俺はカエルから竜王様の『お気に入り』っていう単語でよく呼ばれるけれど、これも直訳されているということだろうか。

カエルからの説明を聞いた時、それって都合のいい期間限定愛人じゃんって思ったけど、お気に入りって、ようは竜王様の気持ち次第っていう、すごく曖昧でふわふわした存在で……。言い得て妙な気もする。

城の内部はドラゴン姿の竜王様に合わせた仕様なので、どこもかしこも天井が高くて廊下も幅が広い。広すぎるほどに広く、白亜《はくあ》の壁には、青い幾何学模様の美しい装飾が施されている。

自然光が入ってこない代わりに、誰かが通ると自然とそこが明るくなる。どこかの部屋に入ると、勝手にちょうどいい明るさで満ちるのだ。眠たい時なんかは、暗くなれと思うだけで自然と部屋が暗くなる。不思議だけれど、原理だの理屈だのは考えるだけ無駄だろう。

俺に与えられた部屋は人間の『お気に入り』のために用意されたものだから、すべてが人間サイズ。竜王様が管理する八つの世界には人間以外にも動物やエルフ、魔族、魔獣、巨人や小人族など、多種多様な種族が存在するらしいが、竜王様が発情する相手は人間だけだという。

彼の同族はいないのかと訊ねると、『竜王種は当代にただひとりの存在』と教えられた。

家族も、いないのかな……。カエルから聞くんじゃなくて、竜王様本人ともっと色々な会話をしてみたいけれど、一緒にいるとすぐに発情してしまう彼のせいで、いつもあっという間に情交に持ち込まれてしまい、あまりまともに話せない。

俺は人との交流に慣れていないから口下手で、思っていることをなかなか言葉にできないし……不器用な自分がもどかしい。

与えられた部屋の続き間となっている備え付けのクローゼットには、見たこともないようないろんなデザインの服、下着、靴、装飾品の数々が膨大な量、置かれていた。

着方もよくわからない総レースの派手な服や、中には昔話のお姫様が着るようなドレスまであって最初は困惑した。だけどカエルに好きなものを着ればよいと言われたので、なるべく地味な白いシャツと、脛丈か足首まであるズボンを身につけ、デッキシューズっぽい厚手の布製の靴を履いて過ごすようにしている。

全部、自分の体型にジャストフィットなのが不気味。女性用のドレスすら、もしかして着てみたらちょうどいいサイズなのだろうか。

身を飾る習慣がないから、大粒の宝石をあしらった指輪やティアラ、ネックレスや腕輪などなど、宝飾品が綺麗に並べられているきらびやかな宝石箱には手をつけなかった。

この広大な白碧城で暮らすのは、竜王様と彼に仕える三匹のカエル達。

——そして、竜王様の『お気に入り』だけ。


竜王様は、普段ドラゴンの姿で過ごすことの方が多い。

食事をとる時はだだっ広いペルシャ絨毯《じゅうたん》のような敷物の上に直接座り、俺はドラゴンと向かい合って、目の前に並べられたものを食べる。起きるタイミングが違うので朝食は別だけど、夕食は必ず一緒にとるように、と命じられていた。

最初はドラゴン姿の竜王様が怖かったのだが、いつの間にか慣れつつある。竜型の時の彼は、決して自分からは俺に触れないからだ。力を入れていないのに、爪先ひとつで傷つけてしまったり、うっかり下敷きにして殺してしまう恐れがあるそうで……あれ？　やっぱり怖いよ。

毎度毎度、大量の生肉や野菜、果実が竜王様の前には並べられて、それをすごい勢いでたいらげていく。身体の大きさが大きさだから、当然だとは思うけれど。

俺の前には、ちゃんと人間用に調理された豪華な食事が並ぶ。

ここで提供される料理は、エスニックな味付けが多い。でも、たまに中華料理みたいなものも並ぶし、驚くことに和食っぽいものが並んだりすることもある。なんの魚かまではわからないまでも、明らかに刺身だろって生魚の切り身が出された時はビックリした。ただ、醬油はなかった。柑橘類の匂いが強く香るソースに付けて食べるものだった。

そもそもこの料理、あのカエル達が作っているのかな？　いつも熱々で出されるけど、材料はどこで調達しているんだろう？

毎度ボリュームたっぷりのせっかくのご馳走だというのに、残念ながら俺はかなり食が細い。いつも、申し訳ないくらい食べ残してしまうことになる。

竜王様から見ると、「それだけしか食べぬのであれば、すぐに病気になって儚《はかな》くなってしまうではないか！」と心配になるレベルらしく、竜型での自分の食事を終えると、人の姿になって俺の食べ残しを食べつつ「ほら、もう少しでいいからお食べ」と勧めてくるようになった。

お腹いっぱい……と思っていても、慈愛《じあい》に満ちた笑みを浮かべる竜王様に手ずから食事を口に運ばれると、ぱくっと食いついてしまい、意外とまだまだ腹に収められてしまったりする。

あれかな？　人型の竜王様とだと『一緒に食べている』感じがして、豪華な食事を更に美味しく感じられるのかも。

小さな頃からご飯を食べる時はひとりぼっちだったから、箸《はし》の持ち方をおかしいまま覚えてしまっていた。

『保科くん、お箸の持ち方が変だよ』

小学校の時の担任教師に、そう指摘されたことがある。給食の時間、みんなの前で言われたからクラスメイト達に笑われて、ひどく恥ずかしい思いを味わった。

級友達を見れば、確かに自分だけ持ち方が違っていた。全員が同じ持ち方ではないけれど、明らかに俺の、グーで握るような持ち方はおかしかったのだ。「おうちの人に、ちゃんと教えてもらいなさい」って指導されたから、その日の夕食を離れに運んできた手伝いさんに「教えて」ってお願いしたら、次の日、箸の持ち方を図解してある紙を渡された。

しばらくの間、それを見ながら食事をとるのを習慣にして、なんとか箸の持ち方を習得したのだ。

そんな時、隔離されている離れの窓から、庭でランチを楽しむ家族の姿を見かけた。

海斗も幼い妹も、ちゃんとした綺麗な所作で箸を持って、食事を口に運んでいる。普段から両親とともに食事をとる彼らは、親に教えられて箸遣いやテーブルマナーを覚えたのだろう。

――同じ家の、同じ両親から生まれたのに。

なんでだろう、なんで俺と弟妹で、こんなにも境遇《きょうぐう》が違うの……？

俺が醜いから？　家の『恥』だから？

カーテンの裾にしがみついてすすり泣いた、幼い日の記憶がよみがえる。

楽しそうな家族の声が庭から聞こえてくるのが、つらかった。

どれだけ望んでも、自分はあの団欒《だんらん》の中には入れない。

家庭でだけではなく学校でもひとりだった。友達がいなかったから給食制だった小、中学校を卒業したあとは高校で、自分で作った味気ない弁当や購買で買ったパンを、いつもひとりで食べていた。

誰かと寄り添って、会話しながらの食事だなんて……。どれぐらいぶりかな。

「……」

「どうした、陸。もう食《しょく》せぬか？　無理はせずともよい」

「はい……。あ、いいえ」

日本での寂しい食事風景を思い出して、ぼんやりとしてしまっていたようだ。竜王様の心配そうな表情が目に入り、慌てて意識をしゃんと戻す。

「うん？　どちらだ」

「竜王様と食べているから、美味しいです。もう少し、食べます」

「……そう、か？」

「はい」

だってこんなふうに、「もっと食べないとダメだ」って、食が細いことを注意されたこともなければ、ご飯を口に運ばれて『あーん』なんて促されたこともない。

十七歳にもなってっていう気恥ずかしさも、もちろん感じるけれど……嬉しいな。

腹はほぼ満ちていたが、彼の期待に応えたくて口を開いた。竜王様の手で運ばれるスプーンの上には、スパイシーな風味の粥《かゆ》状の料理が乗っている。ぱくりと口に含み、ゆっくりと咀嚼《そしゃく》してごくんと飲み込む。

その瞬間、竜王様の顔の横、ちょうど人間なら耳のある位置に、銀髪の隙間からにょきっと薄い皮膜をまとった白いトゲトゲ——竜のひれが出現した。

えっ、なんで!?

これは、人型を取っている時の竜王様が半分竜化する合図。驚いたり、発情したりすると、気が緩んで本性が現れてしまうようなのだ。

いやあの、ちょっと待って！　今の少ない会話のやり取りで、どこに驚いたり彼の発情を促す部分があった!?

あわあわと戸惑っているうちにも、着ていた服が消えるし、竜王様の頬は紅潮して息は荒いし、さっきまで忙しそうに給仕していたカエル達がいつの間にかいない！

まさか、竜王様が発情したのを察して、空気読んでいなくなったのか!?　それとも、竜王様が消した!?　っていうか、食事中に発情って、ナニゴト——!?

と。いろいろ混乱している間に、いつの間にやら興奮もあらわの竜王様の膝の上で、いやらしく喘いでいる状況に持ち込まれていた。


「う、……ぁ、ぁ、ふぁ……」

「陸。さあ、私にも早く食べさせておくれ」

「は、はい……」

震える指先で、巨峰《きょほう》のような実の赤い薄皮を剝き、瑞々しい果実を竜王様の口元に運んだ。だというのに、竜王様はにこにこと微笑みながら、首を横に振る。

「違う違う、私は陸の唇からそれを受け取りたい」

「え……っ、あ！　あ、……はぁっ……」

「早く」

早く、と促しながら、腰を揺する竜王様。

あぐらをかいている竜王様に向き合う形で座らされ、彼に下から貫かれている。

「ほら、陸」

がっしりと背中を支えられて揺さぶられつつ、もう片方の指の腹でころがすように乳首をいじくられ。与えられる快楽でぷるぷると震えながら、果肉を口に含んだ。

甘い果肉を唇に挟むと、竜王様がそれを搦《から》め捕《と》るように舌を差し入れてくる。

口内で果実が潰れ、果汁が溢れ出した。お互いの舌を絡め合わせると、果汁とも唾液ともつかない水分が溢れ出して彼と自分の唇を濡らす。

「甘い。陸……、そなたは、どこもかしこも甘い」

「竜王、さま……っ！　ぁ、ああ、あっ、……ぁぁ……」

ぬちゃぬちゃとひどい水音をたてながら、ハメられたまま腰を回すように動かされると、感じるところを余すところなく嬲《なぶ》られ、とても正気を保てない。

果実の甘さを舌先で押しつけ合いながら、大きく揺さぶられ――。

「や、やだ、……も、……出ちゃう、……はぁっ」

「何度でも、好きなだけ……極まるがいい、陸」

下半身で交じり合いながら、舌で甘味を、汗ばむ身体で快楽を分かち合う。彼の舌先で喉奥に潰れた果実を送り込まれ、ごくんと飲み込んだ。

竜王様の呼吸も忙しなく荒ぶっていて、余裕のなさを雄弁に伝えてくる。それが、俺に更なる愉悦をもたらすのだ。

だって、一緒に感じてくれていることがわかる。

他人と同じ快楽を同時に分け合っていることが、泣けてくるほどに嬉しい。

「竜王様ぁ、気持ちぃ、……ぃ、……気持ち、いい、です……っ」

目の前が、涙で霞《かす》む。想いを素直に吐露《とろ》すると、気持ちよさが形になって耳に届き、快感が増していく。

「……っ！　そのように、私を煽《あお》るな……！」

大きな節ばった手で両腰を摑まれ、下から響いてくる律動に合わせて腰を振らされた。必死で彼の首筋にしがみつく。その首筋から背中にかけて、鱗が現れていた。

激しく出入りする熱塊《ねっかい》が与えてくれる快楽に、全身が溶けてしまいそう。

「や、やぁ……っ、あっ、あっ！　だめ、も……っ」

「私は……そなたが愛おしい。陸、陸……っ」

愛おしい？

それって、どんな気持ちのこと？　長い年月を生きる竜王様《かれ》にとってはほんのひとときの、暇つぶしの相手。俺の魂は変容して、いずれこの人に捨てられるのに。

それがわかっているからかな。だからこそ、刹那的《せつなてき》な快楽にこれほどのめり込むことができるのかもしれない。

——自分の心は、置いてけぼりなままで。

全身を揺さぶり突き上げる速度が上がり、たまらなく感じる部位を彼自身の張り出したところで何度も断続的に擦られると、内股がビクビクと痙攣した。

「ひぁ、ぁ……っ！　や、だめ、そこ……っ」

「ここが、いいのであろう？　そなたの反応は、言葉とは裏腹でまことに愛らしい……っ」

「ダメ、ダメ、……ぁ、ぁ、あっ！」

「ダメ、ではなくいいと言っておくれ」

「……ひ、ん……っ」

狙ったように弱い部分をごりごりと刺激され、もう、もたない。

「ダメ、………ぁ、ぁ、いぃ……っ、も、あ、あぁ……っ」

脳内が真っ白に塗りつぶされるような快楽に支配され——欲望を、吐き出してしまう。性器への直接的な刺激を受けずに射精したせいか、先端からとぷとぷと、溢れるように白濁がしたたり落ち、陰茎と陰嚢《いんのう》をどろりと汚しながら彼と繋がっている部分にまで垂れていく。精液のぬめりをまとって彼の逞しい欲望が出入りするたびに、響く淫らな水音が更に派手なものになった。

「陸……っ」

竜王様の切羽詰《せっぱつま》った声とともに視界がぐるりと変わり、高い高い位置にある天井が目に飛び込んでくる。絨毯の上に押し倒されて、両足を高く掲げられながら激しい腰遣いで攻めたてられた。

「陸、……はあ、陸……っ」

「ふあ、あ、あ、……あぁ……っ」

先に達したせいで敏感になりすぎている体内をぐちゅぐちゅとえぐられると、怖いぐらいの悦楽があとからあとから溢れ出て、苦しい。息も、できない。

「りゅ……おう、さまぁ……っ、も、や……っ」

涙でぼやけた視界の先にいる竜王様は眉間に皺を寄せ、なにかを堪えるようなせつない表情だった。けれど、瞳だけは瞳孔が縦長に引き絞られ、ギラついている。

その日に射貫《いぬ》くように見つめられると、全身がかぁっと熱くなった。

息苦しささえ、快感と羞恥に変換されて上書きされていく。大きな身体を何度もぶつけられて、ぬめった内部をガツガツと穿たれると、瞼の裏がチカチカと瞬くような白い視界に包まれる。

「あっ、……ぁー、……！」

「く、ぅ……っ、は、……陸……っ」

竜王様が食いしばった歯の隙間から唸《うな》るような声を漏らしながら、体の奥深くを濡らした。どくんどくんと、お互いの血が脈打つ音すら聞こえてきそうなほどの、密着。

達したあとも小刻みに腰を前後させ、射精しきった竜王様が覆い被さってくる。優しく抱きしめられながら、涙に濡れた目元をしっとりと舐めとられた。激しい情交のあとでは、そんな些細な行為にすら身体が震えてしまう。

「んぅ……」

「陸……」

熱い吐息とともに囁かれる、俺の名前。

その響きに、今だけは間違いなく存在する、愛情の欠片を感じた――。


前向きに考えよう。

ここではいじめる人もいないし、奇異《きい》なものを見る目で見られて蔑視《べっし》されることもない。

いずれ終わりが来ることは確実なようだけれど、今は愛されている実感があって、竜王様のぬくもりを感じながら大事にされる生活。

……ひとりぼっちで人生を終えるのだと決意していた頃を思えば、まるで夢みたいだ。

そもそも、俺自身は彼に恋しているわけでもなんでもない。変わらない愛が欲しいだなんて、分不相応なことを考えるのは無駄だよな。普通の恋人同士でも、恋愛感情なんて冷めていくものだというし。

寄《よ》る辺《べ》のない世界で、生活の面倒をみてもらう代わりに彼の発情に付き合う関係だと思えばいいじゃないか。しかも、飽きて放り出される時にはなにか願い事を叶えてもらえるらしい。

『不老と不死以外、竜王様の力が及ぶ範囲でなら』という条件付きだったけれど。

竜王様は、なんでもできる神のような存在なのかと思っていたら万能ではないそうだ。

例えば、人の怪我や病気を治すことはできないし、一度死んだ生物をよみがえらせることもできない。なにかを消失させたり転移したりはできるけれど、壊れたものの修復はできない。

八つの世界を統《す》べる王様は、創造よりも破壊の方がお得意なようだ。

そんな彼になにを願うかなんて、まだ想像もつかない。でも、この右も左もわからない異世界で生きていくために、ゆっくり考えようと思う。

日本に帰れないことについては、今ではきっぱりと諦めがついている。『地球』も『日本』も、竜王様が治めている八界の中には存在しないそうだ。竜王様の力が及ぶのは彼が治める八つの世界と白碧城の中だけで、関知しない世界へは力が及ばないとのことだった。

だけど、日本での生活に未練があるかと自問自答すれば、……正直、あまりない。

どうしてももう一度、会いたい人がいるか？　俺を心配していると思える人は？　日本に戻って、したいことはあるか？　やり残したことは？

――そんな心の問いかけに、なにも。なにも思いつかないのが、答えだった。

なんの情熱もなく、打ち込む趣味もない、つまらない日々。学校の課題とかやりかけのゲームとか、続きが気になっていた漫画だとか、すべてが些細なことに思える。

家族を含め希薄《きはく》だった、人間関係。友達ひとり、いなかった。自分をいじめる奴と無関心な人間しかいなかった学校もどうでもいい。あと一年ほどで、どうせ縁が切れる予定だった家族に会いたいとも思わない。俺が消えて、喜んでいるんじゃないだろうか。

生まれて十七年を過ごした故郷にたいした未練も覚えない自分が、みじめだ。

……あ。でも、海斗は――？

弟が消えたことで、両親は半狂乱だろう。祖父と妹も、親戚も。海斗は友達が多かった。長い付き合いの彼女がいるのだという噂を聞いたことがある。みんな心配して、探しているはずだ。

海斗は、どうなったんだろうか。あいつは、望めばいずれ日本に戻れるのかな。俺とは違って『勇者』として召喚されたのだから、まだファグダンドルにいるのだとしても、大事にされているとは思う……。確かめるすべはない。

俺自身、自分の状況をすべて受け止められていない上に、よくわからないことも多い。

けれどあまり未練を感じない日本での思い出はすでに色褪《いろあ》せているし、ひと月あまり石牢に閉じ込められていた時の強烈な飢餓感と孤独を思えば、衣食住が保証されている暮らしは、心の安寧《あんねい》を与えてくれた。

それに——日本では誰にも見向きされなかった俺を、大切にしてくれる人がいる。

白碧城での生活は現実感がなくて、まるで夢の中をふわふわと彷徨《さまよ》っているような心地で過ぎていく。

ただただ、ぬるま湯に浸かったような安息と、竜王様から向けられる激情に流される日々に、俺は身を委《ゆだ》ねたのだった。


現状を受け入れ、未来のことまで考えるようになれば、毎日が格段に楽しくなってくる。

「ホシナ殿ーっ」

「あ、コウさん」

紙の束を抱えた黄色いチュニックを着たカエルに呼びかけられて、歩いていた足を止めた。

コウさんというのは、黄色いフード付きのチュニックを着ている彼につけたあだ名だ。

カエル達に個別の名前というものはなくて、ただ個体の判別のためにそれぞれ違う色の服を着ているだけなんだとか。お互いのことも、赤だの青だのと、色で呼び合っている。

だから俺も最初は「赤さん」とか「青さん」って呼びはじめたんだけれど、「黄《き》さん」だけ、なんだかしっくり来なかった。「黄色《きいろ》さん」もなんだか変な感じがして……。

それで、黄という漢字の別の読み方で、彼だけ「コウさん」って呼ぶことにした。

そしたら、なんでか赤さんと青さんが「黄《き》だけ、ずるいですぞ！」と怒り出したのだ。自分達も、あだ名が欲しいと。

なんの捻《ひね》りもなく、赤も青も漢字の音読みにしてみた。ネーミングセンスがゼロな自覚はあるし、咄嗟《とっさ》だったので適当だった。

「じゃあ、セキさんとセイさんって呼び方はどうですか？」

それぞれに提案すると、カエル達がパアアっと嬉しそうな笑顔になった。

「わたくしは、セキですと！　セキ！　なんだか不思議で素敵な響きじゃの」

「セイ……。セイ、か。悪くないのう」

「おぬしらー！　ホシナ殿に、一番最初にコウという呼び名をもらったのはわたくしぞ！」

きゃあきゃあと、大騒ぎでなぜかとっても喜んでくれて、以来自分達同士でもセキ、セイ、コウと呼び合うようになったのだ。

見た目は似たような容姿のカエル達だけれど、日々ともに過ごしているとそれぞれの個性が見えてきて、いつしかチュニックの色以外でも見分けがつくようになった。

セキさんは、ちょっとどっしりした体型で三人の中でもリーダー格。竜王様のそばにいつでも付き従っている。

セイさんは、三人の中では一番背が高くてスマート。堅物《かたぶつ》で、真面目なんだけど、ちょっとひねくれた性格。

コウさんは、お調子者というか……。竜王様相手でも、丁寧な口調ながらたまに失礼なことをぽろっと言っちゃうような、明るくてひょうきんなタイプだ。

――最初は、彼らを気持ち悪いと思ってしまう自分がいた。

でもなんでも、慣れていくものだ。緑色で一部まだら模様の入った、ぬめりを帯びている肌も、指先が丸い球体になっている手にも、水かきのついた脚も。見慣れてしまえば、そんな彼らに身体を触られても平気になってしまったし、カエルの手で運ばれてくる食事にも嫌悪を覚えなくなった。

平たい顔に離れてついた黒くてつぶらな目に至っては、最近は可愛いと思いはじめたくらいだ。彼らは喜怒哀楽の表情が豊かで、感情が読み取りやすいのも、早くに親しみを覚えられるようになった要因かもしれない。だいたい、日本にいた時に散々ヘビ男呼ばわりされていた俺が、二足歩行で喋るカエルを気持ち悪いと思うなんてお門違《かどちが》いだよな。

一方で彼らの方は、人間の美醜《びしゅう》なんてよくわからないようだ。俺が醜かろうが美しかろうが、お気に入りが存在する間は竜王様はご機嫌、おつとめがどんどん捗《はかど》るし、日々のスケジュールが円滑にこなせる。それが最重要であるらしい。俺の姿かたちなんてどうでもよくて、下手したら人格すらどうでもいいのかも。

Cou
Sei
Seki

「ホシナ殿、どこかへ行かれるところか？」

「はい、あの……リュティビーアに行ってみようかと思って」

「おお、とうとう行ってみられることにしたかの」

白碧城に召喚されてから、漠然とだけど、この世界の時間で三ヶ月ほど経っている。以前セイさんがお気に入りに関して説明してくれた時、竜王様が見限る期限は早くて数ヶ月、もって数年と言っていた。

自分が、あとどれほどここにいられるのかわからないのだ。この城を出たあと、暮らすことになる国を見てみようと思った。

悪い扱いは受けないはずだって言われていたけれど、本当かな。どんなところなんだろう？

「わたくしが案内しようかの？　竜王様のお気に入りが現れたことはもう伝わっておるし、あの扉は白碧城の住人にしか開けぬので、リュティビーアの者には、ホシナ殿がお気に入りであることはすぐに知れると思うが」

「コウさん、お仕事中ですよね？　俺、ひとりで行きますよ。とりあえず、少し覗いてみるだけのつもりだし」

「気遣い無用ぞ。竜王様から、ホシナ殿に関することを一番に優先するよう、仰せつかっておるからの！」

「……ふうん？」

ちょっとだけ、疑いの目を向けてしまう。

コウさんの性格的に、俺にかこつけて仕事をあと回しにしているようにも思えるんだけどな……。

でも、たしかに未知なる場所へひとりで行くのは怖い気持ちもある。一緒に行ってもらえるのなら、心強いかも。

「じゃあ、お願いします」

「行こう、行こう」

ノリノリのコウさんとともに、リュティビーアへの扉を開いた。

第4章　竜に愛されし国

扉を開いた先は、円形状の広い空間だった。

——明るい。そして、白碧城よりも気温が高くて暑い。

窓には多彩な色遣いのステンドグラスがはまっていて、陽の光が燦々《さんさん》と降り注いでいる。白碧城からリュティビーアへ渡るとまず神殿に出るとカエルが言っていたから、ここは竜王様を祀《まつ》る神殿内なのだろう。

竜と乙女が描かれたアーチ状の天井は頭上遥《はる》か高く、彫刻の施された白い柱が何本もあり、それには銀による装飾が数多くあしらわれていた。広間の奥まったところに、祭壇らしき場所がある。見上げるほど大きな円柱と台座が組み合わさった祭壇の周囲には、鮮やかな彩《いろど》りの生花がたくさんそなえられてあって、竜王様が日々丁寧に祀られていることが窺《うかが》えた。

窓の外から降り注ぐ、光。

久しぶりに感じる、太陽の明るさだ。

人間って、太陽光を浴びないとダメなんだって聞いたことがある。なにかのビタミンの生成に関わるとか、ホルモンの分泌だとかに関係しているんだっけ。目で感じるまぶしさと、自分を暖かく包む日光の懐かしさに浸っていると、離れたところから男性の声がかけられた。

「——っ！　そこに使者殿とご一緒におられるのは、『お気に入り』様でいらっしゃいますか?」

「おお、神官長殿」

こちらを驚いたように見つめているのは、褐色の肌をした大柄な男性だった。うねって癖のある藍《あい》色《いろ》の髪を肩まで伸ばしていて、眉が濃くて鼻梁《びりょう》が高く、彫りの深い顔立ちをしている。肌の色と顔の造りは、地球の人種でいえば中東系っぽい。年齢は三十代半ばというところかな。

白いカラー付きの神父服のような上着の合わせ目には金と青の刺繍がしてあり、首から長い銀のネックレスを下げていた。長袖の袖口は広く、上着の丈は膝まである。かっちりと堅い印象を受ける上着とは対照的に、足首までの細身のズボンを履いた足元はサンダル履きで、涼やかだ。

彼はつかつかと長い足をスライドさせながら、コウさんと俺の元へ駆け寄ってくる。

距離が近くなると、男性の体格の良さに圧倒された。身長が俺よりも優に、二十センチは高い。背丈だけなら竜王様と変わらないくらいだけど、竜王様は逞しくともすらっとしているのに対して、目の前の男性は肩幅が広く、胸筋の盛り上がりが服の上からでもわかるほどだった。

そんな彼が突然俺の前で身体を折り、跪《ひざまず》くと頭を垂れた。

「長く……。長く、お待ちしておりました。我らが竜王様の『お気に入り』様」

「え……」

戸惑っていると、コウさんが俺を紹介してくれた。

「神官長殿、こちらはホシナ殿。百年ぶりに現れてくださった竜王様のお気に入りじゃ」

「ホシナ様……。私はこの竜王様を祀るレカトビア神殿で神官長をつとめさせていただいております、クスタディオ・ラオ・ティアハダーンと申します。どうぞクスタディオとお呼びください」

「保科です……。あの、頭を上げてください……」

クスタディオさん、クスタディオさん、と頭の中で反復する。外国風の名前の響きは、一度で覚えるのが難しい。

クスタディオと名乗った男性が、ゆっくりと顔を上げる。そして、俺の顔をはじめて正面から見て——目を瞠《みは》り、眉を顰めた。

「……、あ……」

久しぶりに出会う、竜王様とカエル達以外の人。

彼の表情は、あからさまではないものの、異形である俺の顔立ちに驚いているものだった。もちろん、よくない意味でだ。胸が、ちくりと痛む。

しかし神官長という高い身分であるらしい彼は、そつなくその感情を押し隠して微笑んだ。

「お気に入り様が見つかったとの託宣《たくせん》があってだいぶ経ちます。いつ、このリュティビーアへお渡りがあるのかと、心待ちにしておりました」

「そう、ですか……」

どうしよう。俺の心、弱くなってる。

数ヶ月、竜王様に可愛い美しいと褒めそやされて可愛がられて、カエル達とは、まるで旧知の仲のように接していた。

彼らと、普通に話すことができて楽しかったのだ。話しかけても、嫌がられない。むしろ、嬉しそうに対応してくれる。他人からの拒絶ばかりを経験していた俺にとって、それはとても心地のいい共同生活だった。

だけど白碧城を出たら、好意的な人ばかりじゃないのだ。警戒心を緩めるべきじゃなかった。

——だってほら、神殿内の人が集まってきて、いろんな人に対面させられるけれど、みんな驚いた顔をしている。

『こんな奴が、竜王様のお気に入り？　本当に？』

彼らの表情が雄弁に物語っていた。中には、「ありえない、冗談でしょう」と呟いてあからさまに嘲笑する人もいた。

集《つど》ってくるリュティビーアの人々はみんな褐色の肌で、金髪、茶髪、オレンジ色などの少々奇抜に感じる髪色をしているものの、総じて彫りの深い、美しい顔立ちの人ばかりだった。

クスタディオさんと同じ服装をした神官らしき人以外は、二種類以上の布を組み合わせた足元まであるワンピース状の民族衣装を身にまとっており、胸元や腰元に巻かれた帯すらも鮮やかな色遣いで、とても華やかだ。男性も女性も、指輪に腕輪、耳飾り、チョーカーやネックレスなど、たくさんの装飾品を身につけている。

自分の青白い肌と、シンプルなシャツとズボンという格好がみすぼらしく思え、あまりの場違い感に恥ずかしくなってきた。

広間に続々と集まってくる美しい男女が、最初は期待に胸をときめかせて入室してくるのに——貧相なヘビ男を見ると、まるで不可思議な現象に遭遇したとでもいうように目を丸くして、顔を顰《しか》める。周囲の人々と、なにかしら囁き合う。

気を遣われたんだろうけれど、俺は緻密《ちみつ》な刺繍がしてある豪勢な絨毯にたくさんのクッションが置かれた場所に座らされ、飲み物だのドライフルーツだのでもてなされている。

コウさんは俺の横に座ってのんきにお茶を飲んでいたが、続々入室してくる人々の反応が思い描いていたものと違ったようで、今では戸惑ったように、おろおろと周囲を見回している。

集まった人々は男性の割合が高く、背が高い。彼らの方は立ったままの高い位置から、珍獣でも観察するようにじろじろと見られるのがいたたまれなかった。

……つらい。

やっぱり、俺はどこの世界でも異質なんだ。最初に転移したファグダンドルでリザードマン呼ばわりされても、世界がまた違うというリュティビーアでは受け入れられるのではないか、という淡い期待を抱いてしまった。竜王様のお膝元でなら、ちやほやされるとでも思ったのか？　彼のお気に入りとして、大事にされるとでも？

結局、見世物《みせもの》状態の現在《いま》。馬鹿な希望は砕け散った。

とにかく、一度ここから逃げたかった。いずれまた来なくてはならない国かもしれないが、今は、ここから逃げたい。

次は、もっと覚悟を決めて来るから。――だから、だから。

場所も考えずに、泣きわめきたくなる。みじめな気持ちをグッと堪えて「帰ろう」と、コウさんに声をかけようとした時だった。

「その者が、竜王様のお気に入りだと!?」

突然、怒声が響き渡った。

コウさんと俺が入ってきた扉とは反対側にある、大きな両開きの扉から、きらびやかな衣装に身を包んだたくさんの男女と、鎧《よろい》を身につけた騎士のような人々が入ってくる。

その中央には金髪の、立派なヒゲを生やした壮年の男性が立っており、彼が発した声だったらしい。一際《ひときわ》、豪奢《ごうしゃ》な衣装と宝石を散りばめた装飾品を全身にまとっていて、黄金の額飾りをつけている。

「信じられん！　テセイシアを……。テセイシアを拒絶して、このように醜怪《しゅうかい》な男を選択するなど

「……！」

「リカルド王、言葉をお控えくださいませ!!」

クスタディオさんが、血相を変えて王と呼ぶ相手を叱りつけた。

クスタディオさんと数人の神官は、ずいぶん前からこの広間に集まった人々を諌《いさ》めていたのだ。だが、悪意ある囁きはさざ波となり、すでに広間に満ちていた。

そこに、今登場した『王』が火に油を注いだ、ようだ。

リカルド王と呼ばれた男の横には、驚くほどに美しい少女が、ぼんやりとした表情で佇んでいた。

十代の、半ばくらいだろうか。小柄で華奢《きゃしゃ》な体つきを見ると、自分より年下だと思う。褐色の肌だけれど、周囲の人よりは色白に感じる。美しく輝く金髪は長さが腰の辺りまであって数ヶ所が複雑に編み込まれており、髪型すらも彼女の美しさを際立《きわだ》たせる装飾品のようだった。竜王様よりも深い色合いの、碧い瞳。ピンク色の唇を半開きにした彼女の表情には、嫌悪も、好奇も、見受けられなかった。

ただ、口の端を少し持ち上げて微笑んでいるように見える。

彼女の白いドレスの陰には、少女に似た面差しをした美少年がくっついていて、その少年はこちらを憎悪をあらわにした目で睨《にら》みつけていた。

少年が、急に俺の目前まで駆けてくる。

碧い、大きな瞳。今は眉を釣り上げて怒りでらんらんと光らせているが、彼の整った顔立ちは全然似ていないのに、なぜか弟の海斗を思い出させた。

「お前が竜王様の『お気に入り』だなんて、嘘だろう！　だって……、だって、テセイシア姉様の方が、断然美しいではないか!!」

なにを言われているのか、わからない。

テセイシアって、誰。

初対面の少年に、なぜこんなにも、悪意をこめて批判されているのか。

「お前のような醜い人間、初めて見たぞ！　人間……そもそも、人間なのか!?　どうやって竜王様に取り入ったのだ!!」

自分より五歳は年少であろう小柄な少年に、胸ぐらを摑まれる。小さな手には力がこもっていて、本気の怒りを伝えてきた。

非難に彩られた彼の言葉は、俺の心を激しく傷つけた。慣れているはずなのに。容姿を醜いと、謗《そし》られることとなんて。

――なにも、なにもしていないよ。

いきなり弟と異世界に召喚されて、更にそこから竜王様に召喚されて、わけもわからないまま身体を合わせる関係になった。

そして、いずれは飽きて放り出されるというから……そうなった時、自分が暮らすことになる国を見に来たんだ。それだけ、なのに。

周囲に集まった人々から伝わってくる悪意と、少年から発される怒気。

圧倒されて、自分を擁護《ようご》するための声も出ない。

クスタディオさんが飛びつくような勢いで、少年の手を俺から引き離した。

「エルミア殿下、お控えください！　みなも、出て行け！　誰もこの方の価値を、理解していないようだな!!」

彼の一喝《いっかつ》で、ざわざわと騒がしかった広間が一瞬、しんと静まる。

その隙に、俺は自分がくぐってきた扉に縋りついて開くと、奥へ飛び込んだ。


白碧城で、俺が与えられた部屋からはほんの十数メートル歩いた先にある廊下の行き止まりに、リュティビーアへと出入りする扉はあるのだ。

俺の背丈の三倍はありそうな高さの、重厚な両開きの扉は、見た目に反して驚くほど軽い。

ころがるように城側へ倒れ込み、すぐに扉を閉じた。見慣れた白碧城の廊下に、ほっとする。いつの間にか悲しさとつらさで涙が出ていたようで、俺の頰はびしょ濡れだった。廊下に膝をつき、敷き詰められた柔らかな絨毯にこぶしを埋める。ひくひくと、堪えていた嗚咽が漏れて止まらない。

人々のたくさんの声に送られるようにして、コウさんが俺を追って出てくる。扉が閉まると、その背後の喧騒も掻き消えた。

「ホシナ殿……」

困惑したような、コウさんの声。

ああ、そうか。人間の美醜を理解していないカエル達には、俺が醜い容姿であることがわかっていなかったのだ。

百年前にいたのが最後だという歴代のお気に入り達の容姿なんて知る由《よし》もないけれど、少なくとも普通の面相《めんそう》であればきっと、リュティビーアに行けば歓迎される存在で……。

慌てて、頬の涙を拭い取った。

「あの、コウさん。ごめんなさい、わかってなかったんだと思うけど、俺って人間の中ではかなり不細工なんだよ。だからリュティビーアの人達、驚いたんじゃないかな」

「それにしたって、あれはたいそうに失礼な態度であったろ。わたくし、竜王様にお伝えして参る！」

「待って、待ってコウさん！　お願い、竜王様には言わないで！　……それより、テセ、テセイシアさん……って、誰のことだったの？」

コウさんは、首を捻って少し考えたあと「ああ、思い出したでの！」と、手を叩いた。

「リカルド王の娘じゃや。兵と、少年少女とともに現れた男がおったであろう？　あれはリュティビーアの王リカルド、一緒におった子どもが、テセイシア姫とエルミア王子。テセイシア姫は一年前に『神子《みこ》』として竜王様に献上されたのだが、竜王様は見向きもされなんだ」

「神子……？」

「なにか災害が起きたり、飢饉《ききん》や国難に見舞われると、いろんな世界の人間どもが『神子』や『生贄』として、お気に入り候補を竜王様に捧げるのだがの、竜王様が気に入れば白碧城に召し上げるし、気に入らなんだったら拒否する。『お気に入り』が見つかれば竜王様の治世は安定するから、人間どものやることもあながち間違いではないが……。リュティビーアは国難などに関係なく、王族や高貴な身分の子どもが育つと竜王様に神子として捧げるのが慣習となっておる」

リュティビーアの民達の態度に納得いかない！　とプリプリ怒りをあらわにする様子のコウさんに、彼らの反応について竜王様に言うのはやめてくれと固く口止めをして、自室に戻った。

白碧城を出て行く時には、行き先はあの国しかない。その時接してくる相手が心の中では罵っているのに、竜王様の威光のおかげで表面上だけ大切にされたりへりくだられるのは、嫌だ。

ちっぽけだけど、俺にだってプライドぐらいある。

リュティビーアでは、竜王様のお気に入りに召し上げられることが大変な名誉なのだそうだ。しかも候補だったのは、あんなにも美しい姫。王も国民も、きっとテセイシア姫は気に入られるはずだと自信を持っていたのに、竜王様は顔を合わせることもなく、使者であるカエルに「要らぬ」と伝えさせたのだという。

「はは……、は……あはっ、はははははは！」

なんだか、笑いがこみ上げてきてしまった。ベッドに寝ころびながら、大声を出して笑う。

誰もが美しいと認め、褒め称えるような美少女を「要らぬ」の一言で済まして、俺みたいに不細工な男なんかを、ひと月も気配を探し続けるほど求めるなんて。――滑稽すぎる。笑えて、仕方ない。

俺の胸ぐらを摑んで怒気を迸《ほとばし》らせていた王子を、思い出す。

『人間……そもそも、人間なのか!?』

さすがに、人間なのかどうかを疑われたのは初めてだ。世界を超えてまで醜いと言われる自分の容貌。

「はは、……ははは」

人間なのか？　って凄絶な言いざまだ。

お前と一緒で、頭があって目鼻と耳、手足ついてんだろ。見りゃわかるだろって、ひとりになった今なら、言い返してやりたいセリフがつらつらと思い浮かぶのにな。

罵倒されている時は、ただただ圧倒されて、悲しくなる。なにも反論できないんだ。

竜王様の美醜感覚は、どれだけ普通の人とずれているんだろう。いくら、一番重要なのは魂の形だとしたって、すごくないか。今までのお気に入りは、魂の形で選んでいただけなのかな。

——天蓋から脚部分の細部に至るまで、彫刻と装飾によって意匠のこらされた、豪華なベッド。おそらく最上級の肌触りであろう、するすると滑るような感触で自分を包み込んでくれる柔らかな寝具。広く明るい部屋の中は、まるでヨーロッパの古い宮殿内のようになにもかもが美しい。大理石の床はピカピカつやつや。敷かれた絨毯も、品があって美麗。踏むのが恐れ多いくらいだ。

化粧をしない俺には必要のないドレッサーと、大きな鏡。続き間となっているクローゼットには、溢れんばかりのきらびやかな衣装と、眩く輝かしい宝飾品の数々。少女趣味に思える華美なソファと、書机。

自由に使っていいのだろう収納用の棚に、飾るものなんてなにもない。だって、自分のものなんて持っていないから。

唐突に感じる、深い谷底に落ちるような孤独感。

……あまりにも美しい部屋の中で、唯一異質なものがあるとすれば、俺だ。

まったくそぐわない。

例えばもし、女の子がこの部屋を与えられたなら、普通は大喜びするだろう。竜王様という美しくて逞しい男性に情熱的に愛されて、幸せを感じるかもしれない。白碧城での生活に退屈を覚えたら、綺麗な服で着飾ってリュティビーアへ渡り、歓待されて人々と交流を楽しめばいい。

生憎《あいにく》と俺は男で、この部屋にいる違和感と、竜王様の伽の相手をして得られる即物的な快感しか受け入れられないけれど。

書机の上になんとなく置いてある、ピンク色をしたクマのぬいぐるみを見つめる。

海斗に巻き込まれて異世界に召喚された時に自分が持っていた、ただひとつのものだ。制服は石牢での生活の間にあちこちが擦り切れてしまって、いくら綺麗にしてもらっても着ることはないと思ったので処分した。

『うわ、へビ男じゃん。あんたが触ったのなんて、キモくてもういらないって』

あの日。落とし物を手にして、告げられた言葉。

そうだよ、俺は元々誰からも忌避される存在だったじゃないか。たった数ヶ月のぬるま湯生活のせいで忘れていた。もう、安易に期待などするもんか。

竜王様に飽きられたあとは、リュティビーアの隅っこで暮らさせてもらおう。ああ、なにか願いが叶えられるなら、誰にも会わないで済む生活を望もうかな。一生働かなくていい程度の金銭をもらって、田舎で晴耕雨読《せいこううどく》の生活なんてどうだろう?

お、いいじゃん。……めちゃくちゃ、素敵な未来だ!

——心の底からそう思って、こんなにも大笑いしているのに。

さっきから涙が止まらないのは、なんでだ。

ひっくひっくと嗚咽を漏らしながら、気が済むまで泣いた。悔しさもみじめさも、涙に乗って身体から流れていけばいいのに。

「陸、食欲がないのか？」

夕食の席で、竜王様に訊ねられた。

「そなたはいつも食が細いが、今日はいつにもましてあまり食べていないように思うのだが。本日の食事が口に合わぬか？」

「……そんなこと、ないです。美味しいですよ」

うわの空で、彼の問いかけに応える。

確かに、食欲はなかった。いくら悪意をぶつけられることに慣れていても、たくさんの人々に囲まれ、好奇の視線に晒《さら》されて揶揄の言葉を囁かれる体験は、精神を疲弊させた。

王子様だとかいう少年に面と向かって罵倒された言葉も、身に沁みている。

こんな日に元気を出せと言われても、正直難しい。

だから、忘れさせてほしかった。

いつものように竜王様にめちゃくちゃに抱かれて、目もくらまんばかりの快楽を与えられ、リュテイビーアの人々の嘲笑と悪意を忘れたかったのに。

この日、竜王様は俺を抱こうとはせず、ただ優しく抱きしめて眠りについたのだった。

一緒に寝ているのに、セックスをしないなんて。まだ行為に慣れていなかった頃、抱きつぶされた俺の世話をしているカエル達が抗議し、竜王様が気遣われて夜の寝所を別にされた時以来だ。

もしかして、俺の魂の変容が速いのだろうか。歪みがひどくて、もう発情しないほどに心が離れはじめている？

でも、そんなことを訊けるはずもない。

……寂しい。

ひとりじゃないのに、くっついて寝ている人がいるというのに寂しくてたまらなくて、孤独を感じる。

肉体《からだ》だけでも、誰かに求められているのだと思いたかったのかな。

――空虚な心と身体を持て余しているうちに、いつしか眠りに落ちていった。

第5章　オリエイリオへ

あまりすることがない。

娯楽が少ないとは言われていたものの、確かに白碧城には食事以外の楽しみがなかった。風呂が好きだから、鍾乳洞の風呂にはよくダラダラと長居しているけれど。

日中、竜王様は『おつとめ』をしている。どんな仕事をこなしているのか、知る機会はまだない。カエル達が言うには、やることが山積でとにかく忙しい身の上らしい。

俺がリュティビーアを初訪問した日の次の日は普通に抱かれたけれど、セックス自体は間隔が一日空いたり、二日空いたりする。最近の竜王様はなんだか心ここにあらずといった感じで、ちょっと疲れているように見える。

俺という『お気に入り』に、もう飽きが来ているのなら、早く宣告された方が気が楽なんだけどな……。

そんなことを考えながら、毎日『図書室』に通った。

竜王様が治める八つの世界で、日々生まれる書物が自動的に複製されてここに転送されるそうで、ものすごい数の蔵書が存在する。足元から高い天井までを埋め尽くす本。広げた新聞よりも大判なものから文庫より小さなサイズのものも、薄いものから分厚いものまで、たくさんの本、本、本。

図書室の果ては、見えない。あまり奥まで進むと遭難するから、奥の方へは迷い込まないようにとカエルに忠告されている。遭難って。いったい、どんな規模なんだよ……。

大きな図書館で見かけるようなスライドする階段が棚に備え付けられているけれど、あまりにも数が多すぎる上に、タイトルからはどんな内容が書かれているのかもよくわからず、いつも適当に下段の方にある本の冒頭だけをパラパラと読み、興味をひかれたら部屋に持ち込んで、読みふける。

日本にいた時は自主的に小説や雑誌を手に取ることはなくて、そもそも本がそんなに好きじゃなかった。

家での暇つぶしは、もっぱらテレビのトーク番組。誰とも会話しないような日は、バラエティを観て、画面の中にいる彼らの会話を聞いて一緒に笑うことで、寂しさを紛らわせていた。

物語性を楽しむのであれば、絵柄で進行して効果音とセリフ付きで読み進められる漫画の方が好きだったし、自分が物語の主人公になれるゲームがあればそれに夢中になった。小説や新聞は、読みながら文章を追っているといつの間にか寝ちゃうタイプだったけれど、八つの世界に漫画はなさそうだ。

もちろん、テレビもないしゲームもない。

だから、いろんな本を読むことにした。

文章を読むことに慣れるため、まずは文字の少ない絵本からはじめてみようと、絵本を見つけては積極的に読んでいる。

絵本には見たことのないような生物がたくさん登場するし、魔法だの呪いだのという単語が当たり前のように登場する。文章は直訳されて読んでいるから、日本語に存在しない言葉があるのかちょくちょく翻訳されない部分があるけれど、絵があれば想像力で補えた。

絵本を読むのに慣れたら、歴史書や小説も楽しく読めるかもしれない。

新たな趣味の開拓だ。

――竜王様が俺に飽きるまで、本を読んで好きに過ごそう。でもってリュティビーアでは、田舎でのんびり隠居生活。

うんうん、十代とは思えない枯れた未来設計だけど、悪くない……。


そんなふうに、すっかり未来に見切りをつけていた俺は、竜王様の寝所で彼に服を乱されながら唐突に質問されて戸惑った。

「陸、リュティビーアは気に入らなかったか？」

「は……？」

今日は突然服を消されることもなく、ゆっくりゆっくり脱がされながら、首筋や胸元を愛撫されている。

俺はどうも乳首が弱いらしく、そこをいじられるとすぐに身体が熱くなってエロいスイッチが入ってしまう。

舐めても無害だという、むしろ舐めるとちょっと甘くて美味しかったりする植物性のクリームをカエルの指示により毎日全身に塗り込んでいるのだが、それが竜王様の舌で舐められると唾液でぬめり、以降は指でいじられてもぬるぬるして気持ちいいし、肌と肌が合わさった時に彼のどこかが胸の尖りを掠めるだけでも感じてしまう。

そんなことを自己申告するはずもないけれど、日々身体を合わせる竜王様にはお見通しで、もう隙あらばいやらしく触ってくるので勘弁してほしい。

「や……、ぁ、ぁん……竜王、さま……そこばっかり、触らないで……」

「嫌だなどと……嘘をつくな」

「……ぁ、はっ……あ、ふぁっ！」

固く尖らせた舌先でチロチロと舐められた挙句、優しく歯を立てられると鋭敏な快感が胸から全身に伝播《でんぱ》していく。

吸いつかれていない方は指の腹で撫でくり回されて、たまらない。

「……やだ……っ、ゃ、ゃ……っ！」

「嫌だ嫌だと言いながら、ここもこのようになっているが」

勝手に下半身も熱くなって、性器はじわじわと勃ち上がっていた。ここ、と囁かれながら服越しに扱かれて、ゾクゾクと快感が走り抜ける。

「はぁ、……ぁ、……ぁ、ん……」

「して、陸。先ほどの問いへの返事は？」

「……ん……？」

「リュティビーアは、気に入らなかったか」

「……」

なんで、こんなふうに快楽で頭を蕩けさせた状態で質問なんかするんだ。

嘘も本音も、胸の内でないまぜになってしまう。

「そん……な、ことっ……ない、です……、ぁ、ふ……」

「一度あちらへ渡ったことは知っておるが、そなたはその日、いつも以上に無口であった。食欲もなかった」

そういえば、リュティビーアへ行った日、夕食の席で気遣われたような。俺なんかの様子を意外と見て、気にかけてくれているんだ……。

「次の日から、部屋で読書してばかりだと聞いた。過去、この城に招き入れた者達は一度リュティビーアへ渡ったのちは、頻繁《ひんぱん》にあちらへ遊びに行っていたものだがな」

「……っ、ぁ！」

もう！　真面目な顔をしながら乳首を甘噛みしないでほしい。

寝巻きのズボンは、腰元を紐で簡単に結んでいるだけのものだ。それをほどいて下着ごと布地をずらされ、自分の漏らしたカウパーのせいでちゅくちゅくと音をたてながら性器をいじられると、頭の中が快感で支配されて……、全然、まともに、考えごと、できない……。

「陸？　ん？」

「……嫌とかじゃ、ないで、す……っ」

中途半端にシャツをまとって、下穿きをずらされただけの状態で一方的に乱されるのが、恥ずかしい。いつもみたいに竜王様も興奮してくれているならいいけれど、冷静な顔してるの、いやだ。

「リュティ、ビーアが気に入らない……とか、じゃ、なくて。……はぁっ、俺、……他人と接するのが、苦手、だから……っ行かない、だけ……」

「そうか……」

考えすぎだったか、と呟いた竜王様が、急に身体を離した。

「え……」

「そなた、高いところは平気か？」

「……はい、別に苦手ではないですけど……」

「よし、わかった！」

って、なにが？　あの、行為の続きをしてほしいんですけど竜王様。

火照った身体は、刺激を求めてうずうずしているのに。突然、相好《そうごう》を崩して笑顔になった彼は、愛撫の手を止めてしまった。

状況が飲み込めなくて、涙ぐみそうになった次の瞬間。

見慣れた、自分用の部屋のベッド上に移動していた。

「んん!?」

「陸……ふぅ。私も我慢するのはつらいのだが、明日に備えて今宵《こよい》は寝ろ」

「はぁ!?」

先ほどまで冷静そのものだった竜王様の頬が紅潮し、発情している時の雄っぽい顔つきに変化している。言葉からしても、彼も十分その気であるようなのに、寝ろって？

「そなたが感じ入っている時の媚態はまことに愛らしい……。このまま抱きたいのはやまやまだが、疲れさせてここ数日のつとめと禁欲が無駄になってしまっては、元も子もないからな。ともに寝ると発情が止まぬゆえ、別に休もう」

「え？　え？」

わけがわからない展開にキョドっていると、ぎゅううううう、と抱きしめられた。

「そのようにあどけない表情で私を誘うでない。我慢できなくなる」

いやいや、我慢しなくていいんですけど。抱いてほしいんですけど……。

「明日な」

明日、なにがあるというのか。

人の性感を無駄に高めるだけ高めたあげく、竜王様はせつない表情を浮かべながら消え失せた。

さすがに興奮は一時的に収まって、股間の昂りは落ち着いている。

しかし、尻まで丸出しの姿と、シャツが全開になって竜王様の唾液のせいですうすうと涼しさを覚える胸元。この状態で置いていかれた虚《むな》しさを、どうすればいいんだ……。

――じわじわじわっ、と目元が濡れていく。

竜王様の、馬鹿馬鹿！　……ばか……っ！

今まで胸中でだって、こんなに彼を罵ったことなんてない。快感の余韻がくすぶる体を持て余しながら、虚しさと寂しさと――憤《いきどお》りで！

ぐずぐずと鼻をすすって、泣きながら眠りについた。


朝。かどうかは窓がない白碧城なのでわからないが、自然と目を覚ました俺は、部屋に備えてある洗面室で顔を洗った。

着替えていると、部屋の扉がぺちぺちと間の抜けた音でノックされて、コウさんが入ってくる。

「おお、ホシナ殿、もう起きておられたか」

「うん、さっき……」

「では、本日の着替えはわたくしが手伝うでの」

「ん……？」

好きな服を着ていいと言われているので、着替えを手伝うと申し出られたのは初めてだ。

コウさんは、広いワードローブから数着の服を取り出して、俺に宛てがっていく。

絹のようなつるつるした柔らかい素材で作られた足首まで丈のあるズボンを穿いて、金銀、青の複雑な刺繍がされた布地の、長い丈の上衣と白い上衣を交差させるように素肌にまとわされ、臙脂色《えんじいろ》の腰帯をくるくると巻かれる。

それから控えめながらも、アクセサリーをいくつかつけられた。たくさんの宝石があしらわれた細い腕輪を数個と、ネックレス。足首に、動くたびシャラシャラと音が鳴る華奢な装飾品。

銀色のサンダルを履かされて、完了。

「ね、どうしたんですか？　なにこの格好」

「まあまあ、ついてくるがよい」

ひたりと、コウさんの小さな手で背中を押される。なんだかコウさん、機嫌がいい。

促されるままについていくと、『この先は竜王様のおつとめの場じゃから、みだりには近づかぬようにな』と、以前セイさんに注意されたことのある廊下に出た。

「え、こっちって俺、入っちゃダメなんじゃ……」

「大丈夫大丈夫。さ、竜王様がお待ちだでの」

廊下の奥には、両開きの扉があった。

ここ、見覚えがあるかも。白碧城に初めて召喚された日、風呂に行く前に連れ出されたところ……?

コウさんがとん、と押しただけで、馬鹿でかくて重厚な扉が軽やかに開いていく。

やっぱり、あそこだ。果ての見えない、広大な白い空間。床も天井も、すべてが真っ白で、まるで自分が浮いているような錯覚を覚える。

そして、中央には空中に浮かぶ色とりどりの八つの球体。そばに佇むように、ドラゴン姿の竜王様とセキさん、セイさんが、俺達を待っていた。

「陸、昨夜はよく眠れたか？　今朝の調子はどうだ?」

コウさんとともに歩み寄ると、竜王様が、すりすりと頭に顔を寄せてきた。鱗はすべらかだから痛くないけれど、心の内では――あんたがその質問するか!?　という怒りが再燃する。

あんなに中途半端な状態で置いていって、よく眠れたかもクソもないだろう。昨夜の虚しさと憤りがぶり返して、思わずこぶしを握りしめてしまったが……キョロリと大きな、白目の部分のないつぶらな碧眼で『ねえねえ、眠れた？　元気？　元気?』といった無邪気な視線を向けられると、なんだか脱力してどうでもよくなってしまった。

「よく寝ました。調子も、いいです」

「そうかそうか、……それにしても」

鋭く尖った歯並びを見せて、ぱあっと嬉しそうに表情を輝かせた竜王様は、今度は長い首を左右に揺らしながら俺を見つめる。

「美しい。いつもの質素な格好も可愛らしいが、リュティビーアの衣装をまとったそなたはまた、一段と美しいな」

普段の格好は、質素と思われていたのか……とかは、この際置いておいて。今日の格好、そうか。

リュティビーアの人達が身につけていた、民族衣装だ。

「陸、見ろ」

竜王様の尖った爪先が持ち上がって、球体のひとつを指差す。オレンジと砂色が複雑に混ざり合ったような、マーブル模様の球体。

「これが、リュティビーアのある世界だ。オリエイリオという」

「世界……」

――竜王様が治める、八つの世界。

目の前にある、八つの球体。ひとつひとつが、世界なのか。彼の『おつとめ』というのは、この部屋で世界の数々を見守り、管理すること？

そう訊ねると、うんうんと頷かれた。「私の陸は賢いな」と、目尻を下げてまるで孫を褒めるジジ馬鹿のような竜王様。

う、俺……。人型の竜王様より、慣れてしまった今ではドラゴン姿の竜王様の方が可愛く見えてしまって、困る。神々しい完璧な造形美の美男子には引け目を感じるけれど、愛嬌《あいきょう》のある竜型の方は可愛い……。

「さて、では行こう」

「はい？」

さて、と言われても。

セキさんとセイさん、コウさんが三人がかりで、竜王様の首から背中にかけて突如現れた鞍《くら》のような装備のベルトを締め、あちこち引っ張って調整している。

「問題ないですぞ！」

「うむ、安全じゃ」

ふわっとした浮遊感に襲われた直後、俺はドラゴンの背に乗っかっていた。

「わっ」

竜の背びれを押さえつけないようにか、山型になっている鞍には手綱《たづな》があり、鐙《あぶみ》までついていてしっかりと足を引っ掛けることができる。手綱は短めで、バランスを取るためにぎゅっと握りしめた。

「陸、しっかりと摑まっているのだぞ」

「え、ええええええ!?」

背後にある白銀のドラゴンの翼が、両側にバサリと広がった。うわ、ちゃんと全部が広がっているところを初めて見たけど、すごく大きい……。

翼がバッサバッサと羽ばたきを繰り返すと、その場に浮き上がる。気がつけば、彼と俺は虹色の光に包まれていた。

「竜王様、羽目を外しすぎないように注意ですぞ！」

「いってらっしゃいませ」

「竜王様、ホシナ殿、お気をつけてのー!!」

カエル達の声に送られて、虹色の光の軌跡《きせき》を残しながら——竜王様と俺は、目の前にあったオレンジ色と砂色のマーブル模様の球体に、吸い込まれるように飛び込んでいったのだった。

眩い光の先には、青い青い空があった。

「わ、うわああ……！」

俺、空を飛んでいる！　竜王様の背に乗って……。

「陸、息苦しくはないか？　あまり高度を上げると人間は耐えきれぬらしいから、すぐに言うようにな。手綱を強く引くか、叩いて知らせるのでもよいぞ」

「だ、大丈夫、です」

彼の声は、直接ではなく脳内に響く。対して、俺の声は小さくとも竜王様には拾えているようだ。

上を見上げると、太陽と雲がある。高すぎると空気が薄くなるから、人間である俺に合わせてなるべく低空飛行をということなのかな。速度も、そんなに速くない。びゅうびゅうと風を感じるけれど、心地よい程度。

高い場所を飛んでいるんだから、スリルと心もとなさも感じる。でも、なんだろうな。竜王様が俺を落としたりするわけないっていう安心感があるから、そんなに怖くないや。

ほどよい風に煽られながら、竜の背に乗って空中飛行。映画やゲームの中のワンシーンみたいだ。

それを今、自分が体験しているだなんて！

「陸、前傾姿勢になるぞ。真下に見えるのが、リュティビーアの王都だ」

「うえ？　あ、はいっ」

竜王様の首が少し下がり、翼が旋回《せんかい》して向きが変わる。慌てて鐙を踏みきり、太ももにぎゅっと力を込めて手綱を引き寄せた。

数十メートル下には街並みがあった。点在する緑と砂色の建物群で構成された街の中央に、立派な宮殿と神殿がほぼ隣接して見える。どちらも周囲の建物に比べて規模が大きい上、青い屋根や白亜の壁など、色使いが鮮やかなので、リュティビーアの文化に詳しくない俺でも、すぐにそう察した。

宮殿と神殿を中心に、街道が放射状に広がっている。

アジアとヨーロッパが融合したような、不思議な既視感《きしかん》を覚える街並み。

街の中を歩いている人々が、こちらを見上げて驚いたように立ち止まっていた。何人かは、指をさしながら周囲に認知させようと声を張り上げているようだ。

竜王様の背中に乗っている俺には気づかないと思うけれど、気づいたとしてもこの距離なら顔立ちなんてわからないだろうし、ただドラゴンが飛行しているということに驚いているのだろう。

竜に愛されし国《リュティビーア》という国名なくらいだから、竜王様に対しての信仰が篤《あつ》いんだろうな。

「ね、竜王様。リュティビーアに来たの、どのくらいぶりですか？」

「ん？　そうだな……。五百年ぶりくらいだろうか」

意外なほどに、前回から間隔が空いている気がする。竜王様自身とこの国との関係は、もっと密度が高いのかと思っていたけれど……。

「私が治める八界の中で、オリエイリオが今一番、平和なのだ。白碧城とリュティビーアは密接な関係ではあるが、私が直接人間と話すことはないな。神殿内にある聖域から祈りや願いは一方的に私に聞こえてくるし、こちらから伝えたいことがあれば、セキに申し付ける」

「……あれ？　竜王様、赤さんのことセキって呼んでましたっけ」

「はは、あれはそなたがつけたあだ名であろう？」

「はい」

「カエルどもは、私が生まれると同時に眷属《けんぞく》として誕生した。ただ、私に従う存在。名前など必要なかったからな。色分けして個体を判別していたのだが……陸が、あやつらに呼び名を与えたことが妬ましいよ。のちほど、私にも呼び名を考えておくれ」

「え、えっ!?」

「竜王は当代に唯一の存在。この世に生まれいでた瞬間から『竜王』としか呼ばれぬ。よって、私に固有の名はない。……なんでもよい。陸だけが呼ぶ私の名をつけてほしい」

――竜王様に、呼び名をつけるなんて……！

なんだか畏《おそ》れ多くて悩みに悩んでいる間にも、ドラゴンの翼は羽ばたき、リュティビーアの王都からどんどん離れていく。

これからどこに行くのかとドキドキしながら見下ろしていると、王都の郊外辺りからは砂漠が広がっていた。上空からだと、点在するオアシスが見えて、そこでも人々が空を飛ぶ竜に歓声をあげ、一部は地面に平伏《へいふく》して拝んでいた。

更にどんどん進むと、急に緑が増えていく。

森林地帯と、前方に聳《そび》える山脈。砂漠の上を飛行していた時より、格段に涼しい。森の中にもいくつか集落があって、王都で見たよりも簡素な造りの家々が立ち並び、人々が生活しているのが垣間見《かいまみ》えた。

もう、気分は最高潮だ。

大きなドラゴンに騎乗して飛行し、上空から異世界を観察しているのだ。楽しくないわけがない。

高所恐怖症でもない男子高校生で、胸躍らない奴なんているもんか。

ひゅんひゅんと通り過ぎていく眼下の景色も、山あいの、虹がかかった滝のしぶきをくぐる瞬間も、胸に刻み込まれた。

なんて綺麗なんだろう。

都会にあるごく普通の住宅街に住んでいた俺にとって、すべての景色が新鮮で、あまりにも美しかった。汗ばむほどの陽気だけれど、空気はカラッと乾いて澄み渡っている。太陽の光も、全身で感じる風も、気持ちがいい。呼吸とともに取り込んで、自分の身体が喜んでいるのがわかる。

俺は景色を楽しみながら、こみ上げる感謝の念を込めてドラゴンに抱きついた。少しの振動があって……竜王様が、なんだか笑ったような気がした。


前方に、俺の常識ではありえないほどの太さ、高さの樹が見えてきた。

たくさんの枝を生やして葉が生い茂った立派な巨木の幹は、外周だけでも数百メートルはありそうだ。高さに至っては、地面から数十メートル離れたところを飛行している今現在でも見上げるほど。

あまりの大きさに、圧倒される。地球にはこんな樹木、あるわけない。

い、異世界だなあ……。

竜王様はその樹の枝の一部に、ゆっくりと降りていった。枝の一部といっても、ちょっとした広間程度に広くて安定している。うわ、葉っぱでかっ。俺の背丈ほどの葉がついていて、空を見上げると、葉の隙間から太陽の光がキラキラとこぼれていた。

「ここで食事にしよう。陸、少し下がっておれ」

枝の端の方に離れると、竜王様が念じただけで、白碧城のいつも食事をとっている場所にある絨毯が現れて、その上にたくさんの食事が用意されている。竜王様は呪文詠唱《えいしょう》とかしないから、魔法っていうより大がかりなマジックを見ているみたいだ。

朝食をとらずに出発したのは、胃になにか入れている状態で竜の背に乗って移動すると気分が悪くなってしまう恐れがあったからだそうで、そこまで気遣われていたことに驚いた。

普段だったらそんなに自分からは喋らないし、竜王様は食べる方に夢中だからあまり食事中に話しかけることはないけれど、今日の俺はなにぶん興奮している。

「ここ、すごく綺麗な世界ですね。オリエ……エイ……？　なんだっけ」

「オリエイリオ？」

「そう、オリエイリオ。リュティビーアを離れたあと、砂漠があって驚いたのに、そのあとは緑がたくさん……！　途中の滝も綺麗で、虹がかかってた！　あそこをくぐるのは気持ちよかったです。それに、この樹！　こんなに大きな樹、初めて見ました！」

竜王様は、骨がついたままの生肉をぽいぽいと自分の口に放り込むという、いつもながらワイルドな食事を続けつつ嬉しそうに眦《まなじり》を垂れさせた。

「白碧城は、人間にとっては長くいればいるほど、毒が溜まっていくような環境だからな……。たまにはリュティビーアへ渡り、こちらで過ごした方がいいのだ。陸は人との交流が苦手だと言っておったが、こうして景色を観せてやれば、少しはこちらの世界にも馴染《なじ》みが持てるかと思ってな」

「あ……」

そういえば、人間は白碧城には長くはいられないんだった。もって十年だっけ……？

確かに、リュティビーアを初めて訪ねた日、太陽の光をすごく新鮮に感じた。今日、大自然の中で吸う空気をとても美味しく思った。白碧城にこもるのは健康上、よくないのか。

もしかして読書してばかりの俺を、心配して連れ出してくれたのかな……。心配されるのって、申し訳ないのに嬉しい気分になっちゃうのは、なんでだろう。頬が熱い。

自分にそういう経験がなくて、免疫不足なだけかな。

「リュティビーアに入り浸るようになると、魂が歪むのが早くなるので本当は、陸が頻繁にこちらへ来るのは嫌なのだが。陸が体調を崩して白碧城にいられなくなるのは、もっと嫌なのだ。なのでまあ、ほどほどにな」

「……？　『お気に入り』が、リュティビーアへたくさん渡ると、魂が歪むんですか？」

「うむ。ただな、全員ではない。定期的にリュティビーアへ渡りつつも十年ほど私に侍ったのち、白碧城におられぬようになって、やむなく別れた者もおる」

「ふーん……」

魂が歪むって、どういうことなんだろう。目に見えるものじゃないから、難しい。リュティビーアへ行く回数が増えると歪みの進行が速まる？　そして、例外もいる？

ところで、さっき竜王様は『生まれいでた瞬間』って言ってた。竜王様って、いったいなにから、どこから生まれるんだろう。

「竜王様、は……家族とかいないんですか？」

「おらんな」

「……お父さんも、お母さんも？　あの、どうやって生まれてきたんですか？　ずっとずっと、この世ができた時から生きているんですか？」

「陸……今日は、よく質問するな」

食事の手を止めて、逆三角形の顔が不思議そうにこちらを見下ろす。「うーむ」と少し考え込んだ竜王様に、気分を悪くさせたかと内心冷や汗をかいた。

「訊ねたらダメなことでしたか」

「いや、そうではないが。ああ、そうか……陸は私の知りえぬ世界から来たのだったな。そうして、私のことに関心を持ってくれるとは嬉しいものだ」

ドラゴンが、くふんと鼻を鳴らした。ドキドキしたけれど、どうやらいろいろ質問したのに気を悪くした様子はなくて、むしろ嬉しそうだ。

「ちょっと待っていろ」と言い置いて、竜王様が山のような食事をぱくぱくと腹に収めていく。それを見て、俺も自分用の料理を食べられるだけ食べた。


食後すぐに飛行するのは俺の身体によくないからと、食休みをするように言われる。

食休みはいいけれど……。人の姿になって壁のような巨大な樹にもたれた竜王様の足の間に、抱きかかえられて座る意味はあるのだろうか。

しかも、ちょっと目が合うたびに微笑む彼にちゅっちゅ口づけられるのが、なんかラブラブな恋人同士みたいで恥ずかしすぎなんですけど……。

誰かと触れ合うことにすら、まだ戸惑いがあるのに。照れくさくて、ぎくしゃくと固まっている俺とは対照的に、竜王様は機嫌よさげに先ほどの話を再開させた。

「人間の概念でいうところの、家族はおらぬ。竜王は代替わりする」

「代替わり？」

「そう。寿命が来たら、次代の卵が自然と現れる」

たまご……って、え！　卵から生まれるのか⁉

人型の竜王様と一緒に過ごしていると、まるでこちらが本体のように感じてしまう。そうか、竜の姿が本性なんだから、まあ卵でもおかしくない……か？

「寿命、あるんですね……」

「ある。ただし、代によってバラバラだな。数百年で死ぬ者もおれば、八千年ほど生きた者もいる」

「え。なんで、そんなに極端なんですか？　病気になったり怪我が元で死ぬこともあるってこと？」

「残念ながら、怪我や病気で死ぬことはないな。老衰しか死ぬ方法はない」

「残念って……」

不思議な言い方に首を傾げて竜王様を仰ぎ見れば、驚くほど真剣な表情で、俺を見つめていた。

「生まれいでた瞬間より、ただただ頭にインプットされた情報を元に八つの世界を統括する、それが

『竜王』に与えられた使命だ。誰に譲《ゆず》るわけにもいかず、代役はいない。白碧城の中で日々、八界の管理だけを考えて生きる。生命の誕生を促してはいずれ死滅させ、気象と天災を操り、時に戦の火種を作る。いくら使命感が本能にあり、それに従っていても――つとめに、いずれ飽きる。単調な作業なのだ。だが気に入るものが現れたら、その間だけは愉しい。『お気に入り』を求め、喜ばせるために行動しているのは確かに『己』の意思だからな」

息を、呑《の》む。

俺は、彼のお気に入りという立場を、もっと軽い存在だと捉えていた。ただ、彼を発情させ、ベッドでの相手をするだけのような、性欲処理の相手なのだと。

違ったんだ。

「つとめに飽いて、ある日突然、破壊の衝動が起きる。すべてを壊してしまいたいと。そうすれば、自分が死ねるのではないかと――。実際、世界のいくつかを滅亡寸前まで破壊したことがある」

世界を滅亡寸前まで破壊。

それって、相当すごい衝動と行為なんだろうけれど……。全然実感が湧かない。地球が滅亡するかもって思えばいいのかな。いや、でも、やっぱり想像がつかない。

生まれた時から、決められたつとめを機械的にこなす日々、か。

親という存在もなく、自分と、眷属であるカエルしか存在しない白碧城。

なんだか……なんだか、一気に共感できてしまった。

考えたこともなかったけれど、お気に入りがいない期間の竜王様って、すごく味気ない日々を送っているんだ。

だから、求めるのか。『お気に入り』という存在を。暇つぶしなんかじゃないんだ。彼にとっては、本当にかけがえのない相手……。

彼の身の上を想像すると、急に泣きたくなってきた。種族が違うんだから、考え方なんて全然違うし、受け止め方も違うかもしれない。だけど生まれてからずっと、カエル達によれば二千年以上のほとんどを、竜王様は孤独に生きている。

家族も友人もいなければ、個別の名前もない。

……たった十七年、寂しがりながら生きてきた俺なんかと重ね合わせるのも、おこがましいけどさ。

一緒じゃないか。

親はいても、いないようなものだった。金銭だけは不自由しないように与えられていたけれど、無関心を通り越して、憎まれていた。特に母には。

学校というコミュニティの中でも、俺は空気みたいな存在だった。いじめるか馬鹿にするか、それからかったり、意地悪なことしか言わない海斗が、実はすごく大事だったんだ。だって、俺のことを見て見ぬふりをする教師と生徒しかいなかった。

を自主的に構ってくれるのなんて、海斗しかいなかった。どんなに嫌味なことを言われても、あいつから話しかけられるのは実は嬉しかったんだから、みじめなものだ。

それくらい、俺は孤独だった。

こんなにも存在意義の違う竜王様に、共感だとか同情とか、馬鹿みたいだ。

馬鹿みたいだけれど――。神様のような存在の彼が、実は自分と同じくらいに孤独を抱《かか》えて長年生きてきたのだと思うと、悲しくて涙が出てきた。

その孤独を癒してくれるお気に入りの人間も、時とともに魂が歪んでしまい、いつしか彼の横をすり抜けていくのか。そしてまた、新しい『お気に入り』が現れる時を待ちながら無機質な日々を送るのだろう。それの繰り返しだなんて、悲しい。

俺は、自分のことばかり考えていた。

どうせ終わりが来るならさっさと放り出せば、って捻くれていたけど——本当は大事にされすぎて、それに慣れるのが嫌だったんだ。

だって、愛されているのかもって錯覚して、ずっとこのままでいたいって思ってしまったら、もう抜け出せない。

彼の愛情が無くなった時、虚しいだけじゃないか。

「陸、すまぬ。私が怖くなったのか？」

「あ……」

泣き出した俺を、心配げに覗き込む竜王様。

「違うんです。……竜王様、『お気に入り』がいない間は寂しいんだろうなって思っちゃって」

「寂しい？　私が？」

彼が、驚いたように目を瞠った。

失礼な言い方だっただろうか。でも、どうしよう。涙が止まらない。

「俺の前、百年いなかったって……。百年って、俺にとっては、想像もつかないくらい長い年月だから……」

「世界を破壊したというつまらぬ話に怯えているのかと思ったら、私の気持ちを思ってくれておったのか。そなたはまこと、愛い奴だ」

ぺろりと、頬にこぼれた涙が舌で舐め取られた。

「俺ね、俺……。つまんない奴です」

「陸がつまらないことなどあるものか」

小さく首を振る。

自分のことを、この人に話すのには勇気が要《い》った。だって、可愛いとか美しいって感じているものが、他人から見たら実はみすぼらしくてみっともないものなんだと知ったら、気持ちが冷めてしまうんじゃないかって、そう思うと怖い。

「竜王様は、なんでか俺の見た目も好きって言ってくれるけど……人間の美意識では、醜いんです。価値観は人それぞれだとしても、一般的に見てそうなんです。頭もよくないし手先は不器用で、なにをしても人並み以下だって、周囲によく馬鹿にされてました。性格も暗いし、全然気の利いたことか言えないし。だから、親にも弟妹にも嫌われてて……。周りに、誰もいなかった。……毎日すごくすごく、寂しかった」

「陸……」

「人間の魂は変容して歪むから、いずれ竜王様は俺のことを、なんとも思わなくなるんですよね？」

ぼろぼろと止まらない涙を手で拭いながら訊ねると、竜王様は気まずげに眉をしょげさせた。

「ああ、そうだ。今までも、何人かの『お気に入り』に詰《なじ》られたことがある。人は、好いた者と一生を誓ってともに過ごすのが本来は好ましいのであろう？　心変わりは不誠実だとな。……だが、私は無理だ。相手の魂が歪むと、勝手に心が冷めていくのだ。そもそもの、一生の長さが違う」

今度は、首をしっかり横に振った。竜王様の足の間で向きを変え、正面から彼と向かい合う。

「責めてるんじゃないです。今までがすごく寂しかったから、竜王様に構ってもらえている今が楽しいし、幸せなんです。だからさ、――気持ちが変わるまででいいから、そばに置いてください」

涙が止まらないながらも、小さく笑った。今まではただ、流されるままにそばにいたけれど。

寂しい者同士、一緒にいればいいじゃないか。

人間には想像もつかないほどの途方もない長い時間、気に入る相手がいたり、いなかったり。孤独な時間を過ごしている彼の、ひとときの慰めになるのであれば。なんの価値もなかった俺が、役に立てるんだったら――嬉しい。

「……陸、なんといじらしいことを申すのだ」

俺を抱き込んだ両腕に、力がこもった。

「私は今、こんなにもそなたが愛おしいのに。この気持ちが冷めるなど、考えられないのにな……」

俺の肩に顔を埋めた彼の表情は、見えないけれど……。

今現在どれだけ好きでも、いずれ気持ちが冷めてしまうとわかっている方もつらいのかなあ、と、ふと思った。

神様みたいな竜王様を、創った神様。そんなのがいるかどうかも知らないけどさ。なんで、同族を創ってあげなかったんだろう。

寿命が違いすぎる相手にしか発情しないなんて、好きになれないなんて。

それってかなり寂しいよ。

しんみりしながら竜王様を抱き返していると、目の前の彼の鎖骨辺りに、鱗が出現していることに気づいた。

「……ん？」

「陸……」

うわ。顔を上げた竜王様の両耳の位置からひれが飛び出して、竜化してる！　目も、瞳孔が縦長になってるし。っていうか、発情しちゃったんですか、勃起したアレが俺に当たってます！

「り、竜王、様。発情しちゃったんですか……？」

「うむ。このあとは、リュティビーアの都に戻って街を案内しようと考えておるので我慢しておったのだが……。そなたを愛おしいという気持ちがせり上がってきて、たまらぬ」

はあ……、と熱い吐息を耳元で吐かれて、俺までおかしな気分になってくる。そういえば、昨夜からお預けさせられていたんだった……。

うーんうーん。でも王都に戻るのって、またドラゴンの背に乗っていくのか。あのスタイル、結構筋肉を使って大変だった。似たような……乗馬がスポーツって云われている意味がよくわかる。エッチして腰がへろへろになったら、危ないかな。

「手……、手、で、しましょう、か……？」

自分から申し出るのはかなり、かーなーり、恥ずかしかったが、視線をうろつかせながら提案してみる。いや、勢いだ。勢いが大事！

小さな声で提案しつつ、彼の硬いものに手を伸ばした。

「り、く……。ぅ……」

竜王様は今、俺とは色違いのリュティビーアの民族衣装を着ているのだが、これ、上衣が長すぎてどう脱がせばいいのかわからない。ゴソゴソ探っていると、下穿きの前の部分がボタンみたいになっているところを発見。それを外して手を潜り込ませて、熱い昂りを取り出す。

ガチガチ……。先っぽ、濡れてるし。いつから我慢してたんだろう。

でこぼこした表面の、人とは違う異形の性器を撫でさする。感じ方は一緒なんだから、自分のをする時と同じ要領でやったら、気持ちいい、はず。

片手では全部を扱けないので、両手を使って愛撫していると、突然身体がカラリと乾く気配。さっきまでこぼしていた涙のあとや、汗が消え去った。身体が軽い。

……ついでに、服も消えた。

「うわあああ！」

屋外で、全裸で、男のナニを扱いているって、どんな変態プレイだ！

無意味だとわかっていても、自分の裸体を両手で抱え込んで隠す。しかし、竜王様は背を樹の幹に預けるようにして寝そべり、俺の身体をいとも簡単にひっくり返した。

上下にだ。

俺の目の前には、彼の隆起したものがある。おそらく、彼の視界には俺のつるつるの股間があるのだろう。葉の隙間から太陽の光が降り注ぐ、こんなにも明るい場所で。

「や、いやだ！　竜王様っ、こんな体勢、やだ……っ」

「陸、続けてくれ。……私は私で、そなたを可愛がりたい……」

ぬるりと、濡れたもので自分の陰茎が包まれた。

竜王様を気持ちよくしてあげたいってことで頭がいっぱいになってわかってなかったけれど、彼の性器を扱きながら俺も興奮していたようで、それは勃ってしまっていた。

「やだぁ！　……う……ぁ、ぁ、はぁ……、んぁ……」

口淫されながら、尻を揉みしだかれる。

うう、竜王様の変態……。こんなシチュエーション、普通の男子高校生にはハードル高すぎるだろ。しかも、なんで俺だけ全裸で竜王様は服着込んだままなんだよ！

ちゅぽちゅぽ、自分の股間からエロい音が聞こえてくる。唾液を絡ませる音って、なんでこんなにエッチぃんだろう……。

下半身から痺れるような快感が広がって、背筋を這い上がってくる。数ヶ月に渡って彼に可愛がられている身体は、以前に比べてかなり敏感になっていて快楽に弱い。ぬめった口内で肉厚の舌を使って刺激を与えられると、頭の芯が痺れるように気持ちがよくて、この気持ちよさを与えてくれる彼に、同じ快感を返したくなった。

目の前のものに指を這わせる。至近距離で見るとヤバいくらい凶悪で、色がいやらしい。太くて長い、大人の勃起した性器……。俺の、子どもみたいにつるんとした股間に生えてるやつと存在感が違いすぎる。なんだか泣きたい気持ちにもなりつつ、張り出したカリの部分と括《くび》れをぬるぬるとこすると、竜王様の腰が震えた。

あ、気持ちいいんだ……。

感じていることがわかると、動きが大胆になる。もっと、気持ちよくなってほしいな……。

彼の口内で舐めねぶられている、自分の陰茎。それを真似るように、ちゅるっと彼の先端を口に咥えた。青くさくて、少ししょっぱい味がする。まさか男の性器を口に含む日が来るとは思わなかったけれど、そこまで抵抗感はなかった。

竜王様、排泄しないからかなあ。食べ物は全部、エネルギーになって全身に行き渡り、排泄する必要がないそうだ。彼みたいに全部を口に含むことはできないけど、喉を突く前くらいまでの深さに咥え込んで、舌を這わせる。根元の方は手でさすった。

「はぁ……っ、陸……っ……！」

竜王様の口から、俺の性器が抜ける。俺が彼の性器を咥えると、身長差のせいで身体がずれちゃうな。でも、自分よりも竜王様を気持ちよくしてあげたい。

性器を扱かれて、腰が勝手に揺れる。同時に、袋を優しく揉みながら、竜王様の濡れた指先が尻の狭間《はざま》を這った。口に咥えている硬くて長いこれが、そこを出入りする時の悦楽を思い出して、孔《あな》がひくひくと収縮してしまう。

「陸……そなたのここは余計なものがなくて、可愛がりやすい」

「ふぅ、……ぐ……」

無毛の股間という、人の長年のコンプレックスを『余計なものがなくて』だなんて失礼な。

ムッとするものの、どうせ、俺なんか竜王様の心が離れたあとはセックスする相手なんていないだろう。一生にただひとりの相手が喜ぶ身体つきだったのなら、嬉しがるべきかな。

「ん……っ、んん……っ」

抗議の意味もこめて、顎と手の動きを速める。人間と違っておうとつがある表面、舐めるの楽しい。癖になりそう……。

――ふたりとも、興奮するのが早かった分、達するのも早かった。尻の狭間をいじられながら陰茎をこすられて、俺はあっけなく竜王様の胸元に放ってしまい、思わず口からこぼしてしまった竜王様の分身は、両手の狭間でびくんびくんと別の生き物みたいに跳ねながら、大量の白濁をこぼした。

互いを汚してしまったものは竜王様があっという間に綺麗にしてくれて、俺は荒い息を吐きつつ全裸のまま、彼に抱きしめられた。

たくさんの口づけが、降ってくる。

「陸、陸……。可愛い。……私は、そなたが可愛くてたまらぬ。愛おしい。もっともっと、喜ばせたい。ずっと愛し続けたい……」

額に、頬に、耳元に。肌を伝いながら与えられる口づけと、甘い囁き。

昨日まではもっと冷めた気持ちで聞いていた『愛おしい』という響きが、今日はとてもせつなく聞こえた。

だって、現在《いま》だけは紛れもなく――彼の本音なのだと、知ったから。


全然食休みにならなかった、食休みのあと。

ドラゴンの姿に戻った竜王様の背に乗って、再び空中に舞い上がった。

俺、単純なのかな……。ただただ、世界の美しさと自然の気持ちよさを堪能していた時に比べると、今は――。

景色に見入るより、彼の背中に縋りつきたい。彼の孤独を癒して、自分の寂しさも緩和《かんわ》するために、ぎゅっと抱きつきたいな……恥ずかしいから、しないけど。感傷的になっているだけだろうか。

あの巨木へ行くまでとは違うルートをたどりながら、翼をはためかせて悠々と大空を舞う竜王様。リュティビーアの都に戻るまでを、今度は海の上を飛行していく。

海には小さな島々があって、そこに住む人々も竜の姿を見て大騒ぎしているようだった。声は聞こえないが、子ども達がこちらを見上げながら、大きく手を振っている。

海上には鯨《くじら》っぽい巨大海洋生物の群れが姿を現し、まるで竜王様のあとを慕って追ってくるように泳いでいる。大小の魚や、イルカやワニのような生き物も海上に浮かび上がり、群れはどんどん大きくなっていく。

そのうち見えてきた大きな岩山に、上半身が人間、下半身が魚の、地球では御伽噺《おとぎばなし》で伝わっている、いわゆる人魚がたくさん群がっているのが目に映った。うわあ、図書室にある絵本に描かれているのは見たけど、この世界には実際にいるんだ！

彼らは歓声をあげながら、上空を見上げている。

突然、竜王様がグルルルゥ――――！　と、唸るような声を漏らした。

途端、あとを追ってきていた巨大な生物達から「くるるるる！」という大合唱が起こり、人魚達は大喜びで手を叩き、全員が澄んだ高い歌声で歌いだす。

竜王様が飛ぶスピードを緩め、しばらくその岩山の上をゆっくりと旋回した。

海洋生物の大合唱と人魚の歌声のハーモニーが響き渡り、歓迎と歓喜の気持ちが、空気を伝わって届いてくる。魚の群れが波を立てて泳ぎ回り、海上に飛び上がって大量のしぶきが上がった。

数百年ぶりにオリエイリオに姿を現したという竜王様。想像することしかできないけれど、きっとこの世界に住むすべての生物が、その出現を喜んでいるのだろう。見渡す限り広がる大海原の上で繰り広げられる、地球にはいない海洋生物の大群が喜ぶ姿は……世界を舞台にした、自然が織り成すミュージカルを鑑賞しているようだ。幻想的で、まるで現実感がなくて、圧倒されるほどに感動した。

「すごい……」

「みな、我々を歓迎してくれているな」

「……俺、も？」

「ああ、もちろん」

……俺なんて、竜王様のおまけだけど。でも、ひたすらに美しく、純粋に喜ぶ彼らの気持ちのほんのひと欠片でも自分に向けられているのなら、嬉しい。

こんなにも素敵な光景を観せてくれた竜王様に、ありがとうって伝えたくなった。でもなんだか、息が詰まって声が出ない。だから代わりに、もうとても我慢できなくなって、固い背びれごと、首元にギュッと抱きついた。

この感謝の気持ちは、どうしたら伝えられるのかな。胸がいっぱいで、絶え間なく湧き上がる感動の想いと幸福感を、どう言葉にすれば正確に伝わるんだろう。

わかんないよ。こんな気持ち、初めてなんだ。

自分に与えられたものと同じくらいの感動と幸せを、相手に返したいと思うなんて。

――歓《よろこ》びの歌声に送られつつ、竜王様はゆっくりとまた進みはじめた。


海を越え、山を越え。

またも砂漠が見えてきた。人も住んでいない小さなオアシスのひとつに、竜王様が降下していく。

自分の身体が宙に浮いたかと思うと、ふんわり地面に降ろされた。空を飛んでいる時は常時風に吹かれていたからわからなかったが、結構暑い。さすが砂漠。

砂漠なんて、そもそも初めて来た。湿気がない分カラリと乾いていて、日本の夏の暑さとはまた違うけど、太陽がジリジリと照射する紫外線の強さがすごい。

リュティビーアの民族衣装は両手両足に至るまで全身を覆うものだけれど、これはむしろ、暑さを凌ぐためのものなのかもしれない。そんなことを考えている横で、竜王様が人型に変化した。

「え……、うわ。りゅ、竜王様……日焼け？」

普段は白い彼の肌が、褐色に変化していた。しかも、きらめくような銀髪が暗褐色に染まっている。

竜王様が、はは、と白い歯をこぼしながら笑った。

「そなたは面白いことを言うな。違う、リュティビーア王都の近くで人化したので、一時的に変化したのだ。八界に降りて人の姿を取ると、その土地にもっとも適した服装と姿かたちになる。リュティビーアでは、銀の髪も白い肌も目立つからな」

「あ、ああー、なるほど」

日焼けなわけないか。なに間抜けなことを言っているんだ俺は。

「陸は、これを身につけろ」

頭に、なにかを被せられる。鏡がないのでよくわからないけれど、日本の時代劇で、高貴な身分の姫様がつける笠みたいなもの？　頭から胸元辺りまでをぐるりと囲うように、網目の細かい布地が垂れている。

「コウが用意していた。陸は日差しに弱そうだし、その肌の白さもリュティビーアでは目立ってしまうからとな。そなたからは周囲が見えるであろう？　逆に、私からはその布地の向こう側が見えない。手足は隠せぬものの、まあ袖から先は指先しか出ておらぬし足元まではそうそう見る者もいないだろうから」

コウさん、もしかして、俺がリュティビーアに行った時のことを気にして、用意してくれたのかな……？　ひょうきんなカエルの顔を思い出して、心が温かくなる。

「陸の、可愛い顔が見えないのは残念だがな」

おどけたように呟き、微笑む竜王様に――見惚れてしまった。

肌と髪の色が違うだけで、顔立ちは変わらないのだけれど、新鮮っていうか！　健康的でハリのある小麦色の肌はワイルドに感じるし、黒に近い暗褐色の髪が肌にかかる様はなんだか色っぽい。この世の美という美を集中させたような美貌は、色味を変えたところでなにひとつ衰えることがなかった。

白碧城での生活で少しは慣れてきたと感じていたはずの美しさに、久しぶりに圧倒される。

美人は三日で飽きるなんて、絶対嘘だ……。視界を遮ってくれる布地がありがたい。彼の美々《びび》しいオーラをちょっとだけ軽減してくれる上に、自分の火照った頬も隠してくれるから。

「さあ行こう、陸」

差し伸べられた手に、恐る恐る手を重ねる。

――次の瞬間。竜王様と俺は、少し離れたところから雑踏が聞こえる、ひと気のない場所に出現していた。


ここはリュティビーアの、市街地だろうか。

砂漠の中よりは、暑さが和らいで感じる。たくさんの人々が行き交う路地は石畳で舗装してあり、たくさんの商店や飲食用の露店が並んで、賑《にぎ》わっていた。

「竜王様は、実在したんだなあ！」

「まさか、自分が生きているうちにあの方のお姿を拝見できるなんて……」

「竜王様のお姿をご拝謁《はいえつ》できた今日は、大盤《おおばん》振る舞いだ！　店内全商品、半額!!　さあ、見ていっとくれ！」

「くそ、俺は見れなかった……！　ああ、あの強大な波動を感じ取っていたのに……。なあ、竜王様はどんなふうだった。色は、伝承のとおり白銀だったのかい？　人が乗っているように見えたってのは本当か？」

「神々しい白銀だったよ。人？　いやもう、拝むのに夢中で気づかなかったねえ」

街中、数百年ぶりに姿を見せたという竜王様の話題でもちきりだった。子どもから大人まで、沸き立っている。信仰の対象である存在が、いきなり出現して空を飛翔したら……こうなるか。

　竜王様がどんな存在なのか、どういうふうに信仰されているのか、もっと知りたくなってくる。神様みたいな、偉大な存在なんだろうなあって漠然としか考えていなかったことを、今更悔やんでしまう。

「人が多いからはぐれぬように、手を離すなよ」

　しっかりと手を繋ぎながら、竜王様が歩き出した。うわ。暑いし俺、汗かいてる気がする。手のひら、気持ち悪くないかな。

　恥ずかしい、けれど。彼の大きな手に包まれていると、安心する。

　……離したくない。

「陸。ところで、私の呼び名は考えてくれたか？」

「え……？」

　ああああああああ――！　すっかり、忘れていた。

「人前で普段のように私に呼びかけては、陸が変人扱いされるぞ？」

　いたずらっぽく笑う竜王様。ぐぐ、凛々しい美青年がそんな表情をすると、めっちゃ可愛くなるのはなんでだよ。ずるい……。

　でもたしかに、人の姿を取っている彼を『竜王様』と呼ぶのは、連れを『神様』と呼ぶのと同義になるのだろう。うーん、どうしよう。

「りゅう、い……。リューイ……って、どうでしょうか」

「リューイ、か。いいな。では、そう呼んでおくれ」

『竜王様』って言葉は、俺に直訳されているんだから、きっと彼らの言語では違う発音なんだろう。だから、似たような音にしてみた。

竜で偉い人だから、竜偉《りゅうい》。リューイ。

カエル達と同レベルで、呼び名をつけてしまった……。自分のセンスのなさにしょんぼりするが、竜王様は満面の笑みで、ご機嫌急上昇のご様子だ。

「陸、その名でたくさん呼びかけてくれよ？」

「はい、リューイ様」

『様』は、いらぬ」

「……リューイ？」

俺がただ、思いつきでつけた名前を、呼んだだけで。

照れくさそうに、でも嬉しげに、はにかんだ表情を浮かべる彼がすごく可愛い。猛烈に、可愛い！

もっと考えて悩んで、彼にふさわしい立派な名前をつけたらよかった。でも、もう他の名前なんて浮かばないや。

リューイ、リューイ。白碧城の外では、たくさん呼びかけよう。

——あなたが、喜んでくれるなら。

リュティビーアの市街地、おそらく商店街のような場所であるここは、きっといつも以上の盛り上がりなのだろう。

人々は竜の出現に興奮して喜んでおり、お祭り騒ぎだった。

同時にちらほらと、竜王様の出現は久方ぶりに現れた『お気に入り』様のおかげだ、などと。どうやら俺のことらしき話題も上がっていて、こっそりと照れてしまう。

そして、常人離れした竜王様の美貌にもちょいちょい注目が集まっていて、その彼に手を引かれる俺まで注目を浴びて恥ずかしい。顔を隠す仕様を考えてくれたコウさんに、感謝だ。

頭部から胸元を覆う布付きの笠を身につけている姿は目立ってしまうかと案じたけれど、似たような格好もちらほら見るし、外だからか、男女問わず頭に帽子やターバンなどの被りものをしている人の方が多いので安心した。

人々が行き交う雑踏の中、駱駝《らくだ》に似た、背にこぶのある動物が荷持ちしているのを見かけた。似ているようでいて、俺の記憶にある駱駝とは目や耳の色、形状がちょっと違う。「あの動物はなんですか?」と訊ねると竜王様が「駱駝だ」と言うので、微妙な差異があっても、やはり俺の耳には、地球の概念で一番近いものが直訳されて聞こえているようだ。

ふたりで一緒に、いろんな露店を覗いて回る。

竜王様が、主に宝飾品を扱うお店や服飾店に連れて行ってくれたけれど、俺の興味を引いたのは民芸品店だった。

海外旅行なんてしたことがなかったけど、知らない文化圏の民芸品店って、すごく楽しい。

陶器も布地も雑貨も、リュティビーアは色鮮やかな原色を使った色彩のデザインが多い。

インテリアにはこだわらないが、展示してあるアンティークガラスの置物の美しさには、思わず見入ってしまった。でも展示されている商品はすべて、どちらかというとアジアンテイストだから、白碧城にある西洋風の自分の部屋に飾るのは合わないだろうな。

――あ。

ふと、白銀の竜が描かれた、皿型の陶器に目が留まる。竜の周りには服を着てはいないものの、三匹のカエルも一緒に描かれていた。

これ……竜王様、かな。たぶん空想で描かれているものなのだろう。細部まで正確なわけではないけど、白銀に青の彩りが綺麗で、竜王様の雰囲気がよく出ている。踊りだしそうなくらい躍動感《やくどうかん》に溢れて描かれているカエル達のユーモラスな雰囲気も、微笑ましい。絵柄に、色とりどりの細かいガラス片のようなもので色付けされているのが珍しくて目を引く。同じ色でも、少しずつ濃淡がついてグラデーションになっていて、綺麗だ。どういう手法の陶芸なんだろう。

思わずまじまじと見つめていると、竜王様がそれを手に取った。

「気に入ったのか?」

「あ、いえ……」

「嘘を申せ、だいぶ見入っておったではないか。店主、これを包んでくれ」

はい、とも気に入ったとも言っていないのに、竜王様が店の人に申しつけてしまって、焦る。

「りゅうお……、リュ、リューイ。買わなくていいです!」

「六軒目の店で、ようやく陸の興味を引くものが見つかったのだ。持ち帰ればよい。不要だと思えば、セキに渡して処分しろ」

「……」

六軒目の店、って。もしかして、今まで訪れた店でもずっと、観察されていたのだろうか。御簾《みす》のような布に遮られて、俺の表情はわからないはずなのに。急激な照れくささと、感激に襲われて――その場から動けなくなっているうちに、お店の人が皿を緩衝材《かんしょうざい》でくるんで包装してくれる。

接客しているのは壮年の男店主だけれど、竜王様の美男子ぶりに見惚れているようだ。

「お兄さん、あんたたいした男前だね」

「そうかな。自分では見慣れた顔なのでなんとも思わぬが」

「またまた。……そういや、あんた達は竜王様のお姿は見れたかい？　今日は、竜王様をモチーフにした品がよく売れるよ。竜王サマサマだ」

「ふむ。そうなのか」

「俺は裏の工房にこもってたんだが、女房が呼びに来てくれてね、少しだけお姿を拝見できたんだ。噂では百年ぶりにお気に入り様が現れたから、ご機嫌で下界に姿をお見せくださったんじゃないかってこったよ。嬉しいねえ。あ、お値段オマケしておくよ」

よかったらまた来ておくれ、という声に送られて店を出た。

通貨の価値を知らないので、竜王様が支払った額の高い安いはよくわからない。……店主の態度からして、どうでもいい土産物のひとつのようだったけれど。

もらっても、いいのかな。竜王様が持ってくれようとしたが、「持たせてください」って主張して、自分の手に持った。これがたいした価値のない、量産品のひとつでもいい。嬉しい……。

「買ってくれて、ありがとうございます」

ようやく言葉にできたお礼は、泣きそうになる寸前の、周囲の雑踏に紛れてしまいそうに小さな掠れ声だったけれど、竜王様には聞こえたみたいだ。

「宝石よりも高価な衣装よりも、陸はそのような焼き物が好きなのだな。……欲しいものがあれば、なんでも遠慮せずに言え。私はそなたに、贈りものをできることが嬉しいのだから」

「……っ。はい……」


食料品店には、色とりどりの野菜や果物が並んでいる。地球にあったものと似ている形状のものもあれば、まるで見たことのない青果もある。鮮魚店の魚や甲殻類《こうかくるい》は、グロテスクなほどに感じる異形のものもあって、面白い。どんな味がするのかな。

白碧城に召喚されてから、ただ自分の前に提供される料理を食べていた。どんな素材なのかなんて知らず、腹を満たすために食べていたその食材が実はこれらなのだったら、興味深い。そういえば、白碧城で出てくる食事は誰が準備しているんだろう。カエル達かと思っていたけど、彼らが調理をしている様子はないんだよな。

そのことを竜王様に訊ねてみると、思いもよらない返答があった。

「ああ。あれはレカトビア神殿に日々捧げられているものが、転送されてくるのだ」

「捧げられているもの……」

どうやら、俺が一度だけ訪ねたレカトビア神殿の聖域にあった祭壇に毎食分の新鮮な肉、魚介類、青果がそなえられて、白碧城にある食事の間に転送される仕組みらしい。

竜王様の『お気に入り』が現れたので、人間用の食事も用意せよとセキさん経由で伝えられて以降、俺の食事も準備されるようになったとか。っていうことは、あのエスニックな料理の数々と、たまに日本風や中華風だったりする食事は、リュティビーア独自のものだったんだな。

日本にいた時、自炊というほどのことはしていなかったけれど、多少は自分での食料調達と、食べられるものを作り出す技術が必要だった。

基本的に食事は三食届けられても、それは母屋《おもや》で暮らす家族達の食事を作るついでだったからだ。

家族が旅行や遠出で家を離れている間は、ごく一部の使用人以外は休暇に入る。時には、俺の存在なんて忘れられていたのだろう。数日、食事が持ってこられないことがあった。

金銭は与えられていたけれど、勝手に外出するのは禁じられていたから、食料が底を突いてからコンビニへ買い出しになんて行けない。レトルトや冷凍食品、インスタント食品を買い物できる時に購入して、なるべく離れに保存していた。それで食い繋いでいる期間は、新鮮な野菜が食べたいと渇望《かつぼう》した。他にも卵、牛乳、フレッシュジュースが恋しかった。

俺は食が細いけれど、おそらく食べること自体には並々ならぬ執着があるのだと思う。

「好きなものを頼み、好きなだけお食べ」

竜王様にそう言われて、言葉に甘えるまま、露店に並んでいる珍しいものをどんどん買ってもらった。買ったそばから竜王様がパッと手品みたいに、それをどこかへ転移させていく。

不思議に思ったけど、目の前に布が垂れている状態では落ち着いて食べられないだろうから、ある程度買い物が終わったら人目につかない先ほどのオアシスに戻るということだった。

ふたりでは食べきれないいんじゃないかと思うくらいの食材と食べ物を買い込んだあと、建物と建物の隙間に誘導されて、そこからまたオアシスに転移した。

笠から垂れる目の前の布切れが、ふわりと舞い上げられる。

「陸。私はやはり、そなたの顔が見られる方がいいな。表情が見えないと、礼を言ってくれた時も少し味気なかった」

「あ……」

俺は表情が見られないことをいいことに、照れたり喜んだり、感情を隠さなくて済んで助かっていたけれど、竜王様はそんなふうに感じていたのか。

「……あの、竜王様」

「リューイ、では？」

「……リューイ、いろいろ買ってくれて、ありがとうございます。リュティビーアの街、すごく楽しかったです」

竜王様は満足げに頷いて、額にキスをくれる。

そして俺の頭から笠を外したあと、大きな水の塊を出現させた。これ……ファグダンドルの石牢で俺を包み込んだ、あの水の塊と一緒だ。日が暮れかけていて、夕日に照らされたそれは虹色に輝いて見える。みっしりと中身の詰まった、シャボン玉みたい。

座るようにと導かれて、それに腰掛ける。柔らかいのに弾力があって、高級なソファに座っているような心地だ。

竜王様が手ずから、露店で買った食べ物をちょっとずつ口に運んでくれる。気恥ずかしくて、「自分で食べます」って言ったけど、「私の楽しみを奪うな」と叱られてしまった。俺の少食のせいで、普段から俺の口に食事を運んでいるうちに、楽しみになってしまったそうだ。

彼の手が運ぶものを、素直に口に含み、食べていく。好きな味も、苦手な味もある。

ひと口だけ食べて忌避するようなものは、竜王様が残りを食べてくれた。竜型である時に比べて、人の姿で食べる量は少量すぎて、彼にはなんてことのない食事量なのだろう。

鶏肉《チキン》風味の濃厚などろどろの液体に、白玉みたいな具が浮いているスープ。

牛肉とも豚肉とも違う、脂身が少ない動物の肉をローストして、スパイシーな味付けが施された串刺し。目が飛び出した、珍妙な面相の魚の丸焼き。薄いナンに挟まった新鮮な野菜と香草、うずらの卵サイズの目玉焼き。

スイカとキウイの中間といった、果肉が黄緑色のフルーツ。ミルクティー味のシェイクみたいな、冷たいデザート。

美味しい。楽しい。珍しい！

これ、好き。こっちは苦手。相手を気遣わずに本音が言えるって、すごく楽なことなんだと思い知った。甘えてるなあ……。竜王様は、俺がなにを言おうと受け入れて、一緒に楽しそうに過ごしてくれる。俺が一度口をつけた食べ物の残りを、なんなく口に運ぶ。

「陸は、これが好きなのだな。よし、セキに申しつけておく」

と、いちいち分析するのが面白い。同時に胸元が、そわそわする。

心臓の表面を、羽毛で撫でられているようなこそばゆさ。

興味をひいたものを手当たり次第に買った食べ物は、すべてを食べることはできなかった。途中でお腹いっぱいになって、ギブアップ。

残念に思っていると、竜王様が残り物をどんどんたいらげてしまって。

「また一緒に買いに行けばよいであろう？」

と、子どもみたいに無邪気に笑うから、『また』があるのだと――。

そう思えて、心が高揚《こうよう》する。また、行きたい。リュティビーアの商店を、もっと回ってみたい。俺が買ってあげられるわけじゃないけど、今度は竜王様に似合う装飾品や服も見てみたいな。

買い食いのような夕食を終えたあとは、竜王様の膝に乗せられて横抱きにされた。

「陸、少しは楽しめたか？　リュティビーアに、興味を持ってくれたか」

「はい！　リューイ……、ありがとうございます。すごく、楽しかった！」

俺は学校の行事以外で、遠出なんてしたことがない。

友達がいなかったし、修学旅行なんて特に行きたくなくて、欠席した。グループ分けの時点でクラスメイトに嫌がられるのに、無理に参加して更に煙たがられたくなかったのだ。

遠足や修学旅行。あからさまな仮病を理由に休んでも、担任も親も、誰もなにも言わなかった。

だからこそ、今回の遠出は胸に刻み込まれる、強烈な体験だったんだ。

オリエイリオの、雄大で美しい大自然。

異世界の不思議な生物達による歓迎のシンフォニーと、天まで届きそうな歌声。

リュティビーア市街地の、活気溢れる商店街。

全部全部、忘れたくない。映像化して、残しておければいいのに。出来のよくない、俺の脳内にしか残しておけないのが、心底残念だ。

「りゅうお……リューイの背に乗せてもらって空を飛んだのも、見たこともない巨《おお》きな樹で休憩したことも、……ひっく。人魚や、知らない海の生き物達を見れたことも……ふ、うぇ……。おれ、俺の、一生の思い出、です……っ！」

一日の出来事を振り返っただけで、感動と幸福《しあわせ》で、勝手に涙が溢れてくる。

その涙を、褐色の肌をした竜王様の指先がたどった。

「陸。そなたは今、喜んでいるのだよな……？」

「も、もちろん、です……っ！　嬉しいんです。リューイが、俺のためにって計画してくれた今日のことが、全部。……う、ぅ。全部、嬉しいです……っ！」

ひくひくと喉を震わせながら、なんとか感謝の気持ちを伝えた。正直、こんなものじゃ俺の心のすべてを伝えられていないと思うけれど、とにかくお礼が言いたかったのだ。

竜王様が、呆気にとられたような表情を浮かべたあと……。

ほんのり、照れたように微笑《わら》った。

「人間は、悲しい時に泣くものだと思っていたが……。そなたは、嬉しい時に泣くことの方が多いのだな」

額と額を、じんわりとくっつけられる。

そこから伝わってくる体温が、抱きしめられる腕の強さが。愛おしい。誰かを愛おしいという気持ちを、ようやく知った気がする。俺にとって、たくさんの『初めて』を与えてくれる彼が今この時、愛しくて――仕方がなかった。

竜王様の膝の上で大きな身体に抱き込まれると、自分がまるで小さな子どもになったような錯覚にとらわれる。

っていっても幼児の頃だって、あやすために誰かに抱っこされた記憶なんてないけど。体温が伝わってきて、気持ちいいな……。

水でできたソファの揺らめきに合わせて、時にゆらゆらと体を揺らしながら、目元、こめかみ、頬、口元と、彼の唇がたどった。俺の涙が止まるまで。

日本でも元々長めに伸ばしていた髪は、こちらに来て数ヶ月経つのに一度もハサミを入れていない。もう、毛先が肩につくほど伸びていた。鼻先まで長さのある前髪が竜王様の指先で掻き上げられ、横髪が耳にかけられる。

「この広い額も、凜々《りり》しい目元も、平べったい鼻も。陸は、すべてが可愛いな」

「……ぶっ」

思わず、吹き出してしまった。

広くて丸いおでこも、恐ろしいほどに釣り上がった一重瞼の三白眼も、隆起のとぼしい鼻も。すべてが俺のコンプレックスで醜いと評されるものなのに、彼の美しい碧眼には、魅力的に映っているなんて。

美意識も、ここまで違ってしまうと可笑しさしか感じない。竜王様が大事で愛おしいなって、うっとりしていた気分が霧散《むさん》してしまった。

「ふふ……っ、あはっ」

ただもう、可笑《おか》しいという気持ちがせり上がってくるものだから、口元を隠してこっそり笑う。

「ん？　陸、なんだ。私がなにか面白いことでも申したか？」

「いえ、いえ。なんでもないです」

「ふーむ。なにが可笑しいのかわからぬが、そうやって楽しそうにしているそなたを見られるのは嬉しいものだ」

「竜王様……」

突然笑い出した俺に気を悪くした様子もなく、竜王様は、にこにことご機嫌で、俺に口づける。

「ん……」

唇同士が触れ合うだけのキスも、舌を絡め合う濃厚なキスも、この人が教えてくれた。まだ恥ずかしいけれど、いつの間にか戸惑いなく受け入れられるようになっている。舌を絡ませ合い、口内の粘膜を直接触れ合わせるだけの行為なのに、頭の芯が痺れるくらいの快感と浮遊感に包まれた。

「陸……。腹は満ちているだろう？　今度は私が、そなたを食べてもいいか……？」

唇を離した竜王様が、熱のこもった吐息とともに、耳元で囁く。

――ちょっ！

食べてもいいか、って！　いや、セックスしてもいいかっていうお誘いなのはわかるけど！　ブッサイクな男子高校生である自分が、まさかこんな口説かれ方をする日が来るとは……!!

美貌を誇る竜王様だから、くさすぎるセリフも違和感がないけれど……。ドラゴン姿の時に言われたらシャレにならないよな、なんてくだらないことまで考えはじめてしまうと、もうなんだか、可笑しくてたまんない！

「う、……。く……は、ははっ！　あっはははっ！」

我慢できずに、思わず口を大きく開けて笑ってしまう。

雰囲気ぶち壊しで彼には申し訳ないが、散々泣いたあとに入ってしまった笑いのスイッチはなかなか切れない。

「そなたがそんなに大笑いをするなんて、珍しいな」

「あっ」

慌てて、口を噤《つぐ》んだ。

ギザギザの歯。横に広い口で笑うと、悪魔みたいだと言われる自分の笑い顔――。

甘い雰囲気だったのに、馬鹿笑いしてしまうなんて。今度こそ気を悪くさせてしまっただろうと思い、さすがに笑いが引っ込む。口元を隠すために、手で覆った。

顔面蒼白《そうはく》で彼の表情を窺うと、予想外なことに、竜王様は頬を上気させて目をらんらんと光らせ、興奮もあらわになっていた。しかもなぜか、嬉しそうに目尻を下げている。

「そうやって口元を手で覆って、控えめに笑ういつもの陸も淑《しと》やかで愛らしいが……今のように、大きく口を開いて無邪気に笑っている陸の方が、好きだ。そなたの笑顔を、もっと見たい」

「……っ！　俺、俺の笑った顔、気持ち悪くないですか……？」

「なにを言う」

竜王様が、心底不思議そうに首を傾げる。

「だって、口、大きくて歯がギザギザだし、八重歯……八重歯って言って通じるのかな。歯が尖ってて……怖くない？」

「ははっ、私の竜型形態の時の方がよほど牙が尖っているだろうよ。小さな歯並びも、この尖った歯も。……私は、好きだがな」

彼の指先が、俺の歯の表面をたどっていく。

「陸が笑顔を見せてくれると私も楽しいし、嬉しく思うのだ」

「……ほん、と……？」

「ああ」

肯定する彼が、本当に嬉しそうに笑顔を浮かべるから。嘘なんかじゃない、本音なんだってわかった。

そもそも、竜王様が俺の機嫌を取る必要もなければ、嘘をついてまでおもねる必要もない。

……俺。自分の顔も体型も、全部が大嫌いだったけれど。

世界の大多数の人に嫌悪される外見でも、もういいや。

ただひとり、竜王様が好ましいと、可愛いと感じてくれるのなら。この見た目で生まれてきたのだって悪くないと思える。

自分のすべてを受け入れられると、こんなにも幸せな気持ちになれるんだ。

知らなかった。今まで、知るすべもなかった。

手足の指先に至るまでの身体をめぐる血液が、沸騰《ふっとう》するように沸き立つ。全身が熱くて、まるで酔っているみたいだ。頭の中がふわふわと浮かれて、目の前にいる彼のことしか考えられない。

なのに、胸だけは苦しい。甘い疼きを伴いながら、ぎゅうぎゅうと締めつけられているようで、すごく——苦しい。

この、全身が浮き立つような陶酔《とうすい》感と、甘やかさとともに襲ってくる胸の痛みに、なんて名前をつければいいんだろう……。さっきも泣いたばかりなのに、心の奥から溢れ出てくる感情に引きずられ、思いきり声を上げて泣きじゃくりたくなった。目の前の彼に抱きついて、好きなだけ泣けば気が済むのだろうか。

一度ぎゅっと目を瞑《つむ》って、涙を堪え——前歯の歯列をなぞる彼の人差し指に、吸いついた。

ちゅ、と音をたてながら、舌を這わす。

「陸……」

竜王様の目が、驚いたように見開かれる。と、同時に。ぽん、と顔の両側に白いトゲトゲのひれが出現した。俺が積極的で、びっくりしたのかな。なら、してやったり。

だって俺、たくさんのものと思い出を与えてくれるあなたに返せることが、『お気に入り』として発情させて、ベッドでの相手をすることくらいしか思い浮かばないから。自分の身体しか、あげられるものがないから。

経験不足すぎて、きっとたいしたことなんてできないけれど、喜ばせたい……。

指先を口に含みながら、竜王様の胸元でクロスする服の隙間に、手を伸ばす。はだけさせながら、腰帯を緩め……。

緩め………？　あれ、緩まない。これ、どういう仕組みなんだ？

腰に巻かれている布を剝ぎ取ろうと悪戦苦闘していると、「ふはっ」と、竜王様が堪えきれないというように吹き出し、笑い声を漏らした。

「りゅふほぅさまぁ……」

彼の指先を口に含んだまま、もごもごと呼びかけると「ふ、ふ、ふふ……っ」肩を震わせ、笑い続ける竜王様。

積極的にお相手をつとめようと思ったのに、スマートに服すら脱がせられない自分のダメダメっぷりが恥ずかしくて、落ち込む。

「陸……。そなたは、まこと愛らしいな」

竜王様の手が、自身の腰布の後ろに回って——身を捩《よじ》ると、俺に背を見せながら複雑な形をしたホックみたいな留め具を外した。

ぱらりと、腰布が緩む。同時に前がはだけて、褐色の肌があらわになった。

しっかりと筋肉をまとった、逞しい胸元。女性みたいに丸みを帯びていない筋肉質な男のそれが、とんでもなく魅力的に感じられる。彼に出会う前は、男の身体なんて興味なかったのに。

ハリのある肌を、撫で回したい。彼の胸に縋りついて、抱きしめられたい。

「私を煽ったからには、ちゃんと責任を取ってくれよ?」

余裕がなさそうに口の端をぺろりと舐め上げた竜王様は、直後。虹色に光る水の塊を膨張させて、面積の広くなったそれに、俺を押し倒したのだった。

砂漠に夕日が沈み、少しずつ陽が陰っていく。

入れ替わりに薄い藍色のような夜空が広がり、薄靄《うすもや》の先に星の瞬きが見える。

自然が織り成すグラデーションに、――見惚れる暇もないっ！

いつも、彼を受け入れる場所は媚薬効果のある香油を使ってほぐされる。だけど、竜王様の言うところによれば、今この場に香油がない。

「だから、舐めて濡らそうな」と、やたらいい笑顔で告げられ、強引に足を広げさせられた上、散々尻の合間を舐められ、内部にまで舌を潜らされて唾液を送り込まれた。

――嘘つきっ！

絶対嘘だ。だって、食事とか服とか、ぽんぽんマジックみたいに出現させていたじゃないか。香油を用意することだって、造作ないはずなのに。

いくら行為の直前いつものように身体を内から外まで綺麗にされていても、尻の谷間に鼻先を埋められてそんな場所を直接舐められるのは、信じられないくらい恥ずかしくて、今までにないほどに暴れて抵抗した。

「やー！　やっ、や、竜王様、……っぁ！　……やだぁ……」

「こら陸、暴れるな。そなたを傷つけないためだ」

「ぁっ、やだ、指入れないで、……くださ……っん！」

彼を引き離そうと、肩に腕を突っ張って抵抗していたら……ひどい。

水の塊が、妙な形で盛り上がり、俺の腕を水のベッドに縫いつけるように拘束した。

「なにこれっ……ぁ、ぁ……っ、も、いや……っ」

手の動きを封じられると、結局腰をくねらせるくらいしか抵抗できなくて、逆に「色っぽいな」と、興奮させてしまった。

「は、外して、竜王様」

「暴れるから、ダメだ。……陸、私のことは『リューイ』と呼ぶのではなかったか？」

「……っ……リュ……ーイ、もう、舐めないでください……」

「まだ、潤いが足らぬ」

「……！」

つるつるの股間に、再び顔を埋めていく竜王様。

そういえば、ここを可愛がるのが好きだとか言ってた。香油がないとか、絶対言いわけな気がする……。

またまた俺の服だけ消されて、竜王様の衣服は少し乱れているものの着込んだままなのは、彼の趣味だろうか。自分だけ裸なのも、恥ずかしさに拍車をかける。

たしかに、彼を喜ばせたいなって思っていたけど！　なんか、思っていたのと違う！

ここは野外だぞー、とか。いくらひと気のないオアシスでも、こんなことしていいのかー、なんて心の中で騒ぐうるさい常識は、いつしか意識の彼方へ消えてしまった。

ゆらゆらと優しく自分の背中を包み込む水の塊に、すっかり全身を預けている。

全裸で、あられもなく両足を広げて。興奮して形を変えた性器を竜王様の口で愛撫されながら、体内に指を三本も受け入れている現在。

……めちゃくちゃ恥ずかしくて、嫌なのに。唾液でぬかるんで指を受け入れている場所は、嬉しそうにひくひくと収縮している。腹側にある内部の弱いところを指の腹でクイクイと引っ掻くように刺激されながら同時に口淫されると、前後から与えられる強烈な快感で、すぐにも達してしまいそうだった。

「も、やだぁ……ぁ、ん……。いき、たい……っ」

ぐずぐずと涙声で限界を訴えるのに、輪っかにした指で根元を押さえられて、精液が出せない。俺の射精を許さない意地悪な手の他の指先は、戯れに袋をいじったり、性器と後ろの孔の間をつつ、となどったりする。直接的な愛撫だけでもたまらないのに、些細な動きのすべてが、じわじわとトロ火で炙《あぶ》るように性感を高めていく。

綺麗にされたはずの身体はしっとり汗ばんでいるし、涙を拭うための手は拘束されているせいで、次から次に涙がこぼれては流れていった。

「ふ、ぁ……リューイ、……リュー……ぁ、ぁ……。もう、お願い……やめて……」

すすり泣くように懇願すると、舐めころがすように茎をしゃぶっていた舌の動きが止まって、ようやく竜王様が顔を上げる。

「陸……。そなたのここは、もうほら、こんなに柔らかくなった」

ぬぷぬぷと、淫猥《いんわい》な音をたてて指が抜き差しされた。

「や、だ……！　ひぁ、……ん……、ん……っ」

「私の指に、吸いつくようだ……は、たまらぬ……っ」

指が一気に抜き取られ、その寂しさを感じる間もなく、重量感のある熱がずるっと潜り込んでくる。

あ……これが、欲しかった。昨夜から、ずっと。

ようやく与えられて、体内を深く満たしていく彼の熱が、愛おしい。もっともっと、奥まで満たして。俺の中に、入ってきて。

「は、……あ、あぁ、……ん……ぅ……」

「陸……っ！」

熱を分け合いながらひとつになれる充足感と、ぞくぞくと背筋が震えるくらいに湧き上がる、凶暴な快楽。いったいどれほど、共有できているんだろう。

とろとろに蕩かされて元々昂っていた身体は、彼のすべてが収められる頃には、ほんのちょっと腰を揺すられるだけでもイッてしまいそうなほどだ。

挿入後、いつも俺の内部が馴染むまで待ってくれる紳士的な竜王様は、今日は存在しなかった。

「あー、ぁ、あ、あっ！　だ、め……っ」

ほんの数回、乱暴に突かれただけで——性器に触れられてもいないのに、俺は達してしまった。待って待って、待ちわびた末にようやく迎えられた絶頂の余韻が、長引いて止まらない。

継続する快感に全身を震わせているというのに、彼の灼熱が突き込まれて前後する動きに容赦はなく、更に追い上げられていく。

「あ、あんっ！　……や、だ……いやぁ、待って、待って……！　今、いってる……から っ……」

「陸……っ」

俺の訴えに対する応えはなくて、それどころか大きな掌で腋の下を掴まれ、両側の乳首を親指の腹で擦られる。今日は朝から竜王様と行動をともにしているので、クリームを塗っていない。潤いがない分、尖った胸の先で受ける愛撫に、鋭敏な刺激を感じた。

「あ、あっ、は、ぁ……ぁぁ、ぁっ」

隆起した乳首から走り抜ける性感と、竜王様に擦られ突き上げられて生まれる、下半身の甘い疼き。水のベッドはぷるぷると面白いくらいに揺れて、どんな動きも受け止めている。

達した直後の身体の内側から与えられる快感が、怖い。昇《のぼ》りつめたまま降りてこられないような不安に苛まれるが、与え続けられる快楽は膨れ上がっていく。達したばかりだというのに、俺の性器はすぐに頭を擡《もた》げてしまう。

白濁をこぼしたままのそこを竜王様の固い腹筋が自然と掠めるたび、下腹が熱くなって先端がぬるぬると濡れていった。

「りゅうお……っ、さまぁっ、あっ、あ！　いい……っ！」

「ああ、私もいい。そなたの中は、とても……いい……」

ぬちゃぬちゃと、お互いの身体が繋がったまま揺れるたびに淫猥な水音が響く。

「リュ－イ、……リュ－イっ、手、自由に……っは、ぁ……自由に、してください……っ。抱きつきたい、からぁ……っ！」

「……っ」

しゅるん、と。両手首をそれぞれ拘束していた水の腕輪が外される。布越しの背中に、力を込めて縋りついた。

「リュ－イ……っ、あ、ぁ……っ！　気持ち、い、です……っ」

「……あぁ、すごい……。そなたの中が、蠢いて……たまらぬ」

自分の中を満たす熱量が、激しく動く。

「うん、……っ！　……ぁ、あ！　そ、こ！　ダメ……っ」

「陸……っ！」

「あー、ぁっ！　…………ん、んぁ、ぁ……っ」

「……り、く……っ」

この世界で、彼だけが紡《つむ》ぐ自分の名を、何度も呼ばれながら。

——同時に、昇りつめる。

もう、他にはなにもいらない。今、この感覚を共有できる相手はあなただけ。

このひとときでいい。快楽を分かち合う濃密な行為が、記憶が、竜王様の中ではいつかは薄れて、なくなって過去の遺物になるのでも、いいから。

愛されているのだと、酔いしれていたかった。


いつの間にか陽は完全に落ちて、空は藍色に暗く染まっていた。ささやかに……虹色に光る水のベッドの上で、際限なく求められる。何度も絶頂を迎えて、精巣が空っぽになった身体はもう苦しいくらいなのに、彼に求められることが、嬉しい。

「陸……」

吐息を漏らすように俺の名を呼びながら律動する竜王様の肩越しには、満天の星空。日本の都会では決して観ることの叶わない、数多《あまた》の星の燦《きら》めき。

汗ばむ肌を密着させながら、彼の背に回している指先に力をこめた。

今日のひと夜を、ふたりだけの思い出を、俺は絶対に忘れない。ずっと、憶えていたい――。

馬鹿だよなあ。

なんだかんだ言葉を尽くしても結局、俺の、長くても十年ほどの時間は、いずれは彼の数千年の一部となり、俺自身も過去の『お気に入り』のひとりとなり果てるのだろう。

愛されること、大事にされること。これって、なんて甘やかな喜びを与えてくれるんだ。

未知のままだったら、ただ憧《あこが》れるだけでよかったのに。

一度味わってしまったら、溺れてしまうのは仕方ないじゃないか……。

底なし沼に、ズブズブとはまってしまいそうだ。優しくされればされるほど、感謝の気持ちを返したくなる。大事にされたら、相手を大事にしたくなる。

愛されたら……、愛したくなる。

まるで、砂時計をひっくり返したよう。彼の好意は最初がピークで、おそらく、どんどん減っていくものらしい。対して俺は、どんどん彼への気持ちが積もっていく。溢れるように情が湧き、この人のそばにずっといられればいいと、欲張りになってしまいそう。

自分を、戒《いまし》めなくては。

俺自身の想いの対価を、見返りを、求めちゃだめだ。

白碧城にいられる間、自分の魂が、竜王様の嫌う変容を起こさないように願うことしかできない。

歪みの進行が、少しでも遅くありますように。

一日でも長く、彼のそばにいられますように。

胸の奥にある重たい扉をこじ開け、溢れ出そうになる想いに、無理やり鍵をかけて。月と星が光を落とす砂漠の真ん中で、竜王様と抱き合いながら——ただ、そう願った。

第6章　ティタル・ギヌワ

ぱちりと目を開き、周囲を見ると白碧城《はくへきじょう》の自分の部屋だった。……身体が、重たい。

長時間、竜王様の背に乗って過ごしたからだろうか？　手綱《たづな》に掴まっていただけなのに、腕も、力をこめていた太ももも、筋肉痛がひどい。それに、砂漠で……最後は気を失うくらいに抱かれた。下半身を動かすのが億劫《おっくう》なほどに鈍く痛んで、けだるい。なのに、幸せ。

――オリエイリオへ行った昨日の記憶が、現実にあったことなのだと教えてくれるから。

ベッドの上で寝具を抱きしめながら、昨日のことを思い出して感動と甘さの余韻にふけっていると、ノックとともにカエルが入ってきた。セイさんだ。

「ホシナ殿、ようやく起きられたか」

「あ、すみません……。もう遅い時間ですか？」

「うむ。よほど疲れたのか、死んだように眠っておっての。竜王様が、おぬしが目覚めるまでそばにいたいなどと申されるので、セキが困っておったわ」

竜王様の名前が会話に出てくるだけで、ぽわっと身体が熱くなる。

「まったく、ただでさえおつとめが滞《とどこお》っておられるのに、お気に入りに耽溺《たんでき》なされて……。我があるじにも困ったものよ」

「おつとめが……滞っているって、どういうことですか？」

「ぬ？　まあ、ホシナ殿には言うておくか。そもそも、おぬしを探すためにひと月もおつとめを中途半端に放っておいたばかりか、おぬしが現れたら発情しっぱなし。挙句《あげく》の果てに丸一日、おつとめを放棄するなど。前代未聞じゃ」

淡々と語られる、自分の知らない竜王様のおつとめ事情。

「昨日一日の時間を作るために、だいぶ無理をして連日おつとめを果たされておった。しかし、まだまだやるべきことが残っていて、我らまで忙しい。おぬしが唆《そそのか》してそうさせているわけではないと知っておるが、なかなかに罪な男だの。ホシナ殿は」

セイさんの、真面目な口調で言われると――余計に堪《こた》える。

「お、そうじゃ。腹が空いているであろう。まずはおぬしに食事をさせねばの」

セイさんが、慌ただしく部屋を出て行った。

なにも知らなかった自分が、知ろうともしていなかった自分が、恥ずかしい。ただ、竜王様の深い愛情の上に、あぐらをかいていただけだった。未来なんてどうでもいいと、拗《す》ねて現実から目を逸《そ》らしていた。

リュティビーアへ行かないことを心配されて嬉しいだなんて、能天気に考えていた昨日の浅慮を反省する。

たった一日の経験で、なにかが変わった。

変わったのは、きっと自分の気持ち。

俺はなにもできない、なにも持ち得ない、ちっぽけな人間だ。でも、なんでもいいから。自分がこの世界でやるべきことを考えて、行動したい。

……しなきゃ、いけない。

セイさんと入れ替わるように、食事を持って部屋へ入ってきたのはコウさんだった。

「ホシナ殿、体の調子はいかがかのー?」

「あちこち痛いところはあるけど、大丈夫です。あ……トゥネル、持ってきてくれたんですか?」

「人間の疲労回復には、これが一番だでの」

トレイの上には、あっさりめの食事と飲み物、それに、白碧城に来て以降たびたび食べさせられる、あの桃みたいなのに味は梨っぽい果物、トゥネルが載っていた。食べたあとにちょっと酔ってしまうのが難だけど、食べると力が湧いてくる、不思議な果物。

ベッドの上で、膝にトレイを載せてご飯を口に運ぶ。

リュティビーアのパンは、ナンのような平べったい形をしている。それに、甘酸っぱいソースをかけて食べたり、穀物がたくさん入っているトロッとしたスープに浸して食べたりする。朝ご飯で出てくることが多いから、朝食の定番なのかもしれない。

食後、コウさんが剝《む》いてくれたトゥネルを食べると、頭がぽーっとする。代わりに、身体のだるさが軽減された。

「コウさん……あの、ごめんなさい。忙しいんでしょ? 俺、もうちょっと寝てるから放っておいていいですよ」

「うむむ? もしや、セイがなにか申したか?」

「ううん。みんな忙しいって聞いただけ」

「気にすることはない。竜王様の最優先の命令は、おぬしの世話じゃ。……セイ。あいつは生真面目じゃから、すぐに余計なことまで言うてしまう」

やれやれ、とでもいうように、肩をすくめるコウさん。

「竜王様の幸福は、眷属《けんぞく》である我らの幸福。おぬしが現れてから、竜王様は口数が増えて、常時機嫌がよくてな。セイの態度はわかりにくいかもしれぬが、我ら全員、心より喜んでいるのよ。多少の雑務の増加など、屁でもないでの」

「本当……？」

「うむ。それにな、……ホシナ殿に初めて呼び名をつけられたことも、嬉しいのだ。竜王様を特別な名で呼ぶお気に入りは稀《まれ》におったが、我らにまで呼び名をつけてくれたのはおぬしが初で、わたくしも、セキも、もちろんセイも、個別の名で呼び合うのが楽しくての！　今では竜王様にまで、コウと呼ばれておるのだ！」

誇らしげに胸を張るコウさん、可愛い。

それにしても、そんなに嬉しいものだったなんて。安易に呼び名をつけたことを後悔する。でも、もうしっくりきているから変えようもない。

「そうだ。昨日……俺の顔、出さないで済むように布付きの笠みたいな帽子、用意してくれたのってコウさんなんでしょう？　ありがとう」

誇らしげだったコウさんだったが、俺が昨日のお礼を言ったというのに一転、しょんぼり肩を落としてしまった。いや、彼らは元々、だいぶなで肩なのだけれど。

「初めてリュティビーアへ渡った時、あのように異様な雰囲気になってしまったのは、わたくしにも責任の一端があるのではないかと思ってのう……。役に立ったならよかった。またリュティビーアに行く時は、声をかけるのじゃぞ。今度は、おぬしがどれだけ大事な竜王様のお気に入りか、ガツンと申してやるからの！」

「コウさん、ありがとう。……でも、いいや。次は、ひとりで行きます」

「ホシナ殿、だが」

「昨日竜王様に説明されて、リュティビーアへ行くことの重要さはわかったから。ちゃんとあっちに渡るし、心配しないでください。あ、そうだ。忙しいところ申し訳ないんですけど、ちょっと……用意してほしいものがあって」

「なにかの？」

「ええとね――」


髪を切った。

目の上で前髪を切り揃《そろ》えるなんて、何年ぶりだろう。

日本にいた時も、髪の毛は自分で切っていたから「ひとりでできる」と言ったけど、ハサミを持ってきたコウさんが、後頭部の髪はシャキシャキシャキと器用に切ってくれた。

赤茶けた髪が、足元に散らばる。

目の前の鏡には、ずいぶんスッキリした顔周りが映っている。顔を隠すものがなくなったから、不細工な顔が今まで以上に露《あら》わになった。

青白くて、不健康そうな肌色。

日本人としては異質な色素の目と、髪の毛。

蛇《へび》みたいだとか、爬虫類《はちゅうるい》っぽいとか、散々からかわれて、馬鹿にされて。ずっと大嫌いだった、奇妙な顔立ち。

――鏡の中の俺自身を、見つめる。もう、隠す必要はない。誰になんと言われようと、これは持って生まれた顔なんだ。気持ち悪いと罵倒《ばとう》されても、嘲笑《ちょうしょう》されても、いい。

そりゃ、そのたびにきっと傷つくけれど……。少なくともこの世にひとり、こんな顔でも好きだと言ってくれる人がいるから。その存在のおかげで、強くなれる。

シンプルなシャツとズボンばかり着ていたのを、日々、リュティビーアの民族衣装を着ると決めた。コウさんが着せてくれた時のことを思い出しながら、着替える。腰帯の巻き方がよくわからなくて、ちょっとよれちゃったけど……毎日着ていたら、いずれ慣れるはず。

着替えたあとは、書机に向かう。

昨日、民芸品店で竜王様に買ってもらった皿型の陶器を、机の上に飾った。竜王様と、カエル達が描かれている絵皿。見ているだけで、昨日の楽しかった記憶が鮮《あざ》やかによみがえる。

この城に来て、初めて増えた俺のもの。嬉しいな……。

絵皿の横には、前から置きっぱなしにしてある、小さなピンク色のクマのぬいぐるみがある。これは捨てずに、とっておこう。

いくら竜王様に容姿を褒められても、舞い上がってしまわないように。自分が白碧城の外では嫌われ、蔑《さげす》まれる存在であることを忘れないように——。


書きはじめて一日目、という書き出しで、文章を紙に書き綴《つづ》っていく。

尖ったペン先をインクにつけて文字を書くという行為が初めてなので、インクが盛大に滲《にじ》んだり掠《かす》れて書けなかったりで、なかなか難しかった。紙が汚れるばかりで、読みづらい。

まあいいか。誰に見せる予定もない、自分の日記なのだから。

コウさんにお願いしたものは、髪を切るためのハサミと、紙とペン。昨日の思い出も、白碧城で過ごす日々の出来事も、記録に残しておこうと思う。

竜王様と、カエル達——彼らが、好きだ。

愛情を惜しみなく与えてくれる初めての人と、俺という存在を受け入れてくれる、彼の従者達。ずっと一緒にいたいけれど、数ヶ月か数年後、必ず別れは来る。場合によったら数日後かもしれない。

だからこれは、いずれ白碧城を出て行ったあと、読み返すための日記。

将来ひとりぼっちで寂しく暮らすことになっても、今の日々の記録があれば、何度でも幸せな思い出に浸ることができると思うから、なるべく詳細に書いていきたい。

書きはじめて一日目、二日目……と書いておけば、自分ではいつの間にか曖昧《あいまい》になってしまう時間の経過も把握しやすいだろう。

俺の感覚では、日本からファグダンドルに召喚《しょうかん》されて、石牢で過ごしたのがひと月からふた月ほど。白碧城で過ごすようになって四ヶ月弱くらいという認識だから、日記の日数とプラス半年程度と考えて計算すれば、地球とは時間の数え方が微妙に違うこの世界で流れた時間を知ることができる。

髪を切って日記を付けはじめたってだけなのに、前向きな気持ちになれて、楽しい。昨日の濃くて感動的な思い出を書き留めた一日目の日記は、えらく長文になってしまった。


夕食に呼ばれたので、ドキドキしながら食事をする広間に赴《おもむ》いた。

竜王様は先に広間に来ていて、だだっ広い絨毯《じゅうたん》の上でくつろいでいたけれど――。俺を見て驚いたように立ち上がり、すごい勢いで目の前まで迫ってきた。

ドラゴン姿のまま全力疾走したせいで、風を巻き起こす勢いだ。

「陸《りく》！　髪を、切ったのか」

「はい」

「とても似合う！　可愛い、可愛いなあ」

竜王様は鋭い爪を持つ手をそわそわ動かしたあと、唐突に人の姿へ変化した。

それから俺の腋《わき》をもって抱え上げ、高い高いをするように持ち上げる。下から熱い眼差しで見つめられて、照れくさい……。

「変じゃ、ないですか」

「おかしくなどない。以前からな、そなたの愛らしい顔を覆う髪が邪魔だと考えておったのだ。これでいつでも、陸の表情が見えるな」

嬉しそうにはしゃぐ竜王様は、俺を高い高いしたまま、ぎゅっと抱きかかえてしまう。

「身体はもう大丈夫か？　昨日は疲れただろう」

「まだちょっと、筋肉痛は残っているけど……大丈夫です」

「よかった。ん？　服が、リュティビーアのものだな」

「はい。あの、こ、……こっちの方がいいって、竜王様が言っていたから」

あなたに気に入られたいからこの服を着ているのだと、ストレートに告げるのはどうかと思ったが、素直に心の内を明かした。他人との距離感の取り方が、俺にはわからない。媚《こ》びているように感じるのかな。

「うむ、そうかそうか」

あ、満更《まんざら》でもないみたい。ホッとしたけど、「だがな」と言葉が続けられて、どきりと心が騒ぐ。

「私のことは、リューイと呼んでくれるのではなかったのか？」

「え……。こ、ここでもですか？」

「ここでも、とはどういう意味だ？　私は、陸がつけてくれた名でずっと呼ばれたい」

「ん、でも……カエル達の前でも？　城の外でだけの話かと思ってて……」

「名前で呼んでおくれ」

「リューイ……」

「陸には、そう呼んでほしい」

いいのか、な？　コウさんが、過去にも『お気に入り』が竜王様を特別な名前で呼んでいたこともあるって言っていたし。

「わかりました、リューイ」

俺だけが呼ぶ、彼の仮の名前。なんだかニヤけてしまって、ふにゃふにゃと口元が緩み、勝手に笑顔になってしまう。

以前だったら手で口元を隠していたけれど、リューイの前だったらその必要もない。だってほら、俺の笑顔を見て気持ち悪がるどころか——彼も、嬉しそうに笑ってくれるんだ。笑顔を返してくれたことが嬉しくて首筋にぎゅっと縋《すが》りついても、振り払われたりなんてしない。俺を抱き上げている腕に力が入って、更に強く抱きしめられるだけ。

日本にいた時はただでさえ周囲に疎《うと》まれていたから、せめて目立たないようにと人前では常に縮こまっていた。不快な思いをさせないようにと、自分からは発言を控えて、へらへらしていた。

リューイの前では、思ったことを話せる。好きなように行動していいんだ。なにも飾らず、ありのままの自分でいられるって、なんて素敵なことなんだろう。

他愛もない時間を共有する間にも、どうしようもなく、リューイに惹《ひ》かれていく。胸の中で育《はぐく》まれる気持ちが恋情なのか、生まれて初めて優しく接してくれる彼を慕っているだけのものなのか、判別できない。

ただ、この腕の中にいられる居心地のよさを手放したくないと、身勝手な想いが生まれる。

……こんなことを望んじゃ、だめなのに。

せつなく痛む胸を持て余し、じんわりと溢《あふ》れてしまった涙を、彼に悟られないようにこっそりと拭った。

怖い。

白碧城からリュティビーアへと渡るための巨大な扉の前に立つと、どうしてもその思いが勝ってしまい、なかなか扉を押すことができない。前回、目の前の扉をくぐった時の記憶は鮮明で、またもリュティビーアの人達の好奇と嫌悪の視線に晒《さら》されるのかと、思うと……。やっぱり恐怖心がこみ上げてくるし、逃げたい気持ちに駆られる。

でもリューイがいるから、強くなれるはず。つらいことがあっても、白碧城に戻れば彼もカエル達もいるから悲しい思いも嫌な記憶も、きっとリセットできる。白碧城に長く居るために、必要なことなのだから行くしかない。

深呼吸をひとつして、覚悟を決めて。俺は、扉を開いた。


今日のリュティビーアは、どうやら雨が降っているようだ。

湿った空気と、窓の外が薄暗いのでそう察した。

ステンドグラス越しに感じる雨足はザーザー土砂降りというほどではないけれど、しとしとと降っている感じ。

円形状の大広間には、誰もいなかった。ほっと安堵《あんど》してしまう。自分が通ってきた扉の向かい側に、もう一つ扉がある。たしかそこから、リュティビーアの人々は出入りしていた。

ひと気がないのをいいことに、奥の方にある祭壇に歩み寄ってみる。

竜王様の食事が捧げられる場所って、ここかな……？　今は、なにもない。一日の食事は二回という習慣だ。間に、お茶と一緒に軽食や甘いものを食べるというのが白碧城ではスタンダードで、今はちょうど昼過ぎくらいの時間帯だから、まだなにも置かれていない。

白い大理石と銀で精巧な意匠《いしょう》が凝らされた祭壇の台座の上は空っぽだけれど、相変わらず周囲は生花と、昼間なのに蠟燭《ろうそく》がともされていて、綺麗《きれい》に祀《まつ》られている。

壮厳《そうごん》で、美しい異国の祭壇。見とれて、ぼうっとしてしまう。

このまま誰も来なければ、傷つくことはないけれど——それでは前に進めない。祭壇から離れ、誰かを探そうとした、その時。

扉が開き、二人の少年が入ってきた。そのうちのひとりには、見覚えがある。以前俺に摑みかかってきた、この国の王子だ。なにか会話を交わしながら広間に足を踏み入れた彼らは、祭壇を背に立ち尽くす俺に気づき、ギョッとしたように目を見開いた。

「お前は……っ！」

王子の両目は、あっという間に憎悪に燃え上がった。

抱えていた花束をその場に落とし、俺に真っ直ぐ向かってくると、またもその小さな手で胸ぐらを摑む。

「なにしに来たっ！　お前のせいで、テセイシア姉様は泣き暮らしているというのにっ！」

一緒に入室してきた、王子より小柄で濃い茶髪の少年が、自分の持っていた花束を床に置いて、彼に縋りつく。

「エルミア、やめろっ！」

「止めるな、ビダル！　お前だって、こいつのことが腹だたしいと言っていたじゃないか！」

「馬鹿……っ！　この方は、竜王様のお気に入り様なんだぞっ」

少年ふたりの会話だけで、自分が憎まれていることはわかった。容姿の醜《みにく》さというより、王子が言うところの『姉様』が悲しんでいるせいだろうか？

わからないけれど――。俺の胸元を摑む少年の手に、そっと手を重ねる。

「なっ！　き、気持ち悪いっ」

勝手に胸ぐらを摑んできたくせに、こちらが触れると、まるで汚らわしいと言わんばかりに振り払われた。

「あ、……触って、ごめん」

嫌悪の眼差《まなざ》しも、振り払われる手にも、やっぱり傷つく。でも、あとに引くことはできない。

「あの、神官長……クスタディオさんを、呼んでもらえないかな？」

「はっ、お前なんかのために、誰が動くか。消えろ、消えろよ……！　前に現れた時から、だいぶ経《た》っているじゃないか。伝承と違うぞ。お前、本当に竜王様のお気に入りか？」

「……っ」

「お前のようにみすぼらしい格好をした醜い人間が、お気に入り様なはずがない！　あれ以降、渡ってくる様子もなかったから、みんな、そう言っていたのに――竜王様がお姿を見せたせいで！　くそ

もない。

王子がなにを言っているのか、よくわからない。事情が飲み込めないまま責められても、謝りよう
「……え？」

「……っ」

「どういう意味……？」

「なにを白々《しらじら》しい！　竜王様の背に乗って、自分の権威を見せつけるために現れただろう！」

二日前、確かに竜王様と一緒にオリエイリオに遊びに来た。竜の背に乗って、リュティビーアの上空を飛行したけれど、なぜそれが権威云々《うんぬん》とか、この少年の姉が泣いていることと繋がるのだろう？

明らかに年下である王子の批判に圧倒されて黙っていると、彼の背後から怒気を孕《はら》んだ声が響いた。

「エルミア殿下！　……ホシナ様への不敬は、そこまでにしていただきましょうか」

扉に手をかけながら、こちらを鋭い視線で睨《にら》みつけているのは、ここ、レカトビア神殿の神官長。

俺が会いたいと望んでいた、クスタディオさんだった。

彼は大股で近づいてきて、王子と俺の間に立ち塞がる。

「殿下、以前のお説教では足りませんでしたか？」

「……だって、僕は納得していないし、王宮ではまだ半信半疑の者がいるのは事実だ」

「王族が、臣下の言葉に振り回されて他者を非難するとは。情けない」

「クスタディオ！　姉様や僕より、そいつの味方なのか!?」

「味方ですと……？」

俺の目の前にクスタディオさんの広い背中があるから、二人がどんな表情をしているのかは見えな

かった。

「味方だとか敵だとか、そのように幼稚な感情を訴えるのはおやめください。この方は紛《まご》うことなき、竜王様のお気に入り様。レカトビア神殿神官長として、……いえ、リュティビーアをあげて礼賛《らいさん》の限りを尽くし、尊《たっと》ぶべきお方。ホシナ様を排斥《はいせき》しようとするならば、それは国に対しての反逆ともとれます。エルミア殿下、王族たるあなたが、率先してそれをなそうとするのか」

「……っ！　父様だって、そいつがお気に入りなわけ、ないって言っていた。どう考えても、テセイシア姉様の方がふさわしいって……」

俺に食ってかかってきた時とはうって変わって、王子は口調がどんどん弱く、尻すぼみになっていく。クスタディオさんは、わざと聞かせるかのように大きな溜息をついた。

「ふさわしいか、ふさわしくないかなど……我々、卑小《ひしょう》な人間の考えが及ぶものではございません。竜王様が、この方を選び『お気に入り』として、おそばにおいておられるのです。リカルド王とも、改めて話し合う必要がありそうですね。……ホシナ様のご降臨《こうりん》に合わせて、竜王様が下界へとご顕現《けんげん》くださいました。そして、恵みの雨を与えてくださった。以上二点の事実からも、ホシナ様が竜王様のお気に入り様であることは疑う余地もありませんよ。さあ、ホシナ様に先ほどの非礼を謝罪し、神殿を出ておいきなさい」

クスタディオさんが身体をずらして、王子と俺を対面させる。少年を見ると、大きな碧《あお》い瞳に涙を湛《たた》えて、今にも泣き出しそうだった。

「いやだ！　僕はこんな奴、認めない……だって、だって……。テセイシア姉様が悲しんでいるのは、こいつのせい、なのに……」

「殿下、強情もいい加減になさいませ！」

神官長の声に、再び怒気がこもった。王子は背をこわばらせて、必死に泣くのを堪《こら》えている。

「ちょっと、いいですか。なんで、俺のせいで、その……テセイシアさんが悲しんでいるんですか？」

「ホシナ様、のちほど私がご説明を」

クスタディオさんが申し出てくれたけれど、俺は、エルミア王子から聞きたかった。自分に関わることで知らなくていいことなんて、きっとひとつもない。

「えーと、王子様。俺、俺は……見ればわかると思いますが、この国の人間ではありません。そして、竜王様が治める世界の人間でもありません」

王子の目が、大きく見開かれる。

「だから、竜王様がどれほど偉大な存在なのか、そして、自分が『お気に入り』であることの意味も、この国での扱われ方も、よくわかっていないんです。これから、学んでいきたい。二日前に、俺が竜王様と一緒にこちらへ来たことが、なにか問題なんですか？」

少年であっても、王子という身分の人に話しかけるということに、緊張してしまう。

困惑するほどの沈黙が落ちたあと、エルミア王子が口を開いた。

「……お前は、どこから来たんだ？」

「日本という国から来ました。竜王様も関知しない、異なる世界だそうです」

「前に、初めてこちらへ渡ってきた時……僕達がお前を責めたから、怒って、竜王様とともにいるところを見せつけようとして二日前、一緒に現れたんじゃないのか？」

――見せつける？　いったい自分は、どういうふうに思われているのかと、面食らった。

「そりゃ……、責められたことは、悲しかったけど……」

リュティビーアを初めて訪れた日、たくさんの人に囲まれ、王と王子に面と向かって謗《そし》られた時のことを思い出すと、今でも少し、手が震える。

大勢の人が一丸となって放つ悪意が自分ひとりに向かってくるなんて、すごく堪える経験だったんだ。仕方ないじゃないか。

「怒ってはいません。ここの人達に受け入れられていないことは、嫌でも理解できましたし。……でも、だからって白碧城に引きこもっていたらダメだから。俺、リュティビーアになるべく来なきゃいけないんです。竜王様は、それを教えてくれるために俺を連れ出してくれました。この国を好きになってくれって、そう言って……」

「っ！　うそ、だ」

「本当です。竜王様は、優しいんです。忙しいのに無理やり時間を作って、この世界を観せてくれた。俺は、あの人の気持ちに報いたい。自分が、長く竜王様のそばにいるために……定期的にリュティビーアを訪れて、ほんの隅っこにいさせてくれたら、それだけでいいんです」

「……っ!!」

「そのためにも、俺のせいで悲しい想いをしている人がいるというなら、どんな理由で悲しんでいるのか説明が欲しい。知らない間になにか悪いことをしてしまっているのなら、謝りたいです」

エルミア王子は大きな目を釣り上げながら、こちらをギリギリと睨みつける。

ただ、涙を湛えたその瞳はもう憎悪を宿すことなく、困惑に揺れているようだった。俺への返答はなくて、どうすればいいのかと困っていると、クスタディオさんが王子の肩にぽん、と手を置いて静かな声音で告げた。

「エルミア殿下、一度頭を冷やしておいでなさい。……ビダル、殿下を王宮へお送りするように」

「はい。……行こう、エルミア」

ビダルと呼ばれた少年が、王子の手を引いていく。

王子との会話に集中していたから気づかなかったが、扉の近くには神官服をまとった四人の男性がいた。成り行きを見守っていたようだ。

彼らとすれ違いざまに広間を出て行く直前。エルミア王子が、一度だけ俺を振り返ってなにか言いたげに口を開いたけれど……結局、言葉を発することなく、もうひとりの少年と去っていった。

王子が言っていた、『テセイシア姉様』が悲しんでいる理由ってなんなのだろう。疑問が解決されないままであることに、モヤモヤして立ちすくんでいると——。

「ホシナ様、再度のお渡りに感謝いたします」

クスタディオさんが、その場に跪《ひざまず》いて頭を下げていた。

更に四人の神官が彼に倣《なら》うように俺へ向かって跪いたことに、驚く。俺はこんなことをされるような身分ではない。

「前回のお渡りからの……たび重なる非礼を、どうかお許しくださいませ。リュティビーアを代表し、伏してお詫び申し上げます」

「や、あの……そんな、頭を下げたりしないでください」

「いいえ、どれほどのお詫びを重ねても足りません。謝罪だけではなく……竜王様とともにご降臨《こうりん》されたことへの感謝を捧げさせてくださいませ」

オリエイリオに棲《す》む生き物達や、リュティビーア市街地の人々の喜びようを、思い出す。竜王様が実際にいたのだと、お姿を見せてくれたと、お祭り騒ぎだった。

その竜王様を祀る本拠地であるレカトビア神殿の人々にとっては、どれほど感情を揺さぶるものだっただろう。

「ここ、リュティビーアは現在乾季。雨は貴重で、ごく稀にしか降らないものなのです。それが、昨日からずっと適量、降り続いているのです。河川は潤《うるお》い、民の心も喜び潤っております。間違いなく、竜王様のお計らい。竜王様のお気持ちの表れ。この慈雨《じう》を与えてくださったホシナ様に、心よりの感謝を申し上げます。……返す返すも、前回人々の非礼を止めることができなかった己の失態が、無念でなりません」

「本当に……もう、いいですから」

だって、リュティビーアの人達ってみんな、整った容貌をしている。褐色の肌に、目が大きくて彫りの深い、はっきりした顔立ち。鮮やかな色遣いの生地をふんだんに使った民族衣装も、たくさんのきらびやかな装飾品をつけているのも、とても格好いい。そんな中、見たこともない異様なご面相で青白い肌の男が、みすぼらしい格好で……『お気に入り』として現れたのなら、そりゃあ戸惑っただろう。

「ですが、俺……大勢の人の注目を浴びるのは、苦手です。なので、できればもう、人を集めるのはやめてください」

「かしこまりました。二度と、あのような愚行《ぐこう》は繰り返さぬことをお誓い申し上げます」

なんだか、大げさ……。もっと気楽にしてもらって、こちらのお願いを聞いてもらえたらいいんだけれど。

俺は自分も膝をかがめ、彼に目線を合わせた。

ギョッとしたように目を瞠《みは》って、背を仰《の》け反《ぞ》らせるクスタディオさん。ああ、ブサイクな顔が間近に迫ったらビックリしちゃうよな。距離を縮めすぎてしまった。申し訳ない。

「俺は竜王様の『お気に入り』で間違いないみたいですが、ただの人間です。普通に接してください。図々しいけど、お願いしたいこともあるので……。この状態では、落ち着いて話ができません」

「おお、申し訳ございません！」

クスタディオさんがさっと立ち上がると、周囲の男性達に対して指示を出した。

「オンティウスは、応接室にホシナ様のためのおもてなしの用意を。テノ、レジリオは、先に出て応接室までの人払いをしておいてくれ。シジスは、私についてこい」

聖域を出て廊下を通り、神殿内の一室に案内された。

室内にはシンプルに、オリエンタルな意匠のどっしりした低いテーブルと、脚のないソファが置かれている。

大きな窓から見える外は、やはり雨がしとしとと降り続いていた。

見知らぬ場所というのは緊張するし、いくらこの部屋に来るまで友好的だったとはいえ、彼らの人間性がわからないので気を抜けない。

勝手に身構えて、肩をガチガチにこわばらせていると……。

「ときにホシナ様、先ほどおっしゃっておられた……『竜王様も関知しない、異なる世界』からいらしたというのは、いったいどういった経緯で？　もしや、竜王様にご召喚されたのでしょうか」

クスタディオさんが、精悍《せいかん》な顔立ちを微笑ませながら質問してきた。彼は竜王様と同じくらい背が高いので、俺の顔を覗《のぞ》き込むようにして少し前かがみだ。

「は、はい……。ここことは違う、竜王様が統治する世界のひとつに、弟と一緒に召喚されたのですが、そこから更に召喚されて竜王様の元へ招かれました」

俺が返答した、途端《とたん》。

――クスタディオさんが腰を落とし、うつむいた。両こぶしを握りしめ……ブルブルと、震えている。えっ、怒っているのか？　なにか、変なことを言ってしまったのだろうか。

どうしよう。リュティビーアで、一番味方になってくれそうな人だったのに。だけどそもそも、こちらの世界ではなにが常識で、なにが非常識なのかなんてわかるはずもない。もう、口を閉じていた方がいいのかな……。

泣きたい気持ちに陥《おちい》っていると、突然クスタディオさんが「ふ、ふふふふふふ……」と地獄の底から響くような低い声を漏らし……いきなり、爆発したような高笑いをはじめた。

「ふはっ！　ふはははは！　あああ、竜王様。感謝いたします！　待ちに待って！　自分が生きている間に現れたお気に入り様が、召喚により招かれたお方だとは！」

クスタディオさんは突如床に跪き、両手のひらを組み合わせて、祈りを捧げるように俺を見つめる。

「ホシナ様、あなたは、なんて！　なんて貴重なお気に入り様なのでしょう！　竜王様に、千の感謝を尽くしてもまだ足りません。こうして最初から言葉が通じるので、もしやと思ってはおりましたが、まさか召喚されて竜王様の『お気に入り』になられたお方だったとは……！」

目を血走らせ、息を荒らげながら俺を拝む男前に、――――正直、ひいた。

「ホシナ様。あなたは私の元に遣わされた、知の権化《ごんげ》。いいえ竜王様が人類に与え賜《たも》うた、ただひとりの救世主様でございます。ああ、私のような矮小《わいしょう》で取るに足らない人間がレカトビア神殿神官長である時に、かような天命にあいまみえることができるとは……なんという僥倖《ぎょうこう》。しかもあなた様は、心根まで美しい。決して人の非を糾弾《きゅうだん》することなく、すべてを包み込むその優しさ、慈悲深さ……。私、クスタディオ、感服いたすばかりでございます！　何卒お願い申し上げます、この無知蒙昧《むちもうまい》で哀れな子羊に、どうぞあなたの教えを与えてくださいませ」

えーと……。クスタディオさんが言っていることの八割くらいが意味不明だ。日本語に直訳されているはずだけれど、わけがわからない。リュティビーアのことをいろいろと教えてほしいのは俺の方だというのに、教えを与えろとはどういうことなのだろうか。

「……神官長、ホシナ様が戸惑っていらっしゃいますよ」

呆《あき》れたような様子でクスタディオさんに声をかけたのは、一緒についてきていた神官だった。シジスさん、だっけ？　声が低いのと身長が高いので男性だとわかるが、顔だけを見ると女性かとも見紛うほどに美しい人だった。すっきりと通った鼻梁《びりょう》に続く眉が自然と弓なりなのが、女性的な優しい印象を抱《いだ》かせるのかもしれない。目尻が下がり気味の神秘的な紫の瞳に、胸元まである真っ直ぐな青灰色の髪と、品よく、口角の上がった肉厚の唇。

「シジス！　俺の、高鳴る胸の内をお前だけは理解してくれるだろう！」

「はいはい、わかっておりますとも。ですが、ホシナ様はあなたがおっしゃっていることの半分も、内容を理解されておられないと思いますよ。さ、落ち着いてください。まずはホシナ様にくつろいでいただきましょう」

「あ！　ああ、そうだな。ホシナ様……あなたの前で取り乱してしまって、大変お恥ずかしい」

急に冷静さを取り戻したようで、クスタディオさんがさっと立ち上がって俺をソファへ誘導する。

いや、いくら紳士的に接してくれても、さっきの行動と発言のせいで「この人、変だ」っていう認識はもう拭えないんだけど。

絨毯の上に、幅も奥行きも広いソファがあり、そこに座るよう勧められた。座椅子といってもいい形状のソファには脚がなくて高さがないので、足の置き場に困る。

とりあえず足を真っ直ぐ前に伸ばしつつ座ったら、シジスさんが小さく笑った。

「ホシナ様、失礼いたします。このように、足を崩して……どうぞ、おくつろぎくださいませ」

彼は俺をふかふかのクッションが置かれている背もたれにもたれさせ、足は体の横に移動させる。

ってこれ、完全に横を向いて寝そべっている状態じゃないか。

更に、神官が飲み物や皿に盛られた果物、菓子類を次々に運び入れてきて目の前に並べられた。

俺の前では、クスタディオさんとシジスさんが、それぞれひとりがけのソファにあぐらをかいて座り込んでいる。

歓待してくれているのはわかるけれど……こんな状況で落ち着けるはずもなく、俺は起き上がるとサンダルを脱いで、ソファの上に正座した。

驚かれて「そのままでどうぞ」「お好きなようにくつろがれてください」と声をかけられたけれど、目上の人と対面するのなら正座の方が断然落ち着く。

「俺の生まれ育った文化では、こちらのスタイルの方がくつろげますのでお構いなく」

文化の違いを持ち出すと、さすがにもう寝そべっていろとは言われなかったので助かった。

「さて……なにから、お話しいたしましょうか」

クスタディオさんに、そう話を切り出されて……。迷う。

訊《たず》ねたいこと、話したいことは山ほどあるけれど、まずは初志貫徹《しょしかんてつ》で、自分が彼らにお願いしたいことを伝えよう。

「俺がこちらへ渡ってこなくちゃいけないというのは、ご存知なんですよね？」

「はい、もちろんです。人間が白碧城でのみ暮らすと、体が弱ってご病気になられるとか……」

「ええと、それで。毎日でなくともいいので、この国で過ごさせてもらいたいのですが」

「それはもちろん、ホシナ様のお気に召すままにお渡りくださいませ。毎日でも大歓迎でございますよ。リュティビーアでは、お好きなように振る舞われて結構です。……以前お渡りくださった時にご不快な思いをさせてしまったことは猛省《もうせい》しております。今後は王族や貴族にも、あのような真似は決してさせません。お望みであれば彼らとの交流も思うままにしていただけますし、宴《うたげ》の催《もよお》し、演劇鑑賞、闘技場鑑賞、道化《どうけ》や曲芸師を呼んで楽しむことも。ご興味のあることがあればなんでもお申しつけください。欲しいものがあれば国中の商人を呼び寄せますので、なんなりとおっしゃってくださいませ」

「……っ！」

『お気に入り』とは、そこまで自由に振る舞い、遊興《ゆうきょう》できる立場なのか。

歴代の竜王様のお気に入りが、娯楽の少ない白碧城から出て、毎日のようにリュティビーアに入り浸ったのは、そういう理由かもしれない。

「人との交流は、苦手だし……。欲しいものは今のところ、ありません。俺はいつか、この国で暮らすことになります。その時ひとりでも生きていけるよう、いろいろと教えてほしいんです」

「いろいろ、と申しますのは具体的には」

「流通している通貨の、単位も価値も知りません。リュティビーアの文化や、常識もわかりません。なので、買い物の仕方や住居の借り方、生活する上での総合的な知識を得たいです。……基本的には、俺がこちらへ渡ってきても放っておいてくれて構わないので、お時間がある時にどなたかにそういったことを教えていただけると助かります」

クスタディオさんとシジスさんが、不思議そうに目配せし合った。

そうだよな、竜王様のお気に入りって、俺が考えていた以上に思うがままわがままを言える立場みたいだし、俺が望んでいることは「そんなことを？」って疑問に思うことかも。

でも結局、怖いんだ。この美しい人だらけの国の中を、醜い自分が堂々と歩くことが。

自分の顔を恥じる必要はないって今では思っているけれど、誰かが陰でこそこそと笑っているさまも、俺と対面して微妙な表情になる人も——できれば目にしたくない。

単純に顔の造形だけではなく、褐色の健康的な肌を持つ人々が主流の国では、俺の青白い肌もかなり異質で目立つだろうし……。

いつか白碧城を出なきゃいけなくなったら、リュティビーアの田舎でひっそり、あまり人と関わらないようにして暮らしたい。

そのいつかのために、生きていくための知恵と知識が必要だ。お金は、竜王様の財力を頼ればなんとかなりそうだからあと回し。働くことへの興味と憧《あこが》れがあるから、自分にできるならどこか食堂の皿洗いでも掃除夫でも、やってみたい気持ちはあるけど。

「ホシナ様は、望まれるだけでいいのですよ？　したいこと、欲しいものを。私達が、勝手にご用意させていただくだけなのですから」

「はい。では、もし欲しいものができたらその時にお願いします。ですが、今はありません。あ、そうだ。あえていうなら……後々でいいので、料理を覚えたいです」

ひとり暮らしに、料理って必須な気がする。必須じゃなくても、できるようになったらいいな。洗濯の技術も必要かな。ここには全自動洗濯機とか、絶対なさそうだし。

「……ホシナ様のご希望に添えますよう、全力で努めさせていただきますが……。本当に、そのようなことをお望みなので？」

「はい」

考えていた要求をちゃんと伝えられたことに、ほっと胸を撫で下ろす。

まだちょっと得体の知れない人ではあるけれど、クスタディオさんならそれなりに手配してくれそうだ。

そう思って彼に視線を戻すと、あぐらをかいた自分の膝に肘をつき、目元を覆っていた。

「信じられない……」

「え」

顔を上げたクスタディオさんは、目元をうるうると潤ませて落涙していた。

「このクスタディオ、神学の道に身を置いて以降これほどに感動したことはございません。さすが召喚されたお気に入り様！　まさに、まさにスーリエ様の再来……!!」

「は……？　えっと、スーリエ、さま……って……」

「スーリエ様は、竜王様の、過去もっともご寵愛《ちょうあい》が深かったと伝わっているお気に入り様でございます。なんでも、十年に渡って白碧城におられたお方だとか」

「っ！」

思わず、立ち上がりそうになる。

過去にひとりだけ、リュティビーアに定期的に通いながら、竜王様のそばに十年いられた人がいた。体が弱って白碧城から出なくちゃいけなくなって、やむなく別れたのだと——そう、聞いている。

どんな人だったんだろう。知りたい。知りたい！

叶うなら、飽きられないのなら。俺もずっと、できるだけ長くリューイのそばにいたい。

「スーリエ様って、男の人ですか、女の人ですか!?　ど、どんな人だったのか知っているんですか!?」

「女性です。リュティビーアの出身ではありませんでしたが、スーリエ様も言葉の不自由がなかったそうです。それは、竜王様に召喚された際に与えられた恩恵だとか……」

そうだ、俺も。俺も、召喚された時に自動翻訳能力を与えられたんだった。

いったいどういう人間なら、長年に渡って魂《たましい》の歪《ゆが》みが出ないんだろう。

「容姿とか、性格とか……なんでもいいから、教えてください！」

俺が必死で言い募ったせいか、クスタディオさんは驚いて涙が引っ込んでしまったようだ。戸惑いつつも、記憶をたどるように考え込んだ。

「申し訳ございません、それほど多くは伝わっていないのです。スーリエ様が生存しておられたのはもう五百年ほど前のことで、伝承も古すぎて……」

「五百年前……？」

「白碧城を出たあとのお気に入り様にお会いになるため竜王様がご降臨なさったのは、スーリエ様の時だけだと聞き及んでおります。古い記録がないので、それ以前が確認できないだけかもしれませんが」

——ずきりと、胸が痛む。聞き出したのは、自分なのに。

過去、そんなにも愛されたお気に入りがいるんだ。白碧城から、出て行かざるを得なくなったあとにまで、竜王様に寵愛されたような存在が。

ああ、だからダメなんだよ。自分が特別だなんて、勘違いしちゃいけない。そんな錯覚なんて早く捨てて、ただ目の前にある、やるべきことをまっとうするだけでいいのに……。妙な好奇心なんて、もたなければよかった。

諦めの気持ちにずぶずぶととらわれそうになっているところに、クスタディオさんから思いもよらないことを言われた。

「だからこそ、あなた様は過去にただの一例もない、お気に入り様だと思われます」

「……え？」

「竜王様が、『お気に入り』となってまだ日の浅いホシナ様を伴《ともな》ってご降臨なさったことは、とんでもない慶事《けいじ》なのです。歴史に残る出来事、いえ、人類が成し得た奇跡でございます！」

「いやだって、そのスーリエ様っていう人のためにも、竜王様はここに現れたんですよね？」

「はい。スーリエ様が白碧城にいられなくなって、仕方なくこちらで暮らしはじめたあと、数回ほど。それに比べ、ホシナ様に関しては……いくらお気に入り様とはいえ、竜王様が人を背に乗せてご顕現なさるなど、リュティビーアの有史以来初めてのこととなります」

「それ。本当、ですか」

「もちろん」

力強く頷《うなず》かれて、……咄嗟《とっさ》に湧き上がった感情は、胸を締めつけるような喜びだった。人前だというのに勝手に涙がこみ上げてきて、視界が滲んだ。

少しは、自惚《うぬぼ》れてもいいのだろうか。

竜王様の愛情は、ただ、『お気に入り』であれば誰にでも与えているものではなく、『保科陸《ほしなりく》』という個人に与えてくれているものなのだと。

俺を伴ってオリエイリオを訪れたあの日が、リューイにとっても特別な一日だったのだと――。


会話の途中で俺が泣き出してしまったせいで、クスタディオさんとシジスさんは動揺したように驚きの表情を浮かべていて、室内は妙な雰囲気になってしまった。自分のみっともない姿が恥ずかしくて、慌てて涙を拭う。

失礼なのは承知で、「話の途中なのにすみません、今日は帰ります。明日、また訪問させてください」とだけ、なんとか告げた。震え声で、不自然極まりない会話の断ち方だったからクスタディオさんは戸惑い気味だったけれど、シジスさんがさっと立ち上がり、「それでは聖堂までお送りいたします」と申し出てくれて、なにも訊《き》かずに聖堂へ移動し、二人して見送ってくれた。

白碧城とリュティビーアを繋ぐ扉をくぐった瞬間、胸の奥からこみ上げてくる強い衝動。

――リューイに、会いたい。

足が勝手に走り出して、衝動のままに廊下を駆けた。広い廊下を走って、竜王様がつとめを果たしている部屋の前に出る。

自分が小人にでもなったかのように感じてしまうほどに高く、大きな扉。青い幾何学模様と銀細工で美しく飾られた両開の扉にはドアノブも取っ手も見当たらず、手をかけられるようなものがついていない。

ノックしてみたけれど、まるで音が響かない。押しても、開かない。コウさんが押した時は、いとも簡単に開いた扉なのに。白碧城からリュティビーアへ渡る扉のように、出入りする権利があるものにしか開かれないのかもしれない。

昂《たかぶ》った気持ちが、まるで落ち着かない。自分に対しては閉ざされた扉に手をつき、うつむくと……次々に、涙が溢れてきた。

「う……。う、ぅ……」

昨夜も彼と一緒に過ごしたというのに。ほんの数時間待てば、いつもどおり会えるのに。

とにかく、今すぐ会いたい。なんだろう、この衝動は。

リューイは、なにも言わない。俺とともにオリエイリオへ行く時間を作るために多忙だったことも、人を背に乗せてオリエイリオに姿を現すことがどれほど稀有《けう》な機会だったかも。

今、リュティビーアに恵みの雨を降らせていることすら、彼の計らいなのか。全部、他人に聞かされて気づかされる。

もう、なんなんだよ。

なんで、こんなにも俺なんかのために心をくだいてくれるんだ。魂の形が好みだから？　容姿がタイプだったから？　それって、竜王様の中ではどれほどのもの？

俺みたいな、ただの人間――しかも不細工で、なんの取り柄もなくて粗末な扱いしかされたことのない男が、そんなに大切にされていたなんて知ったら、図に乗っちゃうよ。

自分が少しは、あなたにとって特別な存在なんじゃないかって……。

どうやっても開かない扉に縋っていると、中側からあっさりと扉が押し開かれた。

「おや、ホシナ殿。なにをしておる」

「セキさん……」

赤いチュニックを着たセキさんは、リューイのそばにいつも付き添っているカエル。竜王様の、片腕的な存在……。

急に、冷静さが戻ってきた。

ただの、勘違いかもしれない。クスタディオさんは、お気に入りである俺を持ち上げるために大げさに話したのかもしれない。勘違いで暴走して、どこにも持っていきようのない気持ちを持て余しているという、ただそれだけで。彼の仕事を邪魔しようとしている、のかも。

扉の前に座り込んで泣くことしかできない自分が、情けなくなった。

今すぐ会いたいだなんて——彼のつとめを中断させてもきっと許されるはずという自信に裏打ちされた、驕《おご》った考えだ。

「あ、あの、ごめんなさい……。なんでもないです」

「竜王様に用事があるのではないのか？　入ればよかろう」

恥じ入って逃げようとした俺の手を摑むと、セキさんが中へ引き込んだ。

白い空間。中央に浮かぶ八つの球体の前には、ドラゴン姿のリューイがいた。

前に入った時と、様子が違う。空中に、無数の映像が流れている。大小様々、映画館のスクリーンほどの大きさだったり、普通の家庭にあるテレビくらいの大きさや、小さいものだとノートサイズ程度の画面。

それらが百はくだらないというほどの数、各々違う映像を流しながらリューイを囲むように空中に浮いている。セキさんに背中を押された俺がリューイに近づくと、そのうちのいくつかが、真っ黒な画面に切り替わった。

「陸？」

「すみません、おつとめの邪魔をして……」

「そなたを邪魔などとは思わぬ」

言葉のとおり、リューイは青い宝石のような目を嬉しそうに細めて、「おいで」と手招きをする。

――ほら、やっぱり、許されてしまった。

馬鹿、馬鹿だ俺は。竜王様の優しさに慣れてしまって、知らず知らず甘えている。戒《いまし》めていたはずなのに、無意識下で傲慢《ごうまん》になっていた。

反省しなきゃという気持ちがあったのに、彼の姿を前にすることで霧散《むさん》していく。そんなことを考えるよりも今は、目の前の身体に、抱きつきたい。愛おしい気持ちを、ぶつけたい。

反省は、あとでするっ！　自分に言い訳をして、駆け寄ると彼の脚にしがみついた。体表を覆う鱗《うろこ》に、頬を寄せる。

「リューイ……」

「どうしたのだ、珍しい……。ん？　また、泣いているのか」

長い首が伸びてきて、リューイの大きな瞳に自分の不細工な泣き顔が映った。

「この手では、そなたの涙を拭うこともできぬな……。セキ、しばし休憩だ。席を外せ」

「竜王様、し、ば、し、ですぞ！　しばしというのは、少しの間という意味ですぞ！」

「わかったわかった。このまま寝所に消えたりなどはせぬから、出て行け」

セキさんが出て行ったあと、リューイが人の姿に変化する。

「陸、あまり泣くな。目が溶けてしまいそうだ」

目元を優しく拭われた。涙を拭われているのに、その触れ方が優しいから、嬉しくてまた涙が溢れてしまうという悪循環。

こんなに甘い気持ちに浸れる悪循環、癖になりそうで怖い。

「リューイ……ひぐ、……ぅえっ……」

「どうした？　そなたは……嬉しくても泣くからなあ。悲しんでいるのか喜んでいるのか、言葉で教えておくれ」

ぽんぽんと背中を撫でられると、たまらない気持ちがこみ上げてきて、彼の胸に抱きついた。すぐさま抱きしめ返されて、安心する。俺、男なのに。同性であるこの人の逞《たくま》しい腕の中が、これほどに安らぐ場所になってしまっている。

「今日……リュティビーアへ、行きました」

「おお、そうか。どうであった？」

「歓迎されました。……神殿の人に、自分がどうしたいのかを伝えることも、できました。これから、ちゃんと通います。リューイのおかげです……」

「いや、私のためでもあるからな。『お気に入り』には、できるだけ長く健康であってほしい」

「……は、い……」

まただ。俺が、愛されているような錯覚にとらわれていても、こうして彼の一言で思い知らされる。過去、数多く存在してきたお気に入りのひとりに過ぎないのだと。いずれここを去る存在なのだと。

悠久《ゆうきゅう》の時を生きる彼にとっては、俺と過ごす時間が数年に達したとしても、ほんのつまみ食い程度の時間なのだとセイさんに言われたことを思い出す。一方的に期待して、がっかりするのは自分勝手すぎるか……。そう思い至りながらも、心がしおしおと萎《しお》れていく。

ついさっきまでの、思考がリューイでいっぱいになって、弾けてしまいそうだった心が。

「……あの、レカトビア神殿の人達が、竜王様が姿を見せてくれたことをとても喜んでましたよ」

「うむ。まあ、そなた以外の人間に喜ばれようが、どうでもいいのだがな」

「え……？」

「気に入っている者以外の人間に感情が揺らぐことはない。リュティビーアの者達が、喜ぼうが苦しもうが、どうとも思わぬ。私が欲するのは、そなたの歓心だけだ」

「……っ」

そこまで、認識が違うのか。

『お気に入り』である人間と、その他が。

「リューイ、なんで、俺を連れてオリエイリオへ行ったんですか……？」

「ん？　言わなかったか？　そなたに長くここへいてほしいからだ」

「そうじゃなくて。なぜ、一緒に……？　過去に例がないって、聞きました」

「ああ、それはな。私が、そなたを自慢したかったからだ」

「……は？」

ななめ上すぎる回答に、唖然《あぜん》とする。

呆気にとられるこちらの気持ちも知らずに、リューイは照れくさそうに頬を染めた。

「私の可愛い可愛い『お気に入り』をな、誰でもいいから、見せびらかしたくなったのだ。……とはいえ、私の視点と同じ景観を観せたいと思ったのは、陸が初めてだ。自分の背に鞍《くら》をつけて乗せたのも。なぜだろうな」

「……なんで、ですか」

「わからぬ……。そなたが、つまらなそうだったからだろうか」

「つまらなそう……？」

「私の元へ導く『お気に入り』の大半はな……選ばれたことを喜ぶし、たとえ最初は気に食わなくとも、すぐに慣れて、それなりに立場を楽しむようになる。だが陸は、いつもつまらなそうな表情で過ごしておった……。なにをすれば喜ぶのか、見当もつかなかった」

無気力に過ごしていた日々。好きでもない本を読んで暇をつぶし、提供される食事をただ口に運んでいた。要求があれば彼に抱かれ、いずれ飽きられれば、自分を忌み嫌う人々がいるリュティビーアへ放り出されるのだろうと……未来を諦めていた。

「陸は、私が名を呼んだだけで泣いて嬉しがる。私が食べ物を口に運ぶと、美味しいと喜ぶ。——だが、財宝にも衣服にも、興味がない。リュティビーアでの人との交流も遊興も、好かぬと言う。……白碧城で放っておけば人間が弱っていくことはわかっているから、なにか策を講《こう》じずにはいられなかった」

「それで、オリエイリオへ……？」

「ああ、そうだ。陸が、喜んでくれた。……それに、笑顔を見せてくれたな。行ってよかった」

「……」

「私はそなたが笑顔を見せてくれるのなら、そばにいてくれるのなら、なんでもする」

同じ、気持ちだ。

俺だって、彼が喜ぶのなら、そばにいるためなら——なんでもしたい。

種族が違う。

価値観も違う。

けれど、お互いに対する根本的な願いは、彼も俺も一緒だった。

「陸！　なぜ、更に泣くのだ」

わからない。遠いと思ったら近い、リューイのせいだと思う。涙腺が壊れたみたいに、ぼろぼろと涙が出てきて……止めようと思っても止まらない。

竜王様の『お気に入り』って、なんなんだよ。

もう、特別だとかそうじゃないとか、どうでもいい。型にはめなくていい。過去のお気に入りだった人間との違いなんて、知らないから比較しても意味がない。

リューイが今、俺をこの上なく大切にしてくれていることだけは確かだと、わかったから。

「つらいのか、喜んでいるのか？　私を厭《いと》うておるのか？　ああもう、そなたの気持ちはわからぬ！」

竜王様、俺だって同じだよ。

一緒にいられるのは短い時間だけだと突き放されたあとに、言われなきゃ悟れるはずもないそんな熱烈な胸の内を聞かされてもさ。あなたの言葉のひとつひとつで、落ち込んだり舞い上がったりと心が乱れまくって、胸が苦しいんだ。

人間からしたら永遠とも思える時を生きる竜王様と、あと数十年程度しか生きないだろう俺じゃ、きっと認識の溝《みぞ》が埋まることはないだろう。

だから、結局。ボディランゲージが、一番わかりやすいのかも。

ボロ泣きする俺を目の前にして狼狽《ろうばい》しているリューイの唇に、初めて自分から口づけた。

これで俺の気持ちのほんの一部でも、伝わればいい。

リューイの目が驚いたように大きく見開かれたあとに、少しずつ、とろんと蕩《とろ》ける。わかってくれた？　厭《きら》うわけ、ないじゃないか。あなたのことで、こんなにも頭がいっぱいなのに——。

「陸……っ」

キスの意図をわかっているのかいないのか、リューイが俺の首筋を支えながら口づけを深めた。リューイの舌が潜《もぐ》り込んできて、俺の舌を搦《から》め捕《と》る。口内で触れ合う粘膜同士の交歓も、広い胸の中に閉じ込められるように強く抱擁《ほうよう》されるのも、気持ちがいい。彼の衣服をぎゅっと握りしめて縋りつき、痺れるように高まっていく快感の先触れを堪える。

やめたくない。やめないでほしい。このまま、ひとつになりたい……。

夢中で口づけ合いながら、不埒《ふらち》な思いにとらわれる。それは俺だけじゃなくてリューイも一緒なようで、名残惜しげに唇が離れていった。

「陸……このままだと、止められなくなる」

「ごめん、なさい……」

「謝るな。そなたから、口づけられて……私が喜ばないわけがないであろう」

興奮しているのか、首筋や頬にうっすら鱗を出現させているリューイは微笑みながら俺の頬に口づけると、姿をドラゴンに変えた。

それから、俺の方へと目配せをしたかと思うと——体の下に、水の塊《かたまり》でできたソファが出現した。ぽよんぽよんなのに、しっかりと身体を受け止めてくれる水のソファは、ほんのり温かくて心地がいい。

「退屈だろうが、少しだけ待っていておくれ。つとめを済ませる」

「……はい！」

そばで。ここで、待っていていいのか。嬉しい。


どんなことをしているのかはわからないけれど、リューイは真剣な表情で八つの球体と、たくさんの映像を見つめながら、たまにこちらには聞こえないほどの小声でなにか呟《つぶや》いている。

映像には様々な種族の人々や、奇妙な動物が狩りをする様子が映っていたり、真っ白な大雪原が静止画のように映っていたり。ひとつの画面を観ていても、ほんの数分で場面転換して違う映像が映るので目まぐるしい。

竜王様のつとめの間《ま》にはみだりに近づいてはいけないと言われていたし、あまり見たらいけないのかな。

好奇心を抑えきれずにチラチラといろんな画面を見ていると、――信じられない光景が、目に飛び込んできた。

「海斗《かいと》!?」

三つある、中央の大きなスクリーンの左側に、弟である海斗の顔がアップで映り込んでいるのだ。髪が伸びて、眼光は鋭く、目元に険を帯びているが、間違いなく海斗だ。数ヶ月見なかった間に日に焼けて、大人っぽさが増した気がする。

竜王様の集中を乱さないよう、声をかけるつもりなんてなかったけれど、大声をあげた俺を振り返ったリューイに、思わず問いかけた。

「リューイ……、ここは。この映像は、なんですか？」

「ここは、私が八界《はっかい》を統治する間『ティタル・ギヌワ』。これらの映像は、八界の一部を映し出したものだ。そなたにとっては、縁もゆかりもない世界であったよな……？」

「はい。でも今、そこに弟が映っていて」

「なんだと」

リューイが低い声で唸《うな》るなり、宙に浮いていたたくさんの映像が黒く染まり、パラパラとこぼれ落ちるように消えていく。海斗が映っている画面も。

「あ……待って、消さないで。リューイ、駄目でしたか？　俺が見たらいけないんですか？」

「……里心がついたり、故国を豊かにしてくれと要求されることがあるので、人間はティタル・ギヌワでのつとめの最中には入れないようにしておったのだが……。陸は八界の出身ではないので問題ないかと油断しておった」

「里心なんて、つきません。弟が……ファグダンドルに一緒に召喚された弟が、映っているのを見ただけです」

「家族の顔など、見せたくない」

竜の表情はわかりづらいけれど、不機嫌になっているのくらいわかる。

「リューイ。弟は、勇者として召喚されたって言ってました。元気なのか、危ない真似をしていないか……それだけ、確かめたい。ダメですか」

「……本当に、それだけか？」

「俺、弟には嫌われています。でも、それでも家族だし。一緒に召喚されたのに、いきなり消えて少しは心配しているかもしれないから、俺が無事だってことだけでも伝えたい」

「……」

むっつりと口を閉じて思案するリューイに、俺は言い募った。

「お願いします、リューイ。俺、今が幸せだから。リューイと一緒に暮らしている白碧城での生活が楽しい。元の世界になんて戻りたくないし、単に自分が無事だって弟に知らせたいだけです」

幸せ、という単語に力をこめると、竜の厳しい表情がちょっとだけ和《やわ》らぐ。

「……」

「リューイ……」

「わかった」

空間に、多数の映像が復活した。海斗が映っている画面を確認すると、軍馬と思われるごつい金属製の装備をつけた動物に乗って移動しているところだった。他に男性二人と女性が一人、同様に騎馬して一緒に行動している。

「ファグダンドルの、勇者か。そういえば、以前そなたがそう申しておったな」

「はい……。元気そうで、よかった」

成長期だからか鍛《きた》えたおかげなのか、背が伸びて以前より筋肉質になっているように思う。

額にサークレット、身体に鎧《よろい》を身につけ、マントをなびかせ——帯剣している姿は、昔からよくあるＲＰＧゲームに出てくる勇者そのもの。海斗がコスプレをしているみたいで、久しぶりにその姿を確認できたというのに、なんだか笑ってしまいそうにもなる。

「向こう側に、陸の姿を見せてやることはできぬし、弟の声を聞かせるわけにもいかぬが、伝えたいことがあるなら話せばよい。そなたの声を届けよう」

「いいんですか？」

「仕方あるまい。あまりものを望まぬ陸の、貴重なおねだりだからな」

頬が、熱くなる。本当は嫌なのに、俺がお願いしたから折れてくれるってことだよな。

「さあ、話せ。それほど長くは話せぬぞ」

「は、はい。……海斗、聞こえるか？」

画面の中の海斗がびくりと身体をこわばらせ、急に手綱を引き絞った。馬が、驚いたように前脚を振り上げて進みを止める。

海斗は周囲をキョロキョロと確認してから、大きく口を開いて、なにごとか声を張り上げた。なんと言っているのかはわからない。あとに続いていた同行者も、次々に馬を止めて戸惑ったように海斗を見つめ、なにか話しかけている。

「俺の声は、お前だけに聞こえてる。こっちからはお前が見えるけど、そっちの声は聞こえないんだ。簡潔に話すな。……牢屋からいきなり消えて、びっくりしたと思う。でも俺、違う場所で幸せに暮らしているから」

海斗が血相を変えて、なにか喚《わめ》きちらしている。

「あっそ、どうでもいいよ」くらいの薄い反応かと思ったんだけど、意外と俺のことを心配してくれていたのかな。

「……海斗は、その世界の勇者なんだよな？　っていっても詳しい状況がわからないけど、怪我をしないように、気をつけて。それでもし、日本に帰ることがあったら――」

誰も、心配なんてしていないだろうけれど。

「父さんと母さんに、育ててくれてありがとうって。それだけ、伝えて」

一瞬目を瞠った海斗。でもすぐに、口が動く。内容はわからないが、大声で空に向かって語りかけているように見える。

「海斗、元気で」

怒っているような、子どもが泣く一歩手前のような表情。顔をくしゃくしゃに歪めて、海斗が兄さんと、呼びかけているように感じる。

声が聞こえなくて、残念だな。お前に『兄さん』って呼びかけられるの、結構好きだったんだよ。

家族だ、兄弟なんだって、血の繋がりを実感できるから。

映像がプツンと途切れるように画面が真っ黒に染まり、消失した。

「リューイ、ありがとうございました」

「……このようなことは、最初で最後だからな」

「はい」

嫌なのに、我慢してくれてありがとう。わがままを聞いてくれてありがとう。そんな感謝の気持ちをこめて彼の脚に抱きつくと、長い舌がベロリと頬を舐めた。

「それにしても、ファグダンドルの勇者は、本当にそなたの弟か？」

「はい？　あ……似てないでしょ。故郷でもよく、兄弟だと言うと周囲の人に驚かれました」

「似ている似ていないなどという問題ではない」

「……？」

「向こうはそなたを、兄とは思っていないようだ」

そうはっきり言われると、やっぱり傷つく……。

「はは……。俺、弟にはかなり馬鹿にされてたし、嫌われていたから」

「そういう意味ではない、が……。まあ、そなたがそう認識しているのならいいか。あの者の気持ちを私が代弁してやる義理もない」

じゃあどういう意味なのかわからないし、代弁だとかなんだとかもよくわからなかった。

その後のリューイは無口になって若干《じゃっかん》不機嫌で、わがままを押し通したことを後悔しそうになったけれど……。もう二度と相まみえることはないと言われていた海斗の無事な姿を確認して、別れを告げられてよかった。


どうしたらリューイのご機嫌を回復できるかなあ、なんて考えていた俺は、海斗のことなんて――すぐに、意識の外に放置してしまった。

この時自分が押し通した些細なわがままを、ひどく後悔する日が来るなんて、思いもしなかったのだ。

リューイは、身体の汚れや老廃物をあっという間に消し去ってしまえる能力があるというのに、風呂好きだ。単に体を清潔に保つためではなくて、湯船に浸かるのがリラックスできる時間なのかな。

俺も、風呂は好き。白碧城の風呂は、鍾乳洞《しょうにゅうどう》の中にあってプールのように広いので、ひとりで入っている時など実はこっそり泳いだりしている。とろりとしたお湯の色はエメラルドグリーンで、日本人の感覚からすると、風呂としては少し温《ぬる》い。

湯船に浸かる時のリューイは、いつもドラゴン姿だ。

俺では足がつかないくらい深いところに、のんびりとその巨体全部を浸からせている。

おつとめの最中も食事の時も竜型だし、彼の本性はやはり竜であり、ドラゴンの姿でいる方が自然なのであろうと、最近になってようやく悟りつつある。爪がちょっと掠ったり、尾が俺に当たるだけで傷つけてしまうからという理由で、ドラゴン姿のリューイは俺のそばにいることを苦手に感じているようだ。少なくとも、動かなくなってしまう。

すいーっと泳いでそばに寄り、湯面から出ている首元に抱きついた。リューイは動揺したように身体を揺らめかせたくせに、俺のことを無視している。

「リューイ」

「……」

「リューイ」

「……なんだ」

「まだ、怒っているんですか」

「……怒ってなどいない。私がそなたに腹を立てたりするわけがなかろう」

取り付く島もない。

以前の俺だったら、彼にこんな態度を取られたら落ち込んだかもしれないけれど、今は違う。お互い大切に想い合っているはずだっていう自信が、少しは生まれたからかもしれない。

「機嫌、直してください。……俺、竜王様のおつとめが終わったら、リューイとたくさんキスしたいなって、思っていたのに」

すべらかな鱗をまとった彼の竜体は、とろりとしたお湯で濡れているせいでいつもよりぬめりを帯びている。そこに頬をすり寄せ、湯の中で裸の身体を、下半身まですべて密着させた。

リューイの体が硬直して、沈んでいた尾の先が、ぴょんと湯の外に飛び出たのが見える。

「り、陸っ！」

「……リューイと、くっついていたいんです」

性的な欲望も、そりゃちょっとはあるんだけど。

それよりなにより、彼にくっついていたい。どこでもいいから、皮膚を触れ合わせて、その存在を感じたい。

竜はぐるるるる、と喉の奥で唸り声を漏らした。

「そなたに密着されておると、動こうにも動けぬ」

「動かなくていいですよ。俺が、くっついているだけですから」

人の姿である時のリューイも好きだし、竜の姿も、好きだ。もっと怖がったり、畏怖《いふ》すべきなのかもしれないけど……。つやつやと白銀にきらめく鱗を持つ巨体、俺の顔くらいある瞳。手足の先には鋭い爪先があり、長い尾で弾き飛ばされたら内臓破裂もありえる。自分を頭からガブリと丸呑みできそうなくらい大きな口を備えていることだって理解している。

だけどもうすっかり慣れてしまっている上に、俺のそばにいる時はドラゴンの動きが鈍くなるから、触り放題。——偉大な存在であるこの竜を可愛いだなんて思ってしまうのは、畏《おそ》れ多いかな。

抱きついて、ベタベタ触って頰ずりして思う存分甘えていると、彼の体が瞬く間に小さくなって、人型を取ってしまった。

「あっ」

「陸。はぁ……、馬鹿者め。そなたに裸で密着されて、私が発情せずにいられるわけがない」

俺より大きな身体に、抱き込まれる。

ドラゴン姿のリューイには自分からベタベタと素直に甘えられるのに、人の姿を取られると、途端に恥ずかしくなるのはなんでだろう。

足がつかないほど深い場所で抱きしめられて、リューイに縋りつくしかなくて……。とろりとした泉質の湯だから、お互いの肌と肌が触れ合うとつるつると逃げ合うようで、むしろもっと密着させたくなる。膝に、形を変えてしまっているリューイの昂りが触れた。硬くなっている。

彼の発情を意識して、かぁっと耳まで熱くなったけれど、俺だって欲望を抱えていて、身体はリューイを求めているのだ。

「陸……私を誘惑して、機嫌取りなどと。そのような煽《あお》り方を、どこで覚えてきたのだ」

「誘惑……って」

どこで覚えてくるもなにも、俺みたいな不細工な男に迫られて、煽られるのはあなただけでしょう。なんだか可笑しくて――そんなことをむくれながら真剣に言っちゃう竜王様が、本当に愛おしい。笑いたいような、泣きたいような。胸の奥をきゅうきゅうと締めつける、せつない気持ちがこみ上げてきて、止まらない。

「こら、なにを笑っておる」

無意識に、笑っていたみたいだ。

「竜王様が、可愛いなって思ったんです」

「……む。私が、可愛いだと」

「はい。……食べちゃいたいくらい、可愛いです」

砂漠で過ごした時、似たような言い回しで口説かれたことを思い出しつつ、銀糸の睫毛《まつげ》に彩《いろど》られた、宝石のような碧眼《へきがん》をみつめて、告げる。

「リューイ……」

名を呼びながら目を閉じると、直後。噛みつくような激しさで、唇が塞がれた。

抱き合い、口づけを交わしながら浅い場所まで泳ぐみたいに移動して、背中を向けて風呂の縁に摑まっていろと言われたので、そのとおりにする。

鍾乳洞だから――石灰岩に近い物質なのかな。棚田《たなだ》のようになっているお湯と床の境目は、濡れてつるつると滑るので、掴まっても安定しない。なのに、背面から抱きしめてくるリューイの手のひらがするりと胸を探ってきて、貧弱な胸板を撫で回された挙句にぽつんと勃ち上がってしまった尖りを摘むから。

「ぁっ、……ん、……ふぁ……っ」

痺れるような快感が走って背中がびくびくと揺れてしまい、うまく縁を掴んでいられない。自分の体の動きから発生する湯面の乱れが、恥ずかしさを増幅させる。

腰には硬くて先端をぬるつかせたリューイの欲望が当たっていて、否応《いやおう》でも意識させられる性的な触れ合いに、脳内が甘ったるい興奮で埋め尽くされていく。

「そなたのここは、ほんの少し弄《いら》うだけでピンと健気《けなげ》にしこって……愛らしい」

「……ゃっ、変なこと、言わないで……くださ……ぁ、んんっ」

数ヶ月もの間、触られ舐めねぶられ続けた乳首は自分でもはっきり自覚のある弱点で、そこを摘んで指先で捏《こ》ねくられるだけで、下半身がずんと重くなる。

「やだぁ……っ、あ、ぁ、……いつも、……そこ、ばっかり……」

「そなたの反応がいいから、ついな……」

とろみのあるお湯の中で、硬くなってしまった乳首を刺激されている上に首筋をゆっくりと舐め上げられ、ぞくぞくと肌が粟立《あわだ》つような、言い知れない快楽が背を駆け抜ける。

直接触られてもいないのに、自分が完全に勃起しているのがわかって、泣きそうになった。

リューイに出会うまで、自分の欲望を擦って出すという自慰行為しかしたことがなかったのに。今では身体のあちこちで敏感に快感を拾ってしまう。身体が、どんどん作り変えられているみたいで怖い。怖いのに……彼とひとつになって、溶けあいたい。ともに昇りつめる快楽を、味わいたい。リューイを受け入れる器官が、勝手にひくひくと疼《うず》く。

お湯の浮力を使って、自分の尻だけを湯面に出すなんて——それを、リューイに見られたらどう思われるのかと考えると羞恥で消え入りたいほどだけど、彼と混じり合ってひとつになりたい気持ちの方が強くて、ためらいつつ、そろそろと下半身を浮かせる。は、は、と短い息を継ぎながら、背後にいるリューイに顔を向けた。

「リューイ。焦《じ》らさ、ないで……。早く……」

「……っ！」

虚《きょ》を衝《つ》かれたような表情になったリューイの瞳に、黒い縦線が出現する。濡れた髪の合間から顔の左右に竜のひれが出現して、彼の息が荒くなった。

「その目、見るの好きです……」

「陸！　……煽るな」

「だって……ぁ、ぁ、……はぁ、……っ」

いっしょ、一緒がいい。一方的に乱されるのは嫌だ。リューイは、人の姿でも一部が竜化することでその昂りを教えてくれるから、お互いに欲情していることがわかって嬉しくなる。

喉を鳴らしたリューイの手にはいつの間にか香油の瓶が握られていて、余裕をなくしたように尻の合間に中身をぶちまけられた。香油をまとった指先がぬるぬると塗り広げたかと思うと、指が二本同時に、ぬぷんと侵入してくる。

「ん！　は、ぁ……ぁ、ぁ……っ」

性急な挿入に驚いたけれど、元々質量を求めていたそこは柔軟に受け入れて、悦《よろこ》んでしまう。片側の乳首を弄《いじ》られつつ、自身の内部を広げられる感覚に耐えた。足に力を入れようにも、湯の中で浮いてしまっているので指が出入りするたびに身体が揺れて、水紋が発生しては湯面が荒れる。縋れるものは、つるつるとすべる湯船の縁だけ。

「あ……っ、やぁ、あっ……ふ、ぁ……」

「陸……っ」

背中をたどるように口づけられる感触も、乳首を指の腹でくちくちと嬲《なぶ》られる鋭敏な快感も、体の奥まで暴かれて——射精感を促す敏感なところを、硬い指先で擦られるのも。全部、気持ちいい。

「あ、ぁ……ん、ん……っ」

熱い吐息と情けない喘ぎ声が、開きっぱなしの口から溢れ出て止まらない。風呂に浸かっているから熱いのか、悦楽《えつらく》に蕩けて熱いのか。いやらしい期待ばかりが高まる。

「ひぁ……ぁ、ぁ、……あ、んっ」

乳首を散々弄《いじ》っていた指が離れ、性器を手のひらで包まれた。

「あ……だめ、だめ……リューイ……っ、そこ、……触っちゃ……」

「なぜ？　もう限界に近いのでは」

「んっ、すぐ、いっちゃう……からぁ……っ！　あ、あっ」

限界に近いから嫌だと言っているのに、孔内を掻き回されながら、限界まで膨張《ぼうちょう》している性器を根元から先端に向けて扱《しご》かれ、腰が痙攣《けいれん》した。

「だ、め……っ、お湯、汚れる……っ」

「汚せばいい」

「や……っ」

力なく首を振る。いつの間にか滲んでいた涙が、更にぽろぽろとこぼれた。

ふいに、体内を広げていた長い指が抜け出ていって、喪失感でひくつくそこに、ぴたりと硬い昂りが宛てがわれた。

「すごいな、陸……。私に、吸いついてくるぞ」

「や、だ……言わないで、くださ……ぁ、……ふ、ぁ……あ、あ」

身体の内側を、熱くて硬い彼の分身で、貫かれていく——。

リューイの形に押し開かれ、苦しさもあるのに。嵩《かさ》のある硬い先端で、自分の弱いところを擦られる快感の方が勝ってしまう。下半身からぐずぐずと広がる快楽の渦《うず》に翻弄《ほんろう》されて、もうなにも、考えることができない。

「ひ、ぅ……んっ、ぁ、あ、やっ、出る、出ちゃ、……ぁあっ」

すすり泣くような喘ぎが、ひっきりなしに口から溢れる。

湯の中で射精することに抵抗があって必死で堪えていたのに、リューイはすべてを収めるなり腰をグラインドさせて打ちつけてきた。

「は……っ、ん、ほら……。陸、達《い》け」

「んゃ……っ！　ひ、ん」

体内の腹側をグリグリとえぐるように突かれながら、勃起した性器を扱き上げられて。怖いくらいの絶頂感がこみ上げる。

「あっあっ、――ん、あっ！　あ……も、……っぁ、ぁ、あ……っ」

堪えきれず、湯の中で達してしまった。

頭の中が真っ白になって、放出する悦びに、全身が小刻みに震える。リューイの手が、尿道に残る精液を搾《しぼ》り取るようにきゅ、きゅと揉み込むから、全然震えがひかない。体内にいる彼を、ひくひくと締めつけてしまう。

「はぁ、は……ぁ、ぁ……」

指先に力が入らないし、もう顎《あご》を乗っけているだけで、精いっぱい。

口元からは涎《よだれ》まで溢れていて、湯を汚すだの汚さないだの、どうでもよくなってしまった。脱力している俺の足を抱えて、リューイが腰を前後に揺する動きを再開させる。

「陸っ……！　は、……」

「ふぁ、ぁ……、ん、んっ」

穿《うが》たれているものが、奥まで侵入しては出て行く。

出入りするピッチがどんどん上がって、リューイが腰を打ちつけるたびに、パチャパチャ派手な水音と水しぶきが上がり、湯面が乱れた。

「……ん、んぁ、……あ、……は、ぁ……」

香油のぬめりと、少量入り込んでくるぬるま湯。それを、リューイの逞しい欲望で攪拌《かくはん》される。ツプツプとしたおうとつのある性器の表皮が内壁の粘膜を擦ると、強烈な快楽を俺にもたらす。リューイが抜け出ていく時、蕩けきった内部がはしたなく絡みついているのがわかってしまい、激しい羞恥に襲われた。

「はあ……っ、ぁ、ぁん……っ」

「ああ、いい……たまらぬ、陸。陸……っ」

甘い吐息に混じって、ちょっと舌足らずになっているリューイの声を聞くと、耳からも快感が広がっていく。たくさん気持ちよくなって、この身体で。

「リューイ……っぁ、あぅ……んっ、気持ち、い、です……っ」

「私もだ……はぁ……っ、……もっと。もっと、可愛がりたい。そなたを……」

リューイが背中に覆い被さってきて、手のひらを脇腹から胸へと滑らせていく。

「あっ！」

手のひらが緩慢《かんまん》に、円を描くように動くだけなのに。温かい湯の中で勃っている乳首が押しつぶされて、体の中を電流のような快感が駆け抜けた。上半身からも下半身からも立て続けに快楽を与えられて、びくびくと震えが止まらない。お湯の中ではまた性器が頭を擡《もた》げていて、彼の律動に合わせて揺れている。

「やぁ……っ！　ぁ、ひ、……っ」

眦《まなじり》から、ひっきりなしに涙が溢れ出た。追いつめられ、強引に高められていく快楽に、溺《おぼ》れることしかできない。耳の後ろに熱くて荒い吐息がかかって、彼も限界が近いことを悟る。

背後から、リューイの唸るような声が聞こえてくるなり……胸の尖りに触れていた指が離れ、両手で腰を摑まれた。

「いあっ、あ！」

打ちつけられる腰の動きが速くなり、身体全体が揺れる激しい律動とともに、腹側の内壁──一番感じてしまう場所を、がつがつと責め立てられる。

「やあ、あ、ぁ！　あっ、あ、リュ、イっ！　だめ……っ」

視界がぼやけ、瞼の裏側で、ちかちかと白い火花が散った。

「あっ、あっ！　……ん、……ん、んっ！」

触れられてもいない自分の性器が湯の中で跳ね、放った白濁で、またも湯を汚してしまう。苦しいくらいの快楽で追い上げられて迎えた二度目の絶頂は、凶悪なほどに甘い痺れを全身にもたらした。

「ふぁ……、ぁ、……」

「……く、……陸っ！」

腰を摑む指先にぐっと力がこもったかと思うと、達した余韻で細かく震える腹の奥で、一際《ひときわ》硬く膨《ふく》らんだリューイの欲望が弾けたのがわかった。熱い飛沫が叩きつけられ、それが体内で広がる感触にすら感じてしまい、指先まで蕩けてしまいそう。

数秒ののち、身体の奥深くで繋がったまま、リューイが背中に密着してきた。肩に顎が乗っかって、情事後のせわしない吐息が間近に聞こえる。濡れた肌と肌がくっつき、背中に覆い被さっている彼の重みが——たまらなく、愛おしい。

背に密着する彼の胸からは速い鼓動を刻む心臓の音が伝わってきて、今この時ばかりは種族の違いなんて微塵《みじん》も感じなかった。

「陸……」

吐息の合間に名前を呼ばれるだけで、嬉しくてしかたない。

力の入らない腕で上体をなんとか起こし、顔を後ろに傾けると、頰を上気させて色っぽく目元を潤ませたリューイに口づけられた。官能を刺激するようなキスではなく、愛情を確認するような口づけ。何度も……何度も交わす口づけの間に、胸の奥から止めどなく溢れてくる感情を、もう誤魔化《ごまか》せない。

『お気に入り』の、ひとりとしてじゃなくて、『俺』を見て。

いつか、忘れ去ってしまってもいいから。

竜王様にとっての刹那《せつな》の瞬《とき》だけでも、俺を愛して。

――あなたが、好きだから。

リュティビーアをひとりで訪問した日、クスタディオさんと話している最中に「明日また訪問します」と言いおいてレカトビア神殿を辞去したというのに、行けそうにない。

風呂で……いたしてしまったあと、寝所に場所を変えてリューイとたくさん交わったせいで、腰が抜けてダウンしてしまったからだ。発熱までしている。

おかげで昨夜は晩ご飯抜きになってしまったけれど、朝になって俺の世話をしに来てくれたコウさん曰《いわ》く「竜王様は至極《しごく》ご機嫌で、精力的におつとめをこなしておられるぞ！」とのことなので、海斗の件についてはもう水に流してくれたはず、と思いたい。

嫉妬《しっと》……とは、違うんだろうけど。

拗ねてツンツンしていたリューイ、可愛かったなあ……なんて思い出してはベッドの中で身悶《みもだ》える俺は完全に色ボケ状態だと思う。

まさか自分が同性に恋をして、その相手が異世界を統《す》べる竜王様だなんて。荒唐無稽《こうとうむけい》すぎる。

――半年前の俺に教えてやっても、絶対信じないだろうな……。

白碧城に召喚されたあとすぐに、セイさんに釘をさされたことを思い出す。あれはきっと、意訳すれば『勘違いしないように』ということではないだろうか。

だって確かに、不毛《ふもう》だ。

愛されていると調子に乗って、自分が彼を好きになっても……いずれ、魂が歪んでお役御免《ごめん》になるんだもんな。

スーリエさんという、十年に渡って竜王様に愛された『お気に入り』がいる。彼女は、俺と同じく召喚された『特別』な存在だったらしい。けれど……五百年を経た今、彼のそばにはいない。

結局、そういうことなのだ。

もしもスーリエさんと同じく魂の歪みが進行せずに長年傍にいられたとしても、俺は歳をとって老いてしまい、どんな形にしろ彼を置いて死んでしまうんだ。

『相手の魂が歪むと、勝手に心が冷めていくのだ。そもそもの、寿命も違う』

『私は、そなたが可愛くてたまらぬ。愛おしい。もっともっと、喜ばせたい。ずっと愛し続けたい……』

告げられたリューイの気持ちに、嘘はないのに。

自分が彼を好きだと自覚したところで、いずれ破綻《はたん》する関係であることがわかっているなんて。

「馬鹿みたいだ……」

色ボケ思考から一転、せつなくて虚《むな》しくて、でも彼が好きで好きでたまらなくて、胸が苦しい。今この瞬間ですら、会いたい。そばにいたいと願ってしまう。

きっと、もうだいぶ前から彼が好きだったのに、自分の心を誤魔化していた。彼の気持ちに報いたいだとか、感謝の想いを伝えたいだとか、言いわけだ。

好きなのだという恋愛感情を、認めたくなかった。胸を甘く焦《こ》がすはじめての恋は、決して成就《じょうじゅ》しない。そんなこと、気づきたくなかった――。

こんなにも自分の中を埋め尽くす恋心は、いつか萎《しぼ》んでくれるのだろうか。落ち着いてくれる？

誰かを恋い慕うことが初めてで、リューイへと一直線に形成された恋情がどういう方向へ向かうのか、見当もつかない。

魂の形なんて見えないから、どんなふうに歪んで、いつ彼の気持ちが冷めて、白碧城から追い出されるのかもわからない。

常に不安を抱えながら、生活することに耐えられるかな。

手放される時、過去の『お気に入り』のように、彼を詰《なじ》りたくない。最初から、ちゃんと自分がどう扱われるのか説明されていたのに、心変わりを責めるなんて勝手すぎる。

ああ、でも想像すると、彼を責めてしまいそうで怖い。

歴代のお気に入り達は、どんな気持ちだったんだろう。リューイは綺麗で、格好よくて、一途《いちず》で、優しくて……それに、無邪気で可愛い。あんな竜王様に全力で愛されたら、好きにならない方が少数だったんじゃないのか？

どうしよう、さよならする未来を勝手に想像して落ち込む。

本当に、馬鹿みたいだ。ネガティブな考えにばかり傾く自分が嫌になる。

——強くなりたい。

つ、と涙が頰を伝って枕へと落ちていった。

いつ訪れるのかわからない別れの想像よりも、必要なのは、長く彼のそばにいるための努力。

親にすら疎まれて、誰と心を通わすこともなく、何度も死にたいと願った、孤独な日々。それを思うと、俺のことを気にかけ、俺なんかの歓心を欲しがるあの人の存在が、奇跡に思える。

いくつの偶然が、この身を竜王様の元へ導いてくれたんだろう。

いったい誰に、なにに、このめぐり合わせを感謝すればいいんだ？

『私はそなたが笑顔を見せてくれるのなら、そばにいてくれるのなら、なんでもする』

俺だって、あなたを喜ばせるためなら、なんだってするのに。

なにを返せる？　なにができる？

圧倒的に彼よりも短い人生を、捧げたい。だけど、自分の人生ごときをどう捧げればいいのかもわからない。

「リューイ……」

俺が名づけた、俺しか呼ばない彼の呼び名。

自分自身はなにも持たない世界で、口からこぼれたその名はただ虚しく、空間に溶けていった。

熱を出した俺に付き添ってくれているコウさんに、訊ねてみた。どれくらいの頻度《ひんど》でリュティビーアへ渡るのが理想的なのかを。

「ホシナ殿のしたいようにすればよい」

返ってきたのは、至極あっさりした答えだった。

「コウさん……俺、できるだけ長くここに居たいんです。そのためには、ってことなんだけど」

コウさんの黒い目がぱちぱちと瞬いて、口角がにんまりと持ち上がる。

「それは、喜ばしいの！　わたくしも、おぬしにはできるだけ長くおってほしい」

「……うん」

じんわりと、胸が温かくなる。リューイだけじゃなくて、同じ城で暮らす彼にもそう思ってもらえているなら嬉しいし、心強い。

ベッドで寝ている俺の額へと冷水で絞った布を乗せながら、コウさんは少し考え込んだ。

「ふーむ。たいていの人間は、竜王様のそばに侍《はべ》る時間以外はリュティビーアに入り浸っておったがの。白碧城は人間にとって娯楽が少ないし、竜王様も夜以外はなかなか構ってやれぬから……。ホシナ殿くらいかもしれぬな、リュティビーアへ行かずに部屋にこもっておったのは」

「あのさ……十年、ここにいた人がいるんでしょ？　どんな人だった？」

「スーリエ殿のことかの」

「……っ！　うん、そう！」

「ああ、そうか。そうだの、確かに一番長くここに留まられた方であった。……スーリエ殿は、おとなしいお方であったなあ。二、三日に一度、六刻ほどリュティビーアへ行って、あとは編み物をしたり、風呂で延々と髪や肌の手入れをなさっておられたかの」

六刻、ということは三時間。じゃあもっと頻繁に、長い時間をリュティビーアで過ごせば白碧城に居続けられるのだろうか。

白碧城で過ごす時間が長いほど、人間の身体には毒が溜まっていくとリューイは言っていた。同時に、リュティビーアに入り浸るほど、魂が歪むのだとも。どちらを取るか、悩ましい。長くリューイのそばにいたいのに、魂が歪んで彼からの好意が失くなってしまうのなら、意味がない。

「無口だが、穏やかな方だった。この城にいた最後の数ヶ月は、どんどん衰弱していくのに、死ぬまでここにおりたいと申されて……あ、すまぬ。このようなことまで話すつもりはなかったのだが」

「衰弱……か」

「すまぬ、忘れてくれ。それにな、竜王様はスーリエ殿の話題を忌《い》み嫌う」

「え、なんでですか？」

「わたくしにも、ようわからぬ……。白碧城を出て行く時は、竜王様も残念がっておられたのだがの。我ら従者のあずかり知らぬところで、リュティビーアで何度か逢瀬《おうせ》なさった時になにかあったのかもしれぬな」

口を滑らせてしまったことを後悔しているのか、コウさんはわざとらしく「あー、用事があるのであった！」とかなんとか言いながら部屋を出て行った。

生きていた時から五百年も経っているのに、レカトビア神殿でその名が語り継がれる伝説のお気に入りである、スーリエさん。

他の歴代のお気に入り達がリュティビーアへ入り浸っていたのに、彼女はあまり好んでは渡らなかったようだ……。結局乏しい情報しかないけれど、リュティビーアに行く頻度を彼女に倣《なら》うくらいしか、今の自分には思いつかなかった。


前々日、会話の途中で俺が泣き出した挙句、白碧城に戻ってしまったので、クスタディオさんは自責の念に駆られていたらしい。

「ホシナ様ぁぁぁぁぁあ！」

リュティビーアへの扉を開いたら、目の前で膝を折り、祈りを捧げるようなポーズのクスタディオさんに泣きそうな表情で絶叫されたので、今、とてもバツが悪い。

もしかして、扉の前でずっと待っていたのだろうか。

「もう、お渡りになられないかと……！　先日は申し訳ございませんでした。私が興奮のあまり余計なことをベラベラと話してしまったので、ご気分を害されたのではありませんか!?　申し訳ございませんんんん！」

「ち、違います。……昨日、来られなかったのはすみませんでした。今後は頻繁に来ると思います」

全然、気分を害してなどいないと。むしろ、竜王様のことを全然知らないので教えてもらえて嬉しかったのだと告げると、クスタディオさんはようやく落ち着いて立ち上がってくれた。

そばにはシジスさんもいて、そのまま先日と同じ部屋に案内される。

前回と同じく、俺は一番大きな長椅子に座らされ、彼らは対面する形で座った。

「ホシナ様のご希望の件なのですが、私がつきっきりでお教えしたいのはやまやまだというのに……。神殿を留守にすることも多いので、このシジスに一任することにいたしました」

クスタディオさんが、歯を食いしばりながら心底悔しそうな表情でそう言うから、不思議に思う。リュティビーアの常識を教えてもらうだけだから、誰でもいいのにな。

俺が竜王様のお気に入りだから、神官長自《みずか》らが相手をするべきだと考えているのだろうか？

シジスさんが、口元を微笑ませながら頭を下げた。

「ホシナ様。改めまして、シジス・オルナートと申します。よろしくお願いいたします」

慌てて「こちらこそ、お願いします」と頭を下げる。

「少しずつ、リュティビーアのことを知っていただこうと思います。過去のお気に入り様は言葉が通じない方も多々おられたと文献にあったのですが、ホシナ様は意思の疎通が容易で助かります」

男なのだけれど、シジスさんは見惚れてしまうほどに綺麗な人だ。そんな彼に微笑みかけられると、照れてしまう。リューイとはまた違う中性的な美しさで、自分はやはり綺麗な人には弱いんだなあなんて、場違いなことを考えた。

「あ……そうか、この世界の出身者ばかりじゃないんだ。竜王様が統治する八界って、言語が異なるんですよね」

「そう、そうなのです！」

クスタディオさんが大声をあげて突然立ち上がったので、ビクッと身構えてしまう。

そういえば前回も、突然スイッチが入ったように興奮して、なんだかわけのわからないことをまくし立てていたような……。

「ホシナ様は言語が通じるばかりではなく、大変聡明でいらっしゃるのですね！　実は私、僭越《せんえつ》ながらあなた様にお願い申し上げたいことがございまして、それは……もがっ」

シジスさんが優美な微笑を浮かべたまま、クスタディオさんの口を手で押さえて遮った。

手で塞ぐ瞬間、ビタンッ！　って激しい音をたてたけど、大丈夫だろうか。

「神官長、ホシナ様へのご説明は私がすると決めていたでしょう。あなたが話すとややこしいしうるさいので、しばらく黙っていてください」

口元を塞ぐシジスさんの手にはグググと力がこめられているようで、クスタディオさんは少々青ざめながら、こくこくと頷いた。

神官長って、神殿内で一番偉い人なんじゃないんだろうか。

その神官長に「ややこしいしうるさい」って言いきるなんて、彼ら二人の上下関係が、よくわからない……。

シジスさんの落ち着いた口調でなされた説明によると、クスタディオさんは神学の歴史研究者なんだとか。俺を知の権化とかなんとか言っていたのは、どんな文字も読めることを期待されての言葉だった。古代文字や他国の読解不能な文献を読み、口述《こうじゅつ》してほしいのだそうだ。

「もちろん、今すぐなどとは申しません。まず優先されるべきは、リュティビーアにおける生活の仕様を知りたいというホシナ様の尊きご要望です。それに、断っていただいても構わないのですよ。お気に入り様の貴重なお時間を、このオタクに割《さ》いてやる義理などございませんからね」

美青年の口からオタクなどという単語が出てきて、ものすごい違和感を感じる。俺の耳には直訳されて届いているんだろうから、こちらの世界でのスラングなのかもしれない。

ニコニコと笑顔なのにところどころで毒を吐くシジスさんの隣では、クスタディオさんが縋るような眼差しで俺を見つめている。

「確かに文字は基本どの世界のものも読めるようですが、全部が全部は、読めないんです。元いた世界に存在しない単語は訳せないので、万能ではありません。――それでもお役に立てるのなら、翻訳をお手伝いします」

「ホシナ様！　まことでございますか！」

ソファから飛び上がるように立ち上がったクスタディオさんに両肩を摑まれそうになったが、シジスさんが長い上衣を引っ張って隣に引き戻した。クスタディオさん、目が血走っているし鼻息が荒くて怖い……。渋い男前なのに、なんでこんなに残念な奇行《きこう》に走るんだ。

「神官長、部屋から追い出されたいのですか」

「シジス！　俺は、俺は感動しているのだ！　待って待って、待ち望んでようやくご顕現なさったお気に入り様が、召喚されて素晴らしい能力の持主である上に、こんなにも謙虚《けんきょ》で！　お優しい心をお持ちの方であられるのだぞ……！　ああ、神官長などというくだらない世俗に染まった地位に就《つ》いた甲斐《かい》があった。竜王様、このクスタディオ、心よりの感謝を申し上げます……！」

涙ぐみながら天を仰ぐクスタディオさんを、シジスさんは微笑んでいるのだけどどこか冷めた視線で見やっている。

「申し訳ございません、ホシナ様。レカトビア神殿を代表する神官長が、お気に入り様の御前《ごぜん》であるというのに、みっともない姿をお見せしてしまって」

「え、いえ……そんな」

「竜王様のことなら、なんでも知りたい……根本的にはそのような、信心深い人なのでお許しくださいね。この方と同じ意見なのはお恥ずかしい限りですが、私も、あなた様のご顕現を心待ちにしていたひとりなのです。お気に入り様が、あなたのような方でよかった」

「……」

竜王様に付随《ふずい》する『お気に入り』とは、リュティビーアの人々にとってどんな存在なんだろう。

俺はこちらの世界でも不細工で、みすぼらしいと思われる人間なのに、それでも崇《あが》められるほどのものなのか。見た目よりも、その存在意義の方が大切なのはわかるけれど……。

なにひとつ、自身の力ではない。

ただ、竜王様に気に入られているだけの存在。

持ち上げられるようなことを、告げられれば告げられるほど……自分が、空っぽに感じる。

こんなふうに卑屈《ひくつ》なことばかり考えてしまう自分が、嫌だ。

見た目はどうしたって変えられないけれど、ただ贅沢《ぜいたく》を享受《きょうじゅ》するだけの存在になり果てるのは、もっと嫌だ。だから、できることをしていくしかない。この国で学べることを学び、自分で役立てることがあるのなら、なんでもやってみよう。

不定期に通うのではシジスさんも予定を立てづらいだろうと考えて、二日に一度、リュティビーアへ渡ることにした。

リュティビーアの文化とともに、歴史を教わる。

実に百年という年月、お気に入りが現れなかったため、リュティビーアの人々の間ではそのありがたみが失《う》せつつあったらしい。しかし、竜王様のお気に入りがいない間の八界は荒れるもの、なのだそうだ。オリエイリオ以外の世界ではどのように捉えられているのか不明だけれど、竜に愛されし国《リュティビーア》の民にはわかる。

天候が不安定になり、干ばつが起き、凶作が続く。疫病《えきびょう》が流行《はや》る。そうなると、『お気に入り』の出現をみな熱望するようになる。

竜王様の無聊《ぶりょう》を慰める、ただひとりの存在を。

前代のお気に入りは女性で、白碧城を出たあと当時のリュティビーア王に嫁いだ。七十年ほど前に病没。現王のリカルドと、その子供達は彼女の子孫にあたるため国民からの人気が高く、特に絶世の美貌を誇るテセイシア姫は神子《みこ》として竜王様に捧げられ、お気に入りに選ばれるはずだと期待は大きかった。

けれど彼女が選ばれることはなく、国民の落胆ぶりは激しかったそうだ。飢饉《ききん》とまではいかないまでも、干ばつによって引き起こされる水不足で民が貧しく飢えている最中にも、税の徴収を加減することなく、贅を尽くした宮殿内で宴会三昧《パーティーざんまい》だった王族や上流階級への批判と怨嗟《えんさ》の声が高まっていたという。

そんな中。白碧城から竜王様の使者が訪れ、託宣《たくせん》が下された――。

『人間用の食事を、用意してくれぬかの』と。

シジスさんの口調は穏やかで柔らかく、聞き取りやすい。ここ数年のリュティビーアの歴史を興味深く聞いていたというのに、なんだその託宣は。

「……それが、託宣？」

託宣ってなんかこう、もっと厳《おごそ》かなものじゃないのか。神のお告げとかそういう。

「はい。我々は、日々竜王様のためのお食事をご用意しております。祭壇に捧げ、それが消失することで、かの方の存在をありがたく感じ取っているのでございます。そこに、人間用の食事を添えよ、とはすなわち、お気に入り様が出現なさったという託宣に他なりません」

「……なるほど」

口調からして、カエルの誰かが伝えに来たのだろう。そういえば、コウさんはクスタディオさんと面識があるようだったし。

「託宣がなされて以降、徐々に天候が回復し、疫病の流行が下火になりました。そして、数百年ぶりの竜王様のご降臨、乾季に降る恵みの雨。この慶事に国民はみな喜び勇んでおります。ホシナ様の人気と名声はもはや王族を凌《しの》ぎ、神殿の大礼拝堂には連日、あなた様のご顕現を喜ぶ民が大挙して詣《もう》でに参ってございますよ」

自分の知らないところで、名声が高まり拝まれているのだと言われても、まったくぴんとこない。シジスさんの話を聞いても喜べず、逆に憂鬱《ゆううつ》になるだけだ。

だって、忘れられるはずもない。

そんなにも待望していた竜王様のお気に入りが、俺のような異様な面相の男だったことに驚き、眉を顰《ひそ》めた多数の人々の視線を。嘲《あざけ》る囁き声を。王と王子の、罵《ののし》る声を。

竜王様の『お気に入り』の出現を喜ぶ国民達が、いざ俺の姿を見たら、落胆するさまが容易に想像できて……。

つい黙り込んでしまったせいか、シジスさんが表情を曇らせてしまった。

「もしや、初めてリュティビーアを訪れてくださった日のことを、気に病まれておいでですか」

「いえ、そんな」

「私は所用で神殿を留守にしていたのですが、のちほど顚末《てんまつ》を神官長から聞きました。……あの日は、特権階級の者達が多く神殿を詣でていたのです。テセイシア姫は、王侯貴族が庶民の人気取りのために祭り上げた偶像《アイドル》なのですよ。その彼女が神子として捧げられ、竜王様にあっさり受け入れを断られたのに――あなた様という異界の方がお気に入りに選ばれたということに、見当違いな怒りを覚える愚かな者が多いのです」

「……」

「我々、卑小な人類が神の真意を推《お》しはかることなど、無意味だというのに」

神様の好みは、こんな爬虫類系のブサイクな顔で、他には股間に毛の生えていないところが喜ばれていますよ……などと伝えるのは、野暮《やぼ》ってものだろう。

テセイシア姫の姿を思い出す。天使だと言われて後光がさしていても違和感がないほどに、美しい少女だった。彼女を押しのけて、俺のような男が選ばれたのだから、反感や戸惑いを抱いても仕方のないことなのか。シジスさんが話してくれた経緯が事実なのだとすれば、それを考慮してもこの国の王侯貴族とは考え方が合わないような気がする。

――一日おきにリュティビーアに通うようになって、しばらく経ったあと、クスタディオさんに「王がお目通りを希望しています」と申し出られたが、断ってしまった。

クスタディオさん曰く以前の態度を謝罪したいとのことだけれど、心の中では醜怪《しゅうかい》な男だと思っているのは明白なのに、今更お目通りとか言われてもな……。リカルド王と関わるつもりはない。関わる必要もないだろう。

レカトビア神殿内で接しているのは、クスタディオさんとシジスさんだけだ。

クスタディオさんは俺が古代語の文献を口述すると、大興奮してなにか叫び出したりするから未だに怖くて身構えてしまうし、シジスさんはいつも笑顔で物腰は柔らかだけれど、どういう人なのか底が知れなくて、なかなか打ち解けられない。

廊下ですれ違う神官服の男性はみな、かしこまったように俺に膝を折ったり頭を垂れる。

そんなふうに礼を尽くされるような身分ではないのに、十代のなにも持たない自分ごときに、大人達がこぞって頭を下げる。礼節の限りを尽くした態度を取られる。

違和感が募るばかりで、浮かれる気分にも、なにかを要求する気にもならない。

夜になってリューイに会える時間だけが幸せで、毎日、その時間が待ち遠しくて仕方なかった。

「陸、今日もリュティビーアへ行ったのか」

「はい」

「困り事はないのか。ちゃんと、そなたの好きなようにさせてもらっているか？」

「大丈夫ですよ」

リューイは、人との交流が苦手なのに俺が無理をしてリュティビーアへ渡っているのだと思っていて、いつも心配している。どうやら、ティタル・ギヌワでたまに、俺の行動を映し出して覗いているらしい。

本人はこっそりのつもりだったみたいだけれど、この間「そなた、全然遊ばずに勉学ばかりしておらぬか？」と問いかけられて、発覚した。

覗いてんのかよ！　とか突っ込む前に、見られていたのか……という気恥ずかしさと、「しまった、言ってしまった」と慌てているリューイの可愛さに悶えてしまったので、俺も大概《たいがい》だと思う。

大概、この人に参っている。

こうしてリュティビーアへ渡っていることを確認しては、えらいえらいと褒められるだけで嬉しい。俺、ご主人様からのご褒美《ほうび》を喜ぶ犬みたいだ。

夕食のあと、ベッドの上で会話をしてじゃれ合っているだけなのに、彼が好きなのだと自覚してからは、肌のどこかが触れ合うだけで心地よくて——じんと、胸が震える。

セックスも、好き。以前は、自分の身体しかリューイに捧げられるものはないだとか余計なことを考えていた。今では彼が愛おしくて、好きでたまらなくて、この身体を捧げている。もっと求めて、貪ってほしい。夢中になって、欲しがって。リューイと交わっている間は頭の中が真っ白になって、自分だけが彼を独占している気持ちになれるから。

リューイが好きだ。いずれ別れが来るその日まで、精いっぱい恋をしたい。

俺が、誰かと想い想われる関係を築ける日がくるなんて思ってもみなかったから、夢みたいに幸せなんだ。たとえ砕け散る未来しかなくても、今は好きなだけ想いを募らせたい。

このせつない気持ちを何度思い出しても、幸せに浸れるように。有限だからこそ、リューイと一緒にいる時間を大切に過ごしたい。

リュティビーアへ通うのは、白碧城に長くいるため。

……リューイのそばに、いるため。

そう割りきって日々、レカトビア神殿に通っていたのだけれど――。


定期的にリュティビーアへ渡るようになってひと月ほど経過した、ある日のことだった。

シジスさんから歴史について学んだあと、白碧城に続く扉まで送られて別れる時に、祭壇の奥で、こちらに合図を送る幼い手の動きを見つけた。グーパーを繰り返すような手の動き。あの手は……。

ちらりとシジスさんを窺《うかが》ったが、祭壇の裏から飛び出ている手の動きには気づいていない。

「……シジスさん。俺、ここでちょっとのんびりしてから、白碧城に戻ります」

咄嗟に、そんなことを言ってしまったのはなぜだろう。

こんなことを申し出たのは初めてだったせいか、シジスさんが意外そうな表情を浮かべた。

「珍しいですね」

「今日は、天気がいいので。少し、日光を感じたいのです」

聖堂内は、ステンドグラス越しに差し込む陽の光が色とりどりに煌《きらめ》いて、美しい明るさに満ちている。そして、実際に――日光を浴びるのは、気持ちいいのだ。

「では、お付き合いさせていただきます」

「あー、あの、ひとりで瞑想《めいそう》したいというか。シジスさん、お忙しいでしょうし。気が済んだら、勝手に城に戻りますのでお構いなく」

シジスさんは少々考え込むような仕草《しぐさ》のあと、「わかりました。ではホシナ様、また明後日お待ちしております」と言い置き、退出していった。

彼の足音が遠のいていってから、祭壇に近づき——その裏側を、覗き込む。そこにいたのは、予想どおりエルミア王子だった。

「久方ぶりだな、『お気に入り』」

俺より頭一つ分低い背丈で、居丈高《いたけだか》に胸を張る美しい少年。

「なにか、ご用ですか？」

祭壇裏の狭いスペースに身を隠していた彼に、そう訊ねる。俺を待ち構えていたようなのに、ふてくされた表情で黙り込まれても、困ってしまう。

「俺を、待っていたんじゃないんですか。なんで、こんなところに隠れていたんですか？」

「……クスタディオに、お前に会わせろと言ったのに、ダメだと言うんだ。ホシナ様は王族には会いたくないと言っていると、断られた。なぜだ」

エルミア王子個人を、拒んだつもりはなかったのだけどな。

「別に……。王様との面会をお断りしたのは、謝罪は望んでいないから、ですかね」

王子はなぜか口元を歪ませて、うつむいてしまった。

長い沈黙のあと、小さな声が告げる。「……悪かった」と。

「え？」

思わず訊き返すと、彼は俺の顔を見上げて、繰り返した
「悪かったと、申したのだ！　お前が竜王様のお気に入りであることは明白であったのに、文句を言って、暴言を吐いて悪かったな。あ、謝っておるのだ！　謝罪はいらぬと言われても、これを告げるために待っておったのだ！」

顔を真っ赤にして、謝罪の言葉を連ねる王子。

大きな瞳が潤んでいるし、彼なりに勇気を振り絞って謝っているのかもしれない。

子どもが一生懸命、自分の行いを後悔して『ごめんなさい』をしている姿を見ると、まあ、なんでも許してあげたくなっちゃうよな。

「わかりました」

「許してくれるということか？」

「はい」

「そ、そうか……」

ホッと安心したかのように息を吐いた王子に、「でも」と呼びかける。

俺よりも小さな手を、握った。王子はビクッと身を震わせたけれど、今日はこの手を振り払わなかった。

「こうして触ったら、わかりますか？　肌の色の違いはあるけれど、同じ人間です。俺は……自分が醜いことを、否定しない。だけど、誰だって、醜いだなんて容姿を貶《おとし》められたら傷つく。あなたは王子様なんですよね？　きっと周囲に影響力のある人なんだから、簡単に人を批判をしちゃだめですよ。できれば、もう言わないでほしい。俺に対してだけではないです。どんな相手にも、です」

「僕は……、僕はっ」

なにか言い募ろうとした王子だったけれど、しゅんと肩を落とした。

「お前を、だいぶ傷つけたんだな。すまなかった。……お前が現れてから、父様はイライラして周囲に当たり散らしているし、姉様は『期待外れだった』などと周囲に心無いことを言われて落ち込まれて……泣いている姿を見ていたものだから、身内びいきで目が曇っておったのだ」

「……」

それはひどいと、思わず息を呑《の》んだ。

王はともかく、テセイシア姫は俺より年下の、まだあどけない少女に見えた。周囲の大人に勝手に期待されて祭り上げられて、挙句に期待外れなどと言われたら……そりゃ、泣くよな。その姿を見ている弟王子が、元凶である俺に噛みつきたくなる気持ちもわからないではない。

「けれど、お前自身はなにも知らない上に、ここことは異なる世界から来たのだと言われて……。竜王様と一緒に現れたのも、他意はなかったのだと知って。僕はようやく、自分の立場でしかものを考えていなかったのだとわかった」

「王子……」

俺はしゃがみ込んで、王子の目元に滲む涙を拭い取った。

金色の睫毛に彩られた碧い大きな瞳には涙が浮かんでいて、庇護《ひご》欲《よく》をそそる。やっぱり……全然似ていないのに、小さい頃の素直な海斗を思い出してしまう。

この子には傷つくことを多々言われたけれど、すべて過ぎ去ったことだと思えるのはそのせいかな。

「まだ小さいのにそうやって、他人の立場に立ってものを考えられるって、すごいことですよ。さすが王子様ですね」

俺が微笑みかけても気持ち悪いだけだろうから、ただ、よしよしと柔らかな金髪を撫でた。

「こ、子ども扱いするな……小さくなどない」

褐色の頬を火照《ほて》らせて抗議するけれど、手を振り払おうとしないところが可愛らしい。

「エルミア王子様は、いくつなんですか？」

「僕は十四歳だ」

十四歳……概算だけれど、日本でいえばまだ十二歳くらいってことか。こちらでの人間の成長具合を、日本と同様に取っていいのかはわからないが。まだ小学生と中学生の狭間《はざま》くらいの男の子が、他人のことを慮《おもんぱか》って自分の非を認めて謝りに来て。偉いなあ。

「王子様……などと、へりくだらなくてよい。おま……ああ、違う！　お気に入り様の方が、身分は上なのだし」

「えっ？」

「聞かされていないのか？　お気に入り様は、リュティビーアでは王族より神官長より、誰よりも身分が高い。無礼な口をきいただけで、竜王様によって罰がくだされた例もあると聞いている」

「……」

なんだ、それ。恐怖政治かよ。

俺が正真正銘《しょうしんしょうめい》、竜王様のお気に入りだとわかった途端、手のひら返しで王が謝罪したいと申し出てきたり、すれ違う神官達が頭を垂れるのも、そのせいなのか？

ただでさえ怖い顔をしているというのに、眉を寄せて不快感が表情に出てしまったらしい。王子が、不安げに俺を見つめている。

「ホ、ホシナ様……？」

「様なんて、つけなくていいよ」

「……だ、だが」

「口調だって、これまでどおりでいい……あ、そうだ。俺も、エルミアって呼ぶから。ダメ？」

虚を衝かれたような驚きの表情を浮かべたあと……エルミアが徐々に、目を輝かせる。

そして、感極まったように俺の胸に抱きついてきた。貧弱なので、その勢いで尻餅《しりもち》をついてしまったが、王子の小柄な身体をなんとか受け止めた。

「ホシナ。お前は、伝え聞いているお気に入り様とはなんだか違うな」

「そうなの？　とりあえずさ……俺は、竜王様に誰かを傷つけたり罰を与えてくれなんて言わないから、エルミアがよければ今後も時々、会えないかな？　いろいろと教えてほしい」

「教える？　僕が、なにを？」

「今こうして、少しおしゃべりしただけでも、たくさん情報を得られてるよ。……それに、エルミアは、俺の弟を思い出させてくれるんだ」

「弟？　ホシナには、弟がいるのか」

「うん……多分もう、二度と会えないけど」

長《ちょう》じてからは憎まれ口か嫌味しか口にしない弟だったが、小さい頃は可愛かった。離れにひとりで住んでいる俺のところへこっそり会いに来ては……「にいたんは、なんでひとりで住んでるの？」とか「いっしょ、遊んで？」なんて、あどけない口調で問いかけられて、困ったものだ。

いつもひとりぼっちだったし時間を持て余していたから、弟と遊びたい、海斗と一緒に過ごしたいのはやまやまだったけど、そうすると、弟を探しに来た母や使用人に俺が叱られた。

特に、母さんは海斗と俺が関わるのを嫌がっていたので、時には折檻《せっかん》もされた。

一緒にいるところを見つかって、引き離される時に泣きじゃくる弟の姿を見るのも悲しくて……いつしか、離れに来る海斗を拒むようになったのは、そういえば俺の方だったっけ。

ティタル・ギヌワで最後に見た海斗が、天を仰いでなにかを呼びかけていた姿が脳裏に浮かぶ。海斗、あいつは元気かな……。

「エルミアみたいに、きょうだい想いの弟じゃなかったけどな。俺、弟に嫌われていたし」

「……ホシナは、いい奴だ。僕があんなにひどいことをたくさん言ったのに、こんなにあっさり許してくれるし、父様からの謝罪も望まないと言う」

「ひどいこと……ねえ。あ、そういえばエルミアに『人間か!?』って言われたのは結構堪えたよ」

初対面の時を思い出してからかうように言うと、エルミアが耳まで真っ赤になった。

「あ……あの時はな、お前が妖魔か悪魔の類かと思ったのだ」

「え？」

焦った口調のエルミアは頬を染めて、俺を見つめる。

「見たこともない衣装を着ていたし……、こんなに真っ白な肌の人間を、初めて見た。美しい姉様を拒絶した竜王様を、妖魔が人間のふりをして誘惑しているのではないかと疑ったのだ」

「ゆう、わくって」

ふはっ、と、思わず吹き出してしまう。慌てて、口元を手で覆った。

竜王様に言われた時とはニュアンスが違うけれど、男である俺が誘惑だとかなんだとか言われるだけで笑いが漏れる。

やっぱり、異世界だ。俺の常識や認識は、こちらではずれている。『人間とは思えないほど醜い』という意味で責められたのだと思い込んでいたけれど、実際にはこの青白い肌を奇異に感じていただけだったのかな。

「白い肌は、よくないってこと？」

「いや、違う。リュティビーアでは、白と銀は尊ばれる色なのだ。白銀の鱗を持つという竜王様の象徴として。だから、肌の色も薄い方が美しいとされる。……肌の白さは別として、正直僕は、ホシナの顔立ちが変わっているとは思った。思ったけれど……『醜い』なんて、人に向けていい言葉ではないよな。本当にすまない……」

エルミアの持つ道徳観念の高さに驚く。

「いいよ。故郷でも、さんざん言われていた言葉だ。慣れてるし、不細工な自覚もあるから」

慰めるために言ったのに、エルミアは俺の腕の中でぴくんと身体を震わせて、じわじわと目を潤ませたかと思うと、ひっくひっくと泣き出してしまった。

「ちょっ……なんで泣くんだよ」

「知らんっ。勝手に涙が出てくる。そんなことを、言われ慣れているなんて聞いたら……。そのような暴言を放った者達に対して、なんだか僕が悔しくなってしまったのだ。ホシナのことをなにも知らないのに、醜いなどと口汚く罵ってしまった過去の自分を、恥じているのだ……！」

王族って、こういうものなのだろうか。

十二歳程度の子が、こんなにも自尊心が強くて、気高い。俺はリカルド王を含めて王侯貴族に対していい印象を持っていなかったけれど、それも偏見《へんけん》なのかな。

ちゃんと自分の行動を反省して、素直に謝っているエルミアを、とても憎めない。

嫌がる様子はなかったので、そろそろと背中をさする。

すると、更に泣き声をあげて胸に縋ってくるので、頭も撫でてみた。祭壇裏の狭い空間で、子どもに泣きつかれているこの状況、どうすればいいだろう。

まあ、いいや。時間はたっぷりあるんだし、気が済むまで泣かせてあげよう……。

エルミアの背中をぽんぽんと撫でて、そんな気持ちにひたりながら視線を上げると――。

「……っ!!」

祭壇の向こう側に、大量の涙を流しながらこちらを見つめる大男の姿を発見して、驚愕する。変な叫び声を上げなかった自分を褒めたい。

大男の正体はクスタディオさんで、声を漏らさないようにか口元を押さえて泣き続けている。いったい、いつからいたんだろう。聖堂内は絨毯が敷きつめられているから、足音を立てないようにするのは容易《たやす》いだろうけれど、まったくその存在に気づかなかった。

「クスタディオさん……」

「ひぐ……っ、えっ?」

思わず漏れた俺の呼びかけに、本人よりもエルミアが反応して、自分の背後を振り返る。

「う、ううぅ……！　エルミア殿下、立派でございますよ……っ、そしてホシナ様の、なんとお優しいこと。慈愛に満ち、寛容なお人柄であられることか……！」

俺達に存在を認識されたせいか、クスタディオさんはもう声を抑えることもなく、なにやら感動したように涙をこぼしながら男泣きしている。

号泣しているクスタディオさんを見たせいか、エルミアの涙がようやく止まりつつあった。ああ、自分よりも取り乱している人間を見ると、ちょっと冷静になっちゃうよな。

クスタディオさんの巨躯《きょく》が、ぐいっと後ろに引かれて——姿を消したかと思うと、そこにシジスさんが現れ、いつもの優美な微笑みを浮かべながら、祭壇の裏側にいる俺達に声をかけた。

「ホシナ様も、エルミア殿下も、落ち着かれたのならお茶でもいかがですか？」

ようするに、いつもとは違うことを言い出した俺を心配し、なにかあるんじゃないかと、シジスさんは近くに控えていた神官にクスタディオさんを呼びに行かせ、ふたりでこっそりエルミアと俺のやりとりを見守っていたのだそうだ。盗み聞きしていたことに関しては、まあ竜王様のお気に入りになにかあったら困るだろうから仕方ないとしても。

このふたりは神殿内の権力者だと思っていたのだけれど、意外と暇なのだろうか……。

今の時間はなにも捧げられておらず、空っぽの祭壇の前に、急ごしらえでお茶会の準備がされた。神官達が、茶器や茶菓子を持ってきては並べていく。

白碧城でもそうだけど、こちらの文化では、絨毯の敷かれた床に直に座って飲食をする。クッションのある長椅子に腰掛け、身分の高い人は人前でも寝そべったりしてくつろぎながらゆっくりと食事やお茶の時間を過ごすのがスタンダードなようだ。

俺は寝そべってはいないけれど、大きなクッションに背中をもたれさせて座っている。

……なぜか、脇腹にべったりとエルミアが抱きついている状態で。

「これはまた、懐かれましたねホシナ様」

シジスさんが、茶器に薄紅色のお茶を注ぎながら微笑む。

懐かれた、って。エルミアって王子様なのにシジスさん、そんなに軽々しい言葉遣いで問題ないのだろうか。

「別に、懐いてなどいない。……ホシナはいい匂いがするし、肌がすべすべで、気持ちいいのだ」

だから離れがたいだけだ、と言い放って、エルミアは更にぎゅっと抱きついてくる。

いい匂いっていうのは、いつも身体に塗り込んでいるクリームの香りかな。今日は胸元が開いている形の衣装を着ているから、その隙間にすりすりと、直に頬を押しつけてくるエルミア。

海斗はともかくとして、年の離れた妹にも怖がられていたくらいだから……子どもに懐かれるなんて、初めてだ。

エルミアは、体温が高くて柔らかくて、手も小さくて。子どもって、可愛い。

俺の顔、もう怖くないのかな。この子の前では、不用意に笑って怖がらせないように気をつけよう。

「ホシナ様と、エルミア殿下がこんなにも仲良くなられて……私、感動のあまり落涙《らくるい》を禁じ得ませぬ……っ」

あ。クスタディオさん、まだ泣いてた。

「クスタディオ、お前の言うとおりだった。ホシナは悪くない。僕は誤解していたようだ」

「殿下、私は背を押しただけです。ご自身で気づけたことが、真の理解というものです」

「うん、そうだな」

ふたりの会話を聞いてどんな関係なのかと不思議に思っていると、シジスさんが説明してくれた。

「神官長……クスタディオは、エルミア殿下の教育係でもあるのです。主に、神学と礼節に関してですが」

「そうなんですか」

「シジスに、エルミア殿下などと呼ばれると鳥肌がたつな。ホシナの前では、いつもそんなに猫を被っているのか」

エルミアが横柄に言い放つなり、シジスさんの動きがぴたりと止まり、口元は笑みを浮かべているままなのに、目がすぅっと細まった。

「エルミア殿下……、なんのことでしょう」

「ふん、ホシナに気に入られようと必死だな」

「そのような申されようは不愉快ですね。ホシナ様に誤解されたくはありません」

誤解……？　エルミアの言い方では、シジスさんは俺の前では、無理をして礼儀正しく振る舞っているように聞こえる。

まあ。そりゃ、そうだよな……。俺自身は、ともに過ごす時間が長くなればなるほど、ただの不細工で退屈な男に過ぎないことを露呈《ろてい》していっているんだし。竜王様のお気に入りだから、神官である彼は上辺だけでも慇懃《いんぎん》に接するしかない。そんなの、自分でもわかっている。

「エルミア、そんなこと言っちゃダメだよ。シジスさん、お仕事なんだから」

お仕事なんだから、の部分は、エルミアの耳元で小さく囁く。

「仕事って……。シジスは、自分から立候補してホシナの接遇をすべて請け負ったほどに、熱狂的なお前の信者なのにか？　むしろ公私混同しすぎだろうと思うがな」

シジスさんが俺の、熱狂的な、信者？

「はあ？」

エルミアの言葉の意味はわかるのに、理解が及ばない。

——ビシッと、鋭い音が響いた。シジスさんが持つ、茶器の受け皿が！　陶器なのに、彼の指先から亀裂が走っている。

「エルミア殿下。そろそろ、午後のお勉強の時間ではないですか？　誰かに王宮まで送っていかせましょうか」

「いや、あー。シジス悪かった。口が滑りすぎた。ホシナは知っているものだと思っていたのだ」

「だいたい、さっきからホシナ様にベタベタくっついているのだって気に入らない。子ども特権か。お前こそ、自分が幼いことを逆手《さかて》に取って猫被って甘えまくりやがって、ふざけてんじゃねえぞ」

いつも丁寧な口調で物腰が柔らかいシジスさんの、花も恥じらうような美貌から……乱暴な言葉が飛び出してきて、思わず耳を疑う。

「僕は、いいのだ。ホシナが呼び捨てを許してくれたし、口調もそのままでいいと言ったから！　な、ホシナ」

「う、うん……。っていうか、シジスさんとエルミアって仲がいいの？」

ぽんぽんと、思ったことを言い合える、気安い関係に見える。

「仲はよくないが、従兄弟《いとこ》だ」

「従兄弟!?」

見た目的に年齢が十歳以上離れている上に、目や髪の色も全然違うし、あんまり似てはいないかも。二人とも、ものすごい美形というところは共通しているけれど。

「っていうことは、シジスさんは王族……?」

シジスさんは俺に歴史を教えてくれる過程で、王侯貴族を批判するようなことを言っていた。なのに、まさか。

「そうだ。それに、テセイシア姉様の前の神子で、お気に入り候補だったんだ」

「えーっ!」

シジスさんの顔色をこっそり窺うと、笑顔なのに……ほの暗いオーラを醸《かも》し出していて、怖い。竜王様のお気に入り候補って、そうか。魂の形さえ好みだったら、男でも女でも構わない人だった。

「エルミア、いい加減に出て行ったらどうだ? 勝手にホシナ様に対面した挙句、あれほどの暴言を吐いたことを謝って許されたら、もうなかったことにしているのか? あ?」

「う……っ」

エルミアがしがみついてくる。いや、俺が責められているわけじゃないけど、シジスさん怖い、怖いよ。美人が笑顔で怒っている姿って、迫力がありすぎる。

「ホシナ様の優しさにつけ込んで、ちゃっかり懐くなんて図々しいガキだな。だから私は王族も貴族連中も嫌いなんだ。甘ったれやがって」

「神子として教育されたというのに、なんでそう口が悪いんだお前はっ! テセイシア姉様とは大違いだ！」

「知るか。直系王族のくせに、初対面のこの方を親子揃って罵倒した恥知らずに言われたくないね。ホシナ様を傷つけたことは忘れない。ご本人が許したとしても、私は許さない」

「うう……」

「まあまあ、エルミア殿下もシジスも、落ち着いて……」

「黙っていてください！　だいたい、神官長がこいつを甘やかすからあんな面目《めんぼく》ない事態になったんでしょうが！」

「うう……っ」

エルミアが噛みつくようなことを言っても、倍以上に辛辣《しんらつ》な言葉が返される。

クスタディオさんが取り成そうとしても、シジスさんが一喝《いっかつ》する。

状況は険悪なのかもしれないけれど、なんだかコントを見ているみたいで、可笑しくて、こっそり笑いを堪えた。

泣きついてくるエルミアの頭を撫でながら、うつむいて口元を押さえていると……。

「あー、くそっ、……ホシナ様、申し訳ございません」

シジスさんが目元をほんのり赤く染めながら、サババサバと謝罪を口にした。

「え、え？　あ、なにがですか？」

「あなた様の前で、このような乱暴な言葉遣いをしてしまうとは。……大変失礼いたしました」

「……そんな」

「まったく。エルミアのせいだぞ」

「ホシナ、シジスが怖いーっ」

「あの……」

こんなことを言い出すのは、勇気が必要だった。

ふざけて抱きついてくるエルミアを抱き返しながら、つっかえつっかえ、自分の気持ちを吐き出す。

「俺、……故郷では、なんの身分もないただの学生でした。それに、容姿もこんなふうだから、周囲に遠巻きにされて、家族にも相手にされなくて……。だから、だから。この国で、かしこまった対応をされて――ずっと、緊張していたんです」

そう、俺はリュティビーアで過ごす時間、常に緊張していたのだ。

ただでさえ容姿で気持ち悪がられているのだから、せめて自分の振る舞いが竜王様の評判を落とすことのないように、ずっと気を張っていた。自身ではなにも成し遂げていないのに、彼のお気に入りだというだけで大人達に傅《かしず》かれることに、いつだって緊張が走り、縮こまっていた。

「だからエルミアと、立場とか関係なしに話せるようになったことが、嬉しい。そして――クスタディオさんやシジスさんと、なんでも言い合える仲なのが、羨《うらや》ましいんです。俺は、まだここに来るようになって日も浅くて、図々しいのはわかっているのですが」

顔も身体も、熱い。火を吹きそうだ。

あまりにも分不相応な申し出をするのが、恥ずかしい。でも今を逃したら、もう言えない気がする。

「俺も、もっと自然体で、みなさんに接してほしい……です」

ふざけて俺に抱きついているエルミアも、そのエルミアに怒っていたシジスさんも、ふたりを止めようと間に入っていたクスタディオさんも、そばに控えていた神官の人々すらも。

呆気にとられたような表情になってしまい、場に静寂が満ちた。

空気読めてなかったかなとか、あー失敗したという後悔で、泣きそうになる。

俺がなにを言おうと、この人達は要求を飲むしかないのに。王族より立場が上という竜王様のお気に入りが、なにを言おうと。

「変なことを言って、すみませ……っ」

みるみるうちに、涙で目の前が霞《かす》む。馬鹿げた申し出をした、自分の残念さのせいだ。

「ホシナ様ああああああ！　そのようなことが許されるなら、喜んで！　俺のことは父とでも兄とでも思って、存分に甘えてくださいませぇぇぇ！」

急に、エルミアごとぎゅううううっと長い腕に抱きしめられて、驚く。クスタディオさんが、またも号泣しながら抱きついてきた。

「クスタディオ、苦しいぞ！」

「申し訳ございません、殿下！　しかしながら……ホシナ様があまりに可憐《かれん》なお願いごとを申されますもので、感動してしまいましてっ」

「大げさだな……。だがホシナ、そういうことなら僕のことは弟の代わりでもなんでも、好きなだけ可愛がってよいのだぞ。許す！」

シジスさんが、腕を組みながら呆れたような溜息を漏らす。

「神官長、年齢的に兄は図々しいでしょう。エルミアも、なにが『許す』だ。偉そうに……」

「シジス、茶化《ちゃか》すな」

「そうですね。私だって、感激していますから。ホシナ様は、思い描いていたお気に入り様像をやすやすと超えていかれる。気安い口調を、許されるのなら……」

いつもの、上品で優美な笑顔ではなく。ニッ、と、少々意地悪に感じるくらい、おそらく素のシジスさんの笑顔を見せられて。

「歴史と生活のお勉強も、今後はかどりそうですね？」

嬉しい。俺は、敬《うやま》われるより、崇められるよりも、こんなふうに普通に接してもらうことに、飢えていたんだ。

「う、う……、ひぐ、う――よ、よろしく、お願い、します……っ」

リューイ。

ずっと、リュティビーアで過ごす時間を心配されていたけれど。

ようやく笑顔で、日々のことを報告できそうだよ。

リュティビーアの人々に対して壁を作っていたのは、俺の方だった。傷つきたくないから、防御壁が必要だったんだ。一歩踏み出す勇気を与えてくれたのは、やっぱりあなたの存在なのだと思う。ああ、今すぐリューイに会いたいな。


エルミアと打ち解けるきっかけになった謝罪騒動以来、レカトビア神殿内を歩いている神官達が「ホシナ様、こんにちは」と、気軽に声をかけてくれるようになった。

以前のように跪いたり頭を垂れることはなく、軽い会釈《えしゃく》程度。

「こんにちは」

自分からも挨拶《あいさつ》を返すと、嬉しそうな笑顔を浮かべられる。複数人だったりすると、すれ違ったあとに遠くから「ホシナ様に、お返事をしていただけた！」だなんて喜んでいる声が聞こえてきたりして、気恥ずかしい。

百年ぶりに現れた『お気に入り』をどう扱ったらいいのか、彼らも距離を測りかねていたのだと、今ならわかる。

エルミアはあれ以来、ちょくちょく神殿を訪れては俺とともに過ごしたがるようになった。シジスさんが嫌がって同席することに反対したのだけれど、クスタディオさんが「一緒に学べるのはいいことであるし、将来王座に就くエルミア殿下とホシナ様が親しみ合うのは国益《こくえき》である」と説いたので、しぶしぶ受け入れてくれている。

俺自身は、飾らない口調で話せるエルミアが大事だ。口に出しては言えないけれど、初めての——友人ができた気分。

クスタディオさんとシジスさんにも、名前は呼び捨てでどうぞとお願いしてみた。でも他の人々への影響もあるのでそれはいけませんと言われた。

だから相変わらず彼らが俺を呼ぶ時は様付けだし、丁寧な口調も変わらない。けれどふたりとも以前より格段に、表情が豊かになって雰囲気が柔らかくなった。会話が、しやすくなったように思う。

二日に一度、数時間だけ。このペースを崩すつもりはないけれど、以前は義務的にこなしていたリユティビーアへの訪問が楽しくなった。人と交流できるようになって嬉しい。

家族とも、同級生ともまともな交流ができなかった俺は、自分が欠陥のある人間なのだと思っていた。他人とうまくコミュニケーションがとれないのは不細工な外見だけが理由でなく、面白みのある会話ができない、お世辞《せじ》も思いつかない。そんな自らの性格のせい。

誰にも相手にされないのだから他人に話しかけることすら無駄だと、諦めすぎていたのだろうか。

リューイやカエルと過ごす白碧城での空間ほどには自然に振る舞えないけれど、ちょっとずつでいいから、いずれ自分が暮らすこの国の人々とも、仲良くなれたら――いいな。

お互いのことを知るための雑談が、増える。

その流れで思いきって、今までの歴代お気に入りについて知っていることをなんでも教えてほしいと、シジスさんにお願いしてみた。

今日はクスタディオさんもエルミアも不在で、室内にはふたりきりだ。

「スーリエ様以降のお気に入り様はお言葉が通じなかったので、不明点の方が多いのですが。言い伝えによれば、お気に入り様はみな、リュティビーアに渡ってくる当初……我欲《がよく》の弱い方ばかりだったようです。なので、私もテセイシアも、竜王様好みの魂になるべく、神子として教育される過程で清《せい》貧《ひん》を心がけるよう育てられました」

神子として育てられ、十七歳の誕生日に竜王様に捧げられたというシジスさん。

しかし、竜王様の返答は使者を通して「要らぬ」の一言だったらしい。テセイシア姫と同じだ。自分のなにがダメだったのだろうと深く悩んだシジスさんはその後、特に『お気に入り』を対象として学び研究するために神学校に進んで、現在神殿に仕《つか》えている……。

「と、いうのは建前《たてまえ》でして。結局、清貧に育てられたなどといっても所詮《しょせん》は王族。なんの苦労もせず育ちましたし、容姿の美しさで周囲に期待されていただけなのですよ。無欲な性格が竜王様に気に入られるのではないか、というのも単なる想像の域を出ませんしね。研究の道に進んだのは、純粋に私の興味が尽きないからです、竜王様の『お気に入り』という存在に」

建前、って……。

思わず、笑ってしまいそうになる。

慇懃さが取れたシジスさんは、ずいぶん気取らない人柄だった。自身の容姿も、平気で美しいとか言っちゃうし。でも、こんなふうにストレートな物言いをするシジスさんの方が、以前より断然好ましい。

クスタディオさんは歴史と神学全般の研究者だけれど、シジスさんは自分自身が神子だったこともあって、竜王様の『お気に入り』が主に研究対象とのことだ。彼が俺の教師役に立候補したのも、そもそもはお気に入りに選ばれた人間の行動や考え方を観察したいということだったみたい。

エルミア曰く、最初は研究対象だったのに、過去のお気に入りの振る舞いとして伝わっている伝承を超えて、俺が……物欲にとぼしかったものだから、クスタディオさんとシジスさんは『スーリエ様の再来ではないか！』と、周囲に興奮気味に語っていたらしい。

別に、物欲がないわけじゃないけどな。

日本と文化レベルが違うことはもうわかっているから、テレビとかゲーム機だとかの文明の利器を望んだところで出てくるわけがないし、白碧城にいれば衣食住の不便はない。自分を嘲笑《あざわら》った王侯貴族との交流に興味がない。目立ちたくないから、まだ神殿の外に出る勇気すらない。

ないない尽くし。彼らに対して望むものが、本当にないだけだ。それだけなのに、自分の知らないところで、勝手に期待値が高まっていたことに驚いた。

俺が竜王様のお気に入りだから、仕方なく相手をしていたわけではない。彼らも彼らで、手探りだったのだ。

出現を心待ちにしながら、過去の文献だけを頼りに、どんな人物が現れるのかを研究し。

百年現れず、諦めかけて国の荒廃に胸を痛めていた時にようやく『お気に入り』出現の託宣が下った。だというのに、なかなか姿を現さない俺は、だいぶ彼らを悩ませる謎めいた存在だったようで……少なくとも、クスタディオさんとシジスさんは俺の性格や言動を気にかけ、見守ってくれていたのだった。

「竜王様がどのような人間を気に入られるのか、そして……どのようにご寵愛が薄れていくのか。我々が、なにより欲している情報です。お気に入り様がいるかいないか、どれほど長くご寵愛を受けられるのかで、国の太平が揺らぎますからね。今までで一番長くご寵愛を受けたと伝わるスーリエ様以上に愛されておられる、ホシナ様。――私はあなた様の、どんなに些細なことでも知りたい」

正面に座っているシジスさんの、神秘的な紫色の瞳に熱っぽく見つめられて、思わず照れる。まあ、語っている内容は研究対象として見てますよってことなんだろう。

容姿が美しくて、清貧であることが神子の条件として考えられていたのなら、俺みたいなのが現れてびっくりしただろうな。

お気に入りは竜王様の閨《ねや》での相手をつとめる存在だとわかっているのだから、人間の想像ではそりや……美しければ美しいほど好まれるだろうと、考えそうだ。実際の竜王様は、俺みたいな不細工な男を「美しい、可愛い」と褒めそやかす残念な美意識の持ち主だけど。

自分が男性に抱かれる立場であることをこの国の人はみな承知だということに対して、改めて恥ずかしさがこみ上げる。

同性愛を否定することは竜王様を否定することに繋がるせいか、リュティビーアでは同性愛に関しての考え方もリベラルだ。戸籍という概念がないから結婚は事実婚であり、一番多いのは子どもを授《さず》かる男女のカップル。でも同性同士も別に珍しくないんだとか。愛さえあれば、ってやつだ。

だからリュティビーアの人々の認識では『お気に入り』は男性だろうと女性だろうと、神たる竜王様の心と身体を慰める高貴な身分なのだ。

「解読可能な記録がとぼしいので、数人分のデータしか確かめられませんが……およそ一、二年。早くて半年ほど経つと寵愛が薄れる例が多いようです」

「そんなに、短いんですか。ええと、どんなふうに竜王様のお気に入りではなくなったって、わかるんでしょうか？」

「リュティビーアと白碧城を繋ぐ扉が、開けられなくなってしまうのです」

「……えっ⁉」

異次元にある白碧城と、このリュティビーアにある聖域を繋ぐ、扉。

白碧城の住人だけに開かれる――あの扉が、突然開かなくなるのか。そんな日が訪れた時、自分は、どうなってしまうんだろう。

「お気に入り様がいる間に授かる恩恵が莫大《ばくだい》ですし、数年の安寧《あんねい》を約束してくださる存在でございますので、お気に入りでなくなったあとも国民からの人気は高く、なにせ竜王様のご寵愛を受けた玉《ぎょく》体《たい》であられます。求愛が引きも切らず、だいたいその後《のち》は身分の高い王侯貴族とご婚姻なさることが多かったようですね」

歴代の『お気に入り』がどうだったかは知らないけれど、自分が白碧城を出たところで求愛などあるはずもない。俺みたいに不器量な男のことを愛してくれるのは、きっと竜王様だけだ。逆に、彼のことを想う以上に好きになれる人が、今後自分に現れるとはとても思えなかった。

「シジスさん……、魂が歪む、ってどういう意味だと思いますか」

「魂が、歪む？」

「魂の相性がいい人を、竜王様はお気に入りに選ぶのだと言っていました。でも、人間の魂は変容するから、魂の歪みとともにいつの間にか気持ちが冷めて、離れていくって」

シジスさんの目が、驚きに見開かれた。

「初耳です。魂の相性があるとは存じておりましたが、それが変容していくものとは……。まさに神の視点と言わざるを得ませんね。容姿だとか性格だとかを分析しても、無駄だったかな」

「見えないものだから、わからなくて」

自分にも見えるのなら、歪む過程で矯正《きょうせい》できるのにな。思わず、溜息が漏れる。

シジスさんは、不思議そうな表情を浮かべたあと……小さく苦笑した。

「……ホシナ様は、竜王様にご好意を抱いておられるのですね」

「えっ!?」

「私の考えをお話ししてもよろしいでしょうか。あくまでも、ただの一研究者の私見でございます。

魂の歪み……そのような現象が、本当にあるのなら。最初は神子や生贄《いけにえ》として捧げられ、純粋で我欲のなかったお気に入り様が、なにを望んでも手に入る、すべての人間が自分の思うままに動くという立場に慢心《まんしん》を募らせることが一因なのではないかと思ったのですが」

「……慢心」

「人は、環境と立場によって変わってしまいます。竜王様とそのご眷属であられるカエル殿しかおられない白碧城での生活は、退屈を覚えるもののようですね。リュティビーアへ渡り、ちやほやと誉めそやされて、なんでも思いのままになる生活に溺れる人間が多かったということです。お気に入り様が不満を申しつければ竜王様の神罰がくだるので、逆らう者などおりませんし。どんどこの国へ入り浸るようになり、民に崇め奉《たてまつ》られ、贅沢な暮らしに慣れて――神の真意を推測するなど畏れ多いですが、竜王様よりも優先するものができてしまえば、寵愛が薄れるのも当然では？」

「優先するもの……」

今の俺にとって、最優先すべきことはリューイのそばにいること。だけど……俺も、変わってしまうのかな。

リュティビーアでの生活に慣れて、堕落《だらく》したら魂が変容して彼の愛情が薄れるのか？　それとも、竜王様の愛情が薄れたら、自棄《やけ》になって荒《すさ》み、魂にも影響する？

どちらが先なのか。そもそも、これはシジスさんの推測に過ぎず、魂の歪みに関係があるのかどうかもわからない。リューイ自身にだってわかっていなさそうだったし。

……リューイの態度がそっけなく、俺への関心がなくなってしまったら、なんて。

想像しただけなのに心細くなって、悲しくてたまらない。足元の地面がガラガラと崩れ去り、奈落《ならく》へ落ちていくような心地に襲われる。でもいずれ、その日は必ず訪れるんだ……。

感傷にふけって思わず考え込んでしまったのだけれど、シジスさんは静かに俺を見つめるばかりだった。

その視線に気づいて、会話の途中だというのに沈黙してしまったことを急いで謝る。

「すみません、考え事をしてしまって」

「構いませんよ。異なる世界からいらっしゃったホシナ様には、ご不明な点もさぞ多いでしょうし。ましてや、ごく普通の学徒であられたとか？　竜王様の存在を小さい頃から教えられ、信奉している私どもリュティビーアの民ならばともかく……かの方のことを知らないままに突然召喚されたのなら、戸惑いますよね」

「はい……。今も、よくわかっていません。竜王様が神と言い換えられる存在であることはなんとなく、理解しているのですが」

「ホシナ様。この国は……世界は、一度滅びているのです。いえ、一度ではないですね。幾度も滅びているのでしょう。リュティビーアの現在の文明が築かれて、最古の記録があるのが約六百年前になります。文字が誕生して六百年ということになるのでしょうか」

「……！　そうなんですか」

——滅びる。

「おそらく、自然災害なのだと考えられていますが……どのように滅亡しているのかも判然としません。ですが、大地のあちこちに、現存する知識や技術では作り上げることが不可能な、未知なる遺物が残っているのです。そのことから、私達人類は幾度も滅びを経験し、その都度《つど》復興し、文明を築き、歴史を作り上げているのだろうと、そう考えられております。――すべては、竜王様のお心のままに」

シジスさんの説明に、竜王様の声が被さって再生される。

『つとめに飽いて、ある日突然、破壊の衝動が起きる。すべてを壊してしまいたいと。そうすれば、自分が死ねるのではないかと――実際、世界のいくつかを滅亡寸前まで破壊したことがある』

スケールが大きすぎて、リューイの話を聞いた時はいまいち実感が湧かなかったけれど……。

やっぱり竜王様は、神だ。俺が考える、神という概念そのものだ。お気に入り以外の人間には、なんの興味もないのだと言っていた。嘘じゃない。自分が死ねるか試すために、数多《あまた》の人々ごと文明を壊してしまえる存在なのか。

理解が追いつかない。

リューイが、好きなのに。……果てしなく、遠い存在に感じる。


「陸。ここのところ、いつも楽しそうにしていたのに、今日は元気がないな」

「……そう、ですか？」

「ああ。顔色は悪くないが……。あまり食欲がないようだな。リュティビーアの暑さにあたったか？」

甘くないクラッカーに、新鮮な野菜と魚介を乗せてあるカナッペを口に運ばれながら、心配げなリユーイにそんなことを言われて、驚いた。

いつも、こちらが驚くほどに……リューイは、俺の些細な変化を見逃さないのだ。そのくらい、見られているのだと。関心があるのだとわかって、恥ずかしいけれど嬉しい。

カナッペには柑橘《かんきつ》類の爽《さわ》やかな香りを放つ甘酸っぱいソースがかかっており、口の中で広がる複雑な風味の絡み合いが絶妙だ。

「これは、好きな味だろう？」

「はい」

「やはりな。ほら、もっとお食べ」

ドラゴン姿での自分の食事を終えたリューイは、すでに人型に変化済み。

あぐらをかいた膝に俺を乗せて、手ずから食事を食べさせるのが楽しくて仕方ないようで。

俺は……幼児みたいで恥ずかしいのだけど、おとなしくされるがままになっている。見ているのはリューイに給仕するために控えているカエル達だけだし、彼らは竜王様とそのお気に入りが仲良くしていれば、それだけで満足なのだ。

リューイ本人は味覚にこだわりがないようなのに、俺が一度好きといった味付けは覚えているし、苦手だと告げたものは二度と食事に登場しない。

細やかな、気遣い。自分の一挙手一投足《いっきょしゅいっとうそく》を、見られている。

そして、いつだって先回りして、甘やかされる。この甘やかな心地よさを味わって、慣れてしまったあとにいずれ消え去るのなら、俺、どうなってしまうんだろう。気持ちが荒んで、周囲に当たり散らしたり癇癪《かんしゃく》を起こしたりしてしまうんだろうか。死にたくなるような心地に陥るかもしれない。

だから、きっと甘えたらダメなんだ。

いつか失う愛情と時間だからこそ、大事にしなくては。慣れないように、気をつけなくては。


食事を終え、誘《いざな》われるままに竜王様の寝所へ移動する。

彼がドラゴン姿でも寝られそうなほどに広いベッドの上で体のどこかをくっつけ合い、目が合えばキスをして、ゆったりと過ごす、この時間が大好きだ。

だって、ただ恋人同士の睦《むつ》み合いをしているような気持ちになれる。

「毎夜、陸とともに過ごす時が、待ち遠しくてならぬ。そなたのために早くつとめを果たそうと思い、作業が捗《はかど》るのだ」

「リューイ……」

俺も。俺も、夜がいつも待ち遠しくて——幸せです。

リューイの言葉に、胸が温かく満たされていく。

なぜ、この人は『竜王』なのだろう。俺のように取るに足らない人間ひとりを、驚くほど丁寧に扱っておきながら、『お気に入り』以外の人間に対しては、ひどく冷酷。

人の姿を取れるから人間のように錯覚してしまうけれど、竜である彼とは種族が違う。根本的な考え方も、寿命すら違う。自分なんかが、好きだと想うことすらおこがましい。なのに、彼を好きだと恋い慕う気持ちが胸の奥から溢れ出て止まらない。誰かを好きになると、こんなにも気持ちをコントロールできなくなるものなのか。

叶うものなら、四六時中そばにいたい。ずっとずっと触れ合っていて、溶けて交わりたい。

お互い座ったまま、正面から抱き寄せられる。見つめ合っていると、リューイの唇が近づいてきた。

唇を重ねるだけで、心も身体も熱くなる。脳髄が蕩けて、背骨がぐにゃぐにゃになってしまいそうな錯覚に陥ってしまう。柔らかくなったこの身体を、思う存分貪ってほしい。

彼の首に手を回し、脱力した身体をくっつけると、俺を抱きしめる腕に力がこもった。

「……リューイ」

好き。言葉には、とてもできないけれど――。

「陸、そなたの魂が、形を変えていく……」

「っ！」

唇と唇の狭間で、熱い吐息とともに囁かれた呟きに、ぎくりと肩がこわばった。

ひょっとして、俺が頻繁にリュティビーアへ通うようになったから？　もう、終わり？

「リューイ。俺の魂、歪んでいってるんですか……？」

魂の歪みを意識しただけで、泣きそうになる。リューイとの別れが近いのかと、白碧城を出て行かなきゃいけないのかと、考えるだけで。

「ああ、違う。歪みなど微塵《みじん》も感じていない。違う意味でだ――人間の魂はどんどん歪んでいくものだが、陸の魂はな、心地よい形に変容しているのだ」

「どういうこと？」

「私にも、わからぬ。陸の魂の形は元々、今までに出会ったことがないほど好ましいものだったというのに……ともに、リュティビーアへ出かけた日があったであろう。あの日辺りを境に、私の魂の欠けた部分を補うかのように、そなたの魂がぴったりと寄り添ってくる」

「……？」

「答えがあるのなら、私も知りたい。はあ……まったく。美しいだけでなく、謎めいた行動ばかりしでかして。挙句の果てに、不可思議な現象まで起こす。私の心をどれだけ掻き乱せば気に入るのだろうな、そなたは」

「なに、言ってるんですか」

本気で意味がわからない。

彼の長い生の途中、瞬きほどの時間――気まぐれに振り回されているのは、俺の方なのに。

リューイの大きな手のひらが俺の顔を包み込むように両頬に添えられて、じっと見つめられる。彼の双眸《そうぼう》は輝きを増し、濡れたように潤んでいた。そんな瞳で情熱的に見つめられると、背筋がぞわっと震えてしまう。

「愛おしくてたまらぬ……。陸をこの手に抱ける喜びがな、勝手に八界へ流れていく」

「え……」

「私の喜びの感情が世界の隅々まで拡散され、大気に溶け込み、森羅万象《しんらばんしょう》すべてに影響を与えている。かような現象を引き起こすのは、生まれいでてより初めてだ。大地は潤い、人も魔族も、動物も虫も、植物も、生きとし生けるものすべてに恵みが行き渡っているのだと感じる。己の幸福を、祝福としてばらまいているようだ。無意識にな」

「……なに、それ」

あまりに壮大な話に、まったくついていけない。ぽかんと口を開ける俺を見て、リューイが密やかに笑った。

「だから、私にも初めてのことでわからぬと言っているだろう」

「……」

「陸を私の元へ導いてくれた――世のめぐり合わせに、感謝せねばな」

数千年の時を生きているという竜王様にわからないことが、俺にわかるわけがない。だけど、彼が俺に触れることを『喜び』と表現してくれたことが、ただ嬉しい。とりあえず、まだ魂は歪んでいないらしい。

俺は、彼のそばにいてもいいのだ。

「ふ……ぅ、……」

堪えたつもりなのに、喉の奥から変な泣き声が漏れる。

身体を突き貫くように感じた不安のあとに訪れた、安堵と、嬉しさ。喜び、愛おしさ。様々な感情が入り交じったこの気持ちを、なんて名づけたらいいんだろう？

好き、だとか。愛してる、とか。

そんな照れくさい言葉、自分には一生縁がないと思っていたのに、その言葉でしか言い表せない。

頭の中も胸の内も、リューイへの想いだけでいっぱいになる。

竜王様にとっての、神様？　神様の、神様？　どう呼べばいいのかわからないけどさ、なんて残酷なんだろう。永い永い歳月を生きて機械的につとめをこなす彼にこんな喜びを一度与えておいて、なんで結局はそれを取り上げて、再び孤独に突き落とすようなことをするんだ。

お気に入りの魂が見つからない期間、死にたくなるほどの退屈と孤独に苛《さいな》まれ、世界を滅ぼすほどに荒れ狂う狂気に飲まれるのだというこの竜に、ずっと続く幸福と安らぎが訪れてほしい。

俺にできるのは、彼に飽きられるまでそばにいることだけ？　白碧城に長く留まれるように、努力することしかできないのだろうか。長く留まれたところで、結局彼を置き去ってただ老いて死にゆくだけの、人間に過ぎない。

自分がちっぽけで、なんの力も持っていないことが悔しくて、悲しかった。

俺の短い一生なんて、いくらでも捧げるから。

竜王様《リューイ》を、幸せにしてあげたい。

「陸、また涙をこぼして……。今度は、なんだ。なぜ泣いておるのだ？」

人類を管理する立場のくせに、人の気持ちに疎い竜王様。そんなところだって、なんだかもう可愛くてたまらないんだよな。

「俺も、リューイに出会えたことを感謝しなきゃなって、思ったんです」

狼狽して落ち着かない様子だったリューイが、不意をつかれたように息を詰めた。

「……は、……陸。そなた、なぜ唐突にこちらが浮き立つようなことを言うのだ。いつもそっけなくて、無口なくせに……」

俺、無口なのかな。

好きだとかそういう感情的なことは、言っても無駄だと思っているから口に出さないけれど。

多分、言葉を紡ぐより先に、胸の内が様々な感情でいっぱいになって押し出されて――溢れるように涙がこぼれてきているんだと思う。

「そばにいられて、幸せです。リューイも、俺と過ごすことを喜んでくれて……、それが世界に伝わり溢れているなんて、生きとし生けるものすべてが幸せだなんて、すごい」

「陸……」

「俺……リューイに出会うまで、自分の存在する意味なんてないと思ってた。誰にも、不要な存在だって……」

ずっとひとりぼっちで生きてきて、一生そうなんだろうって諦めていた。

苦しかった、寂しかった。

その気持ちを吐露《とろ》する相手すら、いなかった。リューイに出会えて、ようやく誰かに必要とされる幸せを知ることができたから。だから……。

「リューイにとっては、短い時間でもいい。そばに居たい」

叶うなら、永遠の幸せを与えられる存在になりたいけれど、そんな力は俺にはない。

せめて、ひとときの安らぎを与えられる相手になりたい。俺の頬を包み込む彼の手に自分の手を添えながら、瞳を見つめて、素直な気持ちを訴えた。

ビシッと、激しい音がたつくらいの勢いで、リューイの美麗な顔の横にトゲトゲのひれが出現する。目には瞳孔の縦線が入っていて、明らかに竜化していた。

はっ、はっ、と、呼吸が荒く継がれ――。

「陸、短い時間などと言わないでくれ。私は……私は……」

「わかってます。寿命も違うし、俺の魂が歪んだら終わりな関係ですよね」

「……っ」

リューイの眉根が寄って、ひどく息苦しそうに口元がわななく。

「嫌だ、陸……！　そなたを想うこの気持ちが冷めるなど、考えたくもない！」

「うん。考えずにいましょう」

「……？」

見つめ合う竜の瞳が、瞬いた。

「リューイも、俺も。今、そんなに魂がぴったり寄り添っているのなら、全力で幸せを満喫《まんきつ》しましょう。でね、その幸福な記憶があったら、いつか離れてしまったあとも、思い出して何度でも幸せを味わえるんじゃないかなって思うんです」

「陸……」

「少なくとも、俺はそうなる。リューイと過ごしている時間を、きっと何度も何度も思い出して――『竜王様のお気に入り』だった期間を、宝物にできますから」

ぶっさいくで、笑ったら悪魔みたいだなんて言われている顔。ぼろぼろと涙をこぼしながら、無理やり浮かべた笑みはさぞかし滑稽《こっけい》なんだろうけれど、この人だけは好きだって言ってくれるから、安心して笑うことができる。

「陸……！」

折れんばかりに抱きしめられて眼前に迫った彼の皮膚に、今までに見たことがない勢いで、びしびしびしっと鱗が出現した。

「なんといじらしいことを申すのだ……そのようなことを申すそなただからこそ、殊更《ことさら》に愛おしいのだ。ああ、愛したい。そなたを愛したくてたまらぬ。今の気持ちのまま、時を止めてしまいたい」

密着している下半身に彼の昂りが押しつけられて、こちらまで欲望を煽られてしまう。

「性急ですまない。竜王種は『お気に入り』を愛おしいと思うほどに発情して、竜の本能が表に現れてしまう」

「あ、謝らないでください……お、俺だって……」

俺だって、彼が欲しいのだから。


「——あ！」

脳内が淫らに蕩けてしまう前に、どうしても話したかったことを思い出して、なんとか冷静になろうと理性を総動員させる。

「待って、待ってリューイ……俺、今日はお願いしたいことがあったんです」

ベッドに押し倒されて、荒々しく服を剝《む》かれんばかりの状況だったが、リューイの服をつまんで引っ張った。

ひとつだけ、おねだりをしようと思っていたのだ。彼と繋がり合うと頭が真っ白になって、普段以上に気持ちを伝えられなくなるから、その前に……。

「なんだ？　そなたの願いならば、なんでも叶えたい」

「あの……あなたの『お気に入り』がなにか嫌な思いをしたら、そんな目に遭《あ》わせた相手に竜王様が罰をくだすって聞いたんです」

「当然であろう。特に、そなたに害なすものがいれば、雷を落とすなり八つ裂きにするなりして命を奪ったとて物足りぬぞ。私が知らぬ間になにかあったか」

「ううん……。リューイ……俺のお願い、聞いてくれるんですよね？　もし、俺が誰かに傷つけられたとしても。……ん、ぁ……はぁ……。その相手に、罰を与えるようなことはしないでほしいです」

「なにを言う」

リューイは俺の腰布をほどいて胸元や首筋に唇を這わせていたのだけれど、身を起こして不思議そうな表情になってしまった。

「リュティビーアの人々は、敬うと同時に恐れているんです。竜王様の『お気に入り』を」

「どういうことだ」

「みんな、腫《は》れ物に触れるように接するんですよ。竜王様の神罰を恐れて。俺は、彼らに壁を作ってほしくないし……それに、リューイが理不尽な神だと思われたくない」

「私が、理不尽？　人間になんと思われようがどうでもよい。大切なのは、そなただけだ」

「リューイは、直接関わることがないから……。俺……。俺は、別にどう言われてもいいけど。竜王様が、お気に入りの言いなりだったたっていう風評が、嫌だ。竜王様自身を、貶めないでください」

「……」

リューイは黙り込んでしまったけれど、ややして「約束はできぬ」と呟いた。

「陸が心を痛めるのも悲しい思いをするのも、たまらなく嫌なのだ。陸が泣くと、私まで心が引き絞られるような心地になる。いつも、嬉しくて泣いている、と言われてな……ようやく安堵できる」

「リューイ……」

「魂はもちろんのこと、そなたの泣き顔も、笑顔も、すべて好きだ。愛おしくてならぬ。だからこそ、陸に害なすものがあればあらゆるものを取り除く。笑っていてほしい。嬉しくて泣くのは甘受《かんじゅ》するが、悲しんで泣くようであれば、その原因をなんとしても排除する」

馬鹿。俺が悲しくて泣くのは、ここのところいつだって、リューイが原因なのに。

ちっとも、わかっていない。

リューイと離別する未来の予想をしては、その時の悲しさを想像したり、残していく竜王様《あなた》の孤独を想像して、泣けてくるんだ。

でも――もっと馬鹿なのは、すべてを好きだなんて歯の浮くような愛の言葉を贈られて、舞い上がっている俺自身。彼の口からこぼれる『好き』という言葉の響きだけで、まるで俺を天国にいるような心地にさせてくれる。

「約束はできぬが……陸がそう言うのなら、勝手に罰を下したりはせぬよう、気をつけることとしよう」

それでいいか？　とこちらを窺ってくる、眉を寄せて縋るような目が可愛い。

もっと、尊大な態度でいてもいいのに。

返事の代わりに、竜王様の唇に口づけた。

いつもリューイを受け入れている場所は、最初の頃に比べてすぐに柔らかくほぐれるようになった。

男だから当然、勝手に濡れることはないので、しつこいくらいに香油を送り込まれてとろとろにされてから彼を受け入れるのだけれど……。

なんでだろう。リューイのことが好きだと自覚してからは、更にそこが柔らかくなるのが早くなった気がする。ひとつになりたいと、心も身体も求めているからだろうか。

前戯だけで散々喘がされたあと、息も絶え絶えな身体を仰向けに寝ころばされて、股を開いたまま膝を胸につくほどに折られる。勃起している自分自身の未成熟な性器も、ひくひくと震えてぬかるんでいる孔《あな》も、彼には丸見えの状態にされて……羞恥に、喉が震えた。

「リューイ……恥ずかしいです……。そんなに、見ないでください……」

恥ずかしさを訴えて足を閉じようとするのに、リューイはまじまじと見下ろして、太ももを押さえて広げながら亀頭の裏筋を親指でなぞり上げた。

「ひぅっ」

ぴゅくんと、先っぽから雫《しずく》がこぼれてしまう。

「あ、……ぁ……」

「可愛い。陸、こんなに感じて……」

全身を舌と指で愛撫されている間、一度も射精を許されなかったので、もう限界まで張りつめている。

「余計な体毛がないから、そなたのここはなにも隠すことができぬな」

「や……っ、変なこと、言わないでくださ……っ、ぁ！」

香油で濡れたリューイの指先が陰茎からつつ、と下へたどっていき、袋をにゅるにゅる握ったかと思うと後孔に到達して、ぬめった穴の縁を撫で回す。

「ふぁ、ぁ……っ」

「どこもかしこも真っ白な肌の中、初々《ういうい》しく充血して、濡れて光っておる……淫靡《いんび》極まりないありさまだ」

いやらしい身体だと言われているようで、全身が燃えるように熱くて恥ずかしいのに。

この身体がそんなにも彼の情欲を煽ることができているのだとわかって、嬉しくも思えるなんて。

身体も心も全部が昂って、たまらない気持ちになる。

「は、あ……っ、リューイ……いや……」

「なにが嫌だ？　ん？」

ぬくぬくと親指の先だけを出し入れするリューイ、意地が悪い。

自分だって、股間の屹立は臍《へそ》につきそうなくらい天を向いているし、血管を浮かせて興奮しているくせに。

竜の皮膚を持つリューイのグロテスクな性器は、最初は怖くて仕方なかったのに——たくさんの快感を与えてくれるものだともうわかっているから、今では見ただけで条件反射みたいにエロい気分になっちゃって、ダメだ。——欲しい。

「ふ……ぅ……っ、意地悪……」

元々泣いていたから、多分目の縁は真っ赤だと思う。でもそこに、熱い涙がまた盛り上がって視界が潤む。

「リューイが、欲しいです……はやく……」

「陸……すまぬ。いじめすぎたな」

「ひどい……」

言葉では謝りつつも、口元をほころばせて嬉しそうなリューイが、覆い被さってくる。

「ねだられるのが、好きなのだ。そなたの方から求められたくてな、……焦らしたくなる」

充溢《じゅういつ》した彼自身を、ぴたりと押し宛てがわれた。先走りのせいか存分に濡らされていたせいか、ぬるっとした感触のあと、スムーズに先端が埋まってきた。

「はぁ、あ、ぁ……」

先端の太い部分が収まるまでは、まだ少し苦しい。ここが収まるとあとが楽なのはわかっているから、力を抜かなきゃ。

「……きついか？　ぅ……いつも以上に、興奮しておるやもしれぬ」

「大、丈夫です……っ」

はあはあと息を吐きつつ、ゆっくり腰を進めてくるリューイを受け入れた。確かに、普段以上に圧迫感がある、かも。

「……っ、は……、陸……っ」

「ん……ぅ、……あ、ぁっ……」

リューイはすべてを収めたあと、俺が落ち着くまで動かずに待ってくれる。ゆらゆらと、本当にちょっとだけ腰を蠢《うごめ》かせて、自分のかたちに馴染《なじ》むように。

セックスなんてリューイとしかしたことがないけれど、とても大切に抱かれていることがわかるから……自分の内部でドクドクと脈打つ彼の興奮を感じられるこの時間が、好きだ。

「リューイ……もう、いいから……。動いて……」

「陸……っ」

せつなげに囁いて、俺の膝裏を持ち上げながら、リューイがゆっくりと腰を使いはじめた。

「あぁ、あっ、リューイ……」

動きが速くなるにつれ、結合部からぐちゅぐちゅと湿っぽい音が響く。

緩急《かんきゅう》をつけてリューイの硬い欲望が体内の粘膜を擦り上げるたび、たまらない快感が走り抜ける。

数ヶ月前までは、こんな場所で感じるなんて、想像もしなかったのに。

同時に勃起した陰茎を扱かれ、男としての直接的な性感まで刺激されると、目眩《めまい》がするほどの快楽にみまわれる。

「リューイ！　……っぁ、だめ……っ」

「ん？　気持ちがっ、いいか？」

腰の動きも手の動きも止めないまま意地悪げに言い放ちながら、快楽に目を細めて俺を見下ろすリューイ。白皙《はくせき》の肌は汗ばんでいて、瞳が潤んでいる。快楽に蕩けた目元と半開きの唇がめちゃめちゃ色っぽくて、下腹の奥がきゅぅんと重くなった。

「……ふっ、……ぅ……陸、あまり締めつけるな」

「あ、だ、って……ぁ、ああっ、ぃ、い……気持ち、ぃ、からぁっ」

「……っ」

リューイが、腰の動きを速めた。

たまにずるっと抜け出て、硬く張った部分が俺の感じる腹側の壁面に当たるよう、擦りつけながら浅いところで出し入れする。

この前後運動をしながら性器をぬちゃぬちゃ扱かれると、頭の中が真っ白になるくらいの快楽で支配されてしまう。手には力が入って、シーツがぐしゃぐしゃに乱れてしまっているのが、涙でぼやけた視界の端に映った。

「ん、ぅ……っ、ぁ。あ、あ！」

リューイの律動に合わせて全身が揺さぶられるたび、頭から足の指先まで蕩けてしまいそうな快感が走り抜けて、悦楽の奔流《ほんりゅう》に身を委《ゆだ》ねることしかできない。

「や、だめ、だめ……！　ん、も、っいく……」

「ん……私も、もう……。陸、一緒に……」

肌と肌がぶつかり合う音とともに、ぐちゅぐちゅとリューイが出入りする淫らな音が響いて――聴覚すらも犯されているような錯覚に陥る。

「あっ！　あー、……っ、ひぅ……ん、……っ」

「……ああ……陸っ、……はぁ……っ」

「ん、ん……！」

体内でリューイが一際大きく跳ねたかと思うと、弾けるように、熱いものが身体の奥で広がり……その熱さに身を捩《よじ》る自分もいつの間にか射精していて、彼の手を白く汚していた。

ひくん、ひくんと連続して震える身体の上に息の荒いリューイが覆い被さってきて、逞しい胸板に包まれる重みと閉塞感すらも、心地がいい。

汗でしっとり上気した肌と肌が密着して、息を整えている間もリューイの指先がいたずらに腋や腰を撫でてくるので、お返しとばかりに足を腰に回して、ぎゅっと自分に引き寄せた。

「はは……陸、そんなに可愛いことをすると、止まらなくなる、ぞ……」

中に入ったままのリューイが再び体積を増して、みっしり硬く育っていく。

「ん……。一回で終わったことなんて、ないでしょう……？」

首筋を抱き寄せて、鱗の浮かぶ肌に口づける。

人間の耳がある部分に放射状に出現しているトゲトゲのひれは、間に張っている皮膜の部分に産毛があって柔らかい。撫でるように優しく触れると、リューイの身体がぶるっと震えた。

「陸……っ」

「わっ」

突然、視界がぐるんと入れ替わった。繋がったまま、彼の身体の上に乗せられている。

先ほどまでとは逆で、自分がリューイを見下ろしている状態。

「そなたは……日を追うごとに艶めいていくな。私は、翻弄されてばかりだ」

熱に浮かされたような表情で、また変なことを言っているリューイ。好き勝手にめちゃくちゃにされてるのは、俺なのに。でも、もっとめちゃくちゃにされたい。頭の芯が焦げつきそうな絶頂を、何度でも一緒に味わいたい。

体内を貫く杭《くい》は完全に復活しているようで、俺の中を満たしている。両手が尻たぶを撫で回したかと思うと、ぐにゃぐにゃと揉み込まれた。

「や、や……」

揉みしだかれるとリューイの出した体液が、彼を包む粘膜と杭に絡んで、ぬるぬると広がっていく。

「……ああ、気持ちがいい。陸、動いてくれ……」

「……、ん……」

俺が主導権を握り上になって動くということが初めてで、戸惑いながらもリューイの胸に手を置いて身体を揺すってみた。

片手で俺の腰を支える彼のもう一方の手は脇腹を撫で上げたあと、尖りっぱなしの乳首を戯《たわむ》れにいじったりころころところがしたりする。

「あ、ぁ……、胸、だめ……っ」

「そなたはここが、好きよな」

「……ん、あ。ぁ……だめ。そこ触られたら、すぐ、いっちゃいます……ぁ、ん……」

口からはだめ、なんて言葉がこぼれるのに。腰が勝手に揺れて、自分の中のいいところに、リューイの硬い性器をごりごりと擦り合わせてしまう。

「陸がよいと、私もよいのだ……、はぁ……。そなたの中がうねって、絡みついてくる……」

眉を寄せながらも、目をうっとり細めて熱い吐息を漏らすリューイを見ていると、もっと感じさせたくなる。

摘まれる乳首からびりびり感じる性感に身を任せて、尻をぺたんと密着させては腰を浮かせ、自分の内壁で彼を扱くように懸命に上下させた。

「あっ、ん、ん……っ」

でもやっぱり腰の振り方なんて、わからない。気持ちいいけれど、自分の拙《つたな》い動きでは正直もどかしい。

「リューイ、ね、動いて……っ、はぁっ」

「陸……っ」

陶酔《とうすい》したように俺を見上げていたリューイが、急に起き上がって俺の腰を摑んだ。

そのままがつん、と身体を引き寄せられ、同時に下から激しく突き上げられて、もどかしさは、あっという間にどこかへ行ってしまった。

「あ、あ、……あぁっ！」

自重もあってか、奥の奥までリューイが潜《もぐ》り込んできては激しく内部を擦って、たまらない刺激が生まれる。俺の勃起した性器は彼の腹と自分の下腹部に挟まれて擦れて、先走りを漏らす屹立も内部も、めちゃくちゃに感じた。わけがわからなくなってきて、目の前の身体にやみくもに抱きつく。

「いきなり……っ、や、も……、いっ、く！　あっ！」

「達け。好きなだけ」

「んんっ、……ん、ぅ……っ」

ガツガツと揺さぶられて、二度目だというのに、本当にあっけなくいってしまった。

足の爪先まで痙攣するような震えと、脳内が真っ白に染まるような快感に襲われる。ぎゅうぎゅうと締めつけてしまう体内を穿つ動きは止まらず、しがみつく俺の身体は揺さぶり続けられる。

「あ、……ぁぁあ、ふぁ……」

射精したら落ち着くはずの快感が、頂点に達したまま降りてきてくれない。達しながら体の内側を刺激され続けているせいで、緩く勃ったままの性器の先端からは白く濁った液体が少量ずつ、とぷとぷと溢れ続けている。

気持ちよすぎて、怖い。

ずっと、気持ちがいいのが終わらない。怖いくらいなのに、続けてほしい。

弛緩《しかん》した身体を、体内に残っている精液を攪拌しながら腰を回して突き上げられるたび、自分がリューイと溶け合って、混ざってしまっているような歓びが身体を満たし、倒錯的《とうさくてき》な幸福感に包まれる。

「あー、ぁ、……っ、ぁ、ぅ……っ」

口、閉じられない。意味不明な声が、ずっと漏れてる。足はだらんとしてて、もう彼に揺さぶられるままだった。

「陸……陸……っ」

忙しなく継がれる呼吸の合間に呼ばれる、自分の名前。

この世でただひとりだけ、俺の名前を——こんなにも愛おしげに呼んでくれる。

だから、俺も。愛おしくてたまらない彼の名を囁いた。

「リュー……イ」

俺が名づけて、俺しか呼びかけない、彼の名を。

「リュ、イ……！　……っあ、あ、あっ」

「く……っ」

「ん、あっ、あ、……はあ……、リューイ……っ」

互いしか、この名を呼び合う相手はいない。

だからもっともっと、名前を呼んで。思い出に刻んで。

「あっ、あ、あーあぁ、リューイ、ぃ……！　ぁ、あ！」

「陸……っ！　は、……」

「ん、ぅ、……っ、ぁあ……っ……！」

リューイの動きが、一層激しくなる。抜き差しが狭く、間隔が短くなって、やがて奥深い場所で動きを止めた彼が、唸り声を漏らしながら達したのがわかった。欲望を放ったあとも、びく、びくっと腰を震わせている。

それに合わせて俺もまた、だらだらと精をこぼしていた。

「陸……」

互いの吐息が荒いまま、ぎゅ、と抱き寄せられて汗ばんだ胸と胸を重ねるように密着し合うと、ドクドクと脈打つ心臓の鼓動が自らのものなのか彼のものなのか、混じってわからなくなる。

身体の奥深くで繋がって、好きな人と愛し合える贅沢な時間。

何度味わっても、飽きることなんてない幸せな時間。

リューイにとってはお気に入りに発情したから、ただするだけの行為なのだろうか。

もしも、違うなら。ほんの少しでも、この幸福な気持ちが共有できているのなら――いつか俺がいなくなっても、心の片隅で、憶《おぼ》えていてほしい……。


朝、起きるとリューイは隣にいない。

俺の体力のなさのせいなのか、リューイに抱かれた翌日は起きる時間が遅くなってしまう。竜王様の寝所でそのまま寝ていることもあれば、与えられた部屋のベッドで目を覚ますこともあって、身体は綺麗に清められている。

自分で歩いて食事をする広間に行って朝ご飯を食べることもあるけれど、タイミングを見計らっていたかのように、セイさんかコウさんがトレイに載った朝食を持ってきてくれることの方が多い。すぐには足腰が立たない日もあるので、助かる。

朝食のあと、書机に向かい、前日の出来事を記録していく。

日記って、その日にあった出来事を夜に書くのが一般的なのだと思うけれど、夜はリューイと過ごす時間だから、翌朝に書くことにしているのだ。

昨日のことを書き記そうとすると、情熱的に抱き合った時間の記憶ばかりがよみがえってきて……思考がふにゃふにゃと崩れてしまい、下半身が、甘く疼く。

だって、すごく嬉しい。

リューイは俺の魂が歪むどころか、寄り添うように好ましく形を変えていると言っていた。日記だから冷静に書かなきゃって思うのに、昨日のシジスさんとの会話から、リューイとの会話、思い出せる限りを書き綴っていく過程でも、頬がへらりと笑み崩れてしまう。

魂の変容がどういう現象なのか、見えもしない自分には結局なにもわからないけれど——。

俺がリューイに惹かれはじめた頃から相性がよくなっているのなら、それはお互いを想う気持ちなんじゃないのかな……なんて、考えた。

明確な答えは竜王様自身にもわからないのだから、考察は無意味かもしれない。そんなことよりも一緒に過ごせる日々を大事にしたいと、今はそれだけを強く思う。

……あれ？

記憶をたどりながら行動や気持ちを細かく文章化していて、ふと疑問を覚えた。

リューイと一緒にオリエイリオへ行った日の出来事から、日記にはこと細かに覚えている限りの事柄を書き記している。ページをめくり、書きはじめの部分を何度か読み返して、感じた違和感の正体を摑む。

『お気に入り』が現れず、竜王が荒れる時があると聞いた。

複数の世界を滅亡に追いやるほどに荒れ狂う原因は、退屈だという。竜王様はすべてに飽いて、自分が死ねるかどうかを試すために、世界のすべてを壊そうする。

『残念ながら、怪我や病気で死ぬことはないな。老衰しか死ぬ方法はない』

竜王種は、代替わりする。

死ぬ手段は、老衰しかない。しかし、その寿命は均等ではない。

早くに生涯を終えた竜王と、恐ろしいほどに長寿の竜王。

――両者の違いは、なんなのだろう。

余話　竜王の困惑

八つの世界を管理する、人智を超越した存在たる神の眷族——竜王は困っていた。

ただ、その困惑には甘美さも混じっており、困りつつも嬉しい、というとても複雑な感情を彼の心にもたらしている。


今日も今日とて、竜王はティタル・ギヌワにて自身が統括する世界の調和と管理というつとめに邁《まい》進《しん》していた。

最近、あの世界の人間が増えすぎているのでなにか災害でも起こすかと熟考したり、こちらの世界のエルフが迫害されているのも、度が過ぎるようなら救済措置を取らねばと、目まぐるしく思考をめぐらせていたのだが……。

ふと気がつくと、自分の尾の元辺りのなだらかな背に、小さなぬくもりと重みを感じたのだ。

自身につかず離れずの距離で、陸が絵を描いていることは認識していた。

本音を言えば朝から晩まで、終始侍《はべ》らせたいほどのお気に入りである彼だが、竜形態の自分では、ちょっと動いて尻尾が当たったり、爪が掠ったただけでも傷つけてしまいそうで恐ろしい。

しかし、人型を取るとつとめに集中できない上に『お気に入り』に発情しやすくなってしまうので、竜形態である方がまだ衝動を抑えられて好都合なのだ。

竜である己《おのれ》からすれば、ただでさえ人間は脆《もろ》いというのに、陸は特にひょろひょろと頼りない体つきをしているので、余計に心配である。

「邪魔しないように気をつけるから、そばにいて絵を描いていてもいいですか？」

陸からそんなふうにお伺《うかが》いをたてられた時、なぜ断らなかったのかといえば、竜王の甘さのせいだ。彼の願いごとならばなんであろうと叶えてやりたいし、しかも『そばにいてもいい？』だなんていじらしいことを請われて、舞い上がった竜王は断ることなど、頭に思い浮かびもしなかった。

ティタル・ギヌワには基本的に、人間を入れない。

偶然故郷を見せて里心をつかせたくないという理由もあるが、人間にとっては残虐で恐ろしいと感じるような映像が大量に流れるからだ。

戦場しかり、天災しかり。日々、八界のありとあらゆる場所で夥《おびただ》しい数の生命が災厄に見舞われている。陸という『お気に入り』が在《あ》るおかげで竜王の機嫌がよく、不幸が緩和されている今日この頃とはいえ、世が移ろう中にあっては当然のこと、どこかで生物が死に、殺し合い、捕食され、もがき苦しんでいる。

人間は、たとえ自身に無関係のものであっても、生物が死に至る映像を見るとショックを覚え、時には精神を病んでしまったりするので、極力つとめの間には『お気に入り』を入れないようにしているのだ。

だが、陸が絵を描いている間くらいはそんな映像を排除し、竜王自身もなるべく注意しながらそばにおらせればよいかと軽く考えて、ティタル・ギヌワに入る許可を与えたのだった。

竜王が愛してやまない『お気に入り』である彼は今、竜王やカエルを描写するのがまいぶーむ、なのだとか。

「だって、こっちの世界って写真がないから」

そんなことを言っていた。しゃしんとはなんだろうかと首を傾げると、訊ねられた陸自身も戸惑ったように首を傾げてしまった。

「ええー？　写真、写真の説明か。うーん、意外と難しいな……。今この瞬間の現実を投影できる、ものすごーく精巧な絵って感じですかね。俺の元いた世界では、カメラっていう機械で簡単に写実できたんですけど……伝わってます？」

俺って頭悪い、ちゃんと説明できない……などと呟きながら陸が落ち込んだので、竜王は「詳細な説明はいらぬ」と、慌てて慰めた。

なにせ陸は、よく泣く。それも、静かに涙を流すのだ。

竜王の知っている人間というものは、悲しかったり悔しかったり怒っている時に泣くことが多かったように思う。感情的《ヒステリック》になる場合が多いので、竜王は泣いている人間が苦手だった。いくらその時の『お気に入り』でも、泣いたり喚《わめ》いたりしている様を見ると辟易《へきえき》してしまい、放っておこうという結論に至ってしまったものだ。

——そう。泣く人間は苦手だったはずなのに、時折しゃくり上げながら静かに涙をこぼす陸に関しては、まるで勝手が違った。

陸は、嬉しくて泣いたり、感動のあまりに泣いたり、落ち込んで泣いたりする。理由を訊くと、だいたい竜王にとっては不可思議なことが原因で涙している。

自身の名を呼ばれて嬉しいと、泣く。

『お気に入り』がいない期間の、竜王の孤独を想うと悲しいのだと言って、泣く。

ともにオリエイリオへ出かけた一日が楽しかったと、泣く。

彼が泣いている姿を見ると胸がざわめき、いてもたってもいられない心地に陥る。言葉の限りを尽くして慰撫《いぶ》し、一刻も早くその涙を止めなくてはならないという焦燥《しょうそう》に駆られるのだ。

竜は喜怒哀楽の感情が単純《シンプル》で、人の心の繊細な機微《きび》に疎い。陸が泣くと、原因を訊き出さないと理解できないし、訊き出したところで竜王には不可解な理由だから、なおさら彼のことが気になって仕方がない。

ただでさえ彼は、二千数百年に及ぶ期間、八界を管理してきた竜王が見てきた無数の人間の中においても、飛び抜けて美しい。魂の相性がよければ、白碧城に召し上げる人間の外見の美醜《びしゅう》など気に留めたこともなかった竜王の視線を奪い、ひと目で魅了するほどに。

最初は、突然八界のどこかに現れた好ましい魂に、ただ惹かれた。つとめを放棄してまでその存在を探し求め、ようやく召喚できた彼の姿を見た時の衝撃は忘れられない。

顎の尖った小さな輪郭《りんかく》。目尻の釣り上がった凛々《りり》しい琥珀《こはく》色の瞳、隆起に乏しい扁平な鼻筋。うっすら赤く色づいた、薄い唇。その唇からちらりと覗く、尖った歯が愛らしい。存在するはずもない、同族である竜が人の形を取ったかのような、美しい面差し。

探し求めて召喚した魂は当然のこと竜王の発情を促すものであったが、ほっそりとしなやかな肢体は可憐でありつつ、今にも消え入りそうなくらいに、弱って儚《はかな》げで――。しとどに濡れた衣服が、蒼く透き通りそうなほど白い素肌に張り付いている姿は扇情的《せんじょうてき》に過ぎて、その容姿と風情においても竜王の激しい欲望を駆り立てるものだった。

矢も盾もたまらず、その日のうちに身体を貪り奪い、強引に『お気に入り』と定めた。

八界とはまた違う異世界から来たという彼は状況が飲み込めていないようだったが、寄る辺《よるべ》ない環境だったらしく、すべてを諦めたかのように竜王に身を任せてくれた。

白碧城内に彼の存在を感じるだけで、発情する。接近すれば、なおさらだった。

神子でも生贄でもない、召喚による『お気に入り』は特別。

特別だなどといえば聞こえがいいが、竜王の勝手で突然召し上げたのだ。あまり恵まれた状況ではなかったとはいえ、一方的に現在までの人生すべてを捨てさせ、そばに置く。

それが人間にとってあまりに理不尽な事象であるのは、明白だ。

まして、竜王を畏怖の象徴としたり、信仰の対象として朧《おぼろ》げな概念を持ち得る八界の出身者ならまだしも、陸は別の世界の生まれだという。

彼からは、疎まれ厭われても仕方のないことだと思い、会話もままならず緊張した。

神たる、竜王が。

陸を探すために費《つい》やした日々のせいで停滞し、山積してしまったつとめという名の激務をこなしつつ、少しでも時間を見つけると彼の元へ通う。陸を面前にすると激しい発情に襲われ、会話するより先に閨に引き込んでいたせいもあり、意思の疎通がろくにできないまま日々が流れ、従者の報告で教えられた。

彼がリュティビーアへ渡ることなく、ただ部屋にこもっているのだと。

由々《ゆゆ》しき事態だった。

人間が白碧城に居続けると、あまりにも清浄な空気が逆に毒となり体に蓄積し、いずれ死に至る。

人間は、短命だ。竜王にとってはほんの瞬き程度の時間を、懸命に生きる種族。

あまりにも相違がありすぎて、わかり合うことなど不可能。竜王にはなんら価値を感じない、富や名誉、愛憎にしがみつき執着する不可解な生物である。

だが、陸はなにも望まない。人間が欲するはずの富も、名誉も、人々の称賛と交流も。リュティビーアへ行けば、なにもかも望みどおりになるはずなのに、それすらも彼の興味をひかないとは。

魂の形も好ましければ、容姿も端麗で。閨房《けいぼう》においては夜ごと、竜王に最高の愉悦をもたらす『お気に入り』の陸。

名を呼ばれただけで、嬉しいと泣く奥ゆかしさ。いつも、なにかを恐れるかのように儚く微笑む。

そんな彼のすべてが愛おしく、日々愛情が募る。

好意を寄せてくれとまでは望まない。せめて、長くそばに在ってほしい。そのためには、リュティビーアへ渡ってもらわなくてはならない。

どうすればいいのか。『お気に入り』とはいえ、人間を注意深く観察するなど初めてのことだった。

口数は少なく、笑わない。少食に過ぎる。すべてを諦めたかのような空虚さを秘めた瞳で、ひとり寂しそうに過ごす姿。

一方で閨での彼は、行為に慣れるにつれ、したたるような色香をまとい艶を増していく。竜王ばかりが耽溺《たんでき》し、彼を欲してやまない。まるで気狂いのように求める気持ちが昂るまま、褥《しとね》ではその身体を蹂躙《じゅうりん》し続けた。

『お気に入り』とはいえ、たかが人間ひとりのことにこれほどまで考え悩まされたことはなく、つとめの最中にすら気がそぞろになり、彼を目の前にすると落ち着かなかった。

破れかぶれで、騙《だま》し討ちのように彼を連れてオリエイリオに出かけてみれば、陸は竜王が面食らうほどに喜んでくれた。頬を上気させて興奮気味に景色の美しさを語る彼が愛らしすぎて、表面上は冷静さを保ちつつも、竜王の心は躍っていた。

しかも、なにごとか興味を持ってくれたのか、竜王についていろいろと質問されたのだ。

天にも昇る心地だった。

そして物見遊山《ものみゆさん》の最後には、初めて笑い声を聞くことができた。

大きく口を開けて心の底から楽しそうに笑う彼はあどけなく、無邪気で、雷に打ち抜かれたかと思うほど、竜王の心を大いに震わせた。この笑顔を再度見るためならば、なにを引き換えにしても惜しくはない。だが、そんなにも竜王の心を揺さぶった笑顔は、すぐに引っ込められてしまった。

（なぜだ。もっと、笑ってくれ。そなたの笑顔は、私を幸福にしてくれるのだ——）

竜王の心を蕩けさせる笑顔は、その翌日から控えめながらもたびたび、陸の表情として表れるようになっていった。

目元を覆うように無造作に伸ばされた髪を切り、美しい顔立ちをあらわにして。

贅をこらした色彩豊かな生地をふんだんに使用して仕立てられた衣装を身につけ、笑う陸。口元を手で隠すこともなくなり、リュティビーアへ渡るようになってくれた。

定期的に、リュティビーアへ渡るようになってくれた。

——同時に、陸の魂が変容していく。

歪むのではなく、竜王の魂に寄り添うような形へと変化していくので、彼の魂はそばにいるだけで心地がいい。

更にしばらく時間が経過すると、喜怒哀楽の表情がますます豊かになってきた。特に二日に一度、リュティビーアであった出来事を報告してくれる時の陸が、とても可愛らしい。その表情に見惚れて話を聞いていなかったりすると、「リューイ、聞いてる?」と拗ねる。その態度すらも愛おしくて、竜王は彼の機嫌を取るのに必死だ。

困ったことに……人間ごときに振り回されている己が、まったくもって嫌ではない。

八界の神たる竜王の孤独は今、これまでにないほど癒され幸福に満ち、忘れ去られていた。

人から見れば、竜の愛し方は不義理なのだろう、不誠実なのだろう。相手の魂が歪み、心が離れていく過程でその点を詰《なじ》られたこともある。

だが、そうされるとますます心が離れていくという悪循環を何度か経て、新たに『お気に入り』となった人間にはあらかじめ『数年で終わる』とカエルが勧告するようになった。

陸は、それを理解している上で、いつか終わってしまってもいいと言う。

思い出を宝物にできると。

長きに渡ってたくさんの『お気に入り』がいたけれど、そのようなことを告げられたのは初めてだった。

今まで何人もの人間が竜王の横に侍り、そして通り過ぎていった。

夢中になれる『お気に入り』が現れると喜ばしいが、心の片隅には常に、諦めが根を張っていた。

いずれ必ず己の気持ちは冷める。たとえ冷めなかったとしても、寿命の年数が違う人間の生涯に寄り添ったところで結局、竜王は若さを保ったまま、老いと死をただ見つめ、置き去りの存在となり果てるのだ。

そんなことは百も承知だというのに、陸を失う想像をしただけで――心が底冷えするような喪失感に苛まれた。

竜王は、陸に限っては思い出になどしたくない。

彼にとって、己の存在が過去の遺物になるなど、耐えがたい。

いっそのこと、魂の片割れのごとく、ぴたりと心に寄り添う愛おしい存在であるうちに、白碧城に閉じ込めて――弱っていくなら弱ってしまえ、この腕の中で死ねばいいという凶暴な激情が燃え滾《たぎ》り、次の瞬間には、陸を失ってしまえば間違いなく自分は気が狂う、その喪失感に耐えることなどできないと、心が冷え冷えと嘆く。

大事にしたい、永遠にそばに在ってほしい。

それが叶わぬ願いであることは、嫌になるほどにわかっている。

叶わないのであれば、彼を胸に抱きしめたまま、いっそ己ごと壊してしまいたい。

竜王は、相反するふたつの激情に身を焦がしている。

陸は、そのことを知る由もない。


陸、頼むから長く生きてくれ。

私の喜びが八界の、生きとし生けるものに祝福を与える現象に感動して、涙していただろう？　そなたがいなくなれば、狂ってしまう。狂った私はきっと、また世界を破壊する。

優しいそなたが愛する、リュティビーアすらも。

愛する者のいない、退屈で曖昧な世界など、いらない。今度こそ、徹底的に破壊し尽くしてやるさ。

虚無の中で、再生する世界と生まれてくる生命をただ観察する身に堕《お》ちてもいい。

陸のいない世界でなど、生きていたくないのだ。

次の『お気に入り』？　いらない。望まない。陸の代わりになれるものなど、いない。

魂がみっしりと隙間なく寄り添うことに満足を感じる反面、足りない、足りない。毎夜、この腕に抱いても。全然、足りない。

もっと愛したい、喜ばせたい。どんな悲しみ辛さも取り除き、楽しさだけを感じられるように。だから、もっとたくさんの笑顔を見せておくれ。嬉しくて流す涙ならば、歓迎だ。

私も一緒に、その感動を分かち合いたい。もう見飽きたはずの世界が、そなたを介するととても美しく、得がたいものに見えてくる。

陸がいればこそ、この幸福に浸り、八界の秩序を維持しようと思えるのだ――。


手元に柔らかな夜具を出現させ、鋭い竜の爪が掠めぬよう細心の注意を払って、眠る陸の身体に被せた。

幼い寝顔を晒す陸が、もぞもぞと動いて竜王の身体に擦り寄ってくる。

静かに見守りたいような、その幼気な寝顔にすら発情して、襲いかかりたいような。

そばでうたた寝をしているだけで、竜王に困惑をもたらす『お気に入り』。冷静につとめを継続することは、できそうにない。

愛おしくて仕方のない人間の寝顔を堪能しつつ、しばしの休憩を入れることを決定した竜王は……そっと、目を細めたのだった。

Dragon King's Favorite

贈り物

窓の外から、ぼーん……と低くて鈍い銅鑼《どら》の音が鳴り響いてきた。これはリュティビーア王都で、決まった時刻を知らせるために鳴らされる音だ。

「ん。そろそろ白碧城《はくへきじょう》へご帰城なさるお時間ですね。本日は、ここまでにしておきましょうか」

歴史書を閉じて微笑むシジスさんに、お辞儀《じぎ》をする。

「はい、ありがとうございました」

ここはレカトビア神殿内の一室。今日は、シジスさんから歴史を教わっていた。

昼間である今は室内に光源がなくとも、二面ある大きな窓から差し込む光だけで十分な明るさに満たされている。開け放たれた窓の外は天気雨なのか、明るい中も雨がしとしとと降り続いているけれど、庇《ひさし》が幅広に張り出しているので、雨が屋内に吹き込むことはない。透ける素材のカーテンが風で時折、ふわりと揺れた。

天井が高く、開放感のある部屋だ。細かい蔦《つた》の意匠《いしょう》が彫刻された白柱が四方にあり、壁はオリエンタルな幾何学模様が美しいタペストリーで彩《いろど》られ、床には足が浮いているように感じてしまうほど厚みのある絨毯《じゅうたん》が敷かれている。上品な室内には、白を基調としたマーブル模様の石材で作られた書机と、大きな鏡が備え付けられた鏡台、落ち着いた臙脂《えんじ》色のソファが設置されている。いつも草木と生花で飾られているため、生花から醸《かも》し出される自然の芳香が気分を安らげてくれた。

なんとも居心地のいい一室は、竜王様の『お気に入り』のための間である。長年使用されていなかったらしいが、レカトビア神殿に通うようになって少しずつ俺の物や衣料が増えてきたので、「ご自由にお使いください」と、クスタディオさんが用意してくれたのだ。以来、時にはエルミアを交えての学習も、この部屋で行うようになった。室内ではシジスさんと二人きりだけれど、閉じたドアの外には常に、神官が警備に立っている。

「シジスさん。ちょっと、ご相談があるのですが……」

「はい、なんでしょうか？」

「ええと……」

背もたれのある椅子に座っている俺に対して、シジスさんは机の横側にある円柱状のスツールに腰掛けている。今日リュティビーアを訪れる前から話を切り出す心づもりはしていたというのに、お金のことを相談するのだと思うと、やはり恥ずかしい。

相談があると言いながら口ごもってしまった俺に対して、シジスさんは心配げに眉を寄せた。

「ホシナ様、どうなさいました？　なにか深刻なご相談でしょうか」

「い、いえっ。あ……あのですね、その、お、お金のことで」

「お金？」

「俺が、ここで……現金を得るためにできる仕事や、お手伝いとかって、ありませんか？」

実に意外だというように、シジスさんは目を瞠《みは》った。俺がリュティビーアへ渡るようになって半年ほどが経《た》つけれど、金銭を欲したのは初めてだからかもしれない。

「ホシナ様が？　なにかご入り用でしょうか？　一言命じてくだされればリュティビーアの国庫より、お気に入り様のための財政予算をできる限り、ご用意させていただきますが」

「財政予算!?　そんなに大げさな額じゃなくて、ええと、お小遣い程度の金額でいいんです。自分のお金で買いたいものがあって。で、図々しいのですが、前借りとかお願いできないかな、と」

「自分のお金……。ああ、なるほど。少々お待ちください」

しどろもどろな説明だというのにシジスさんはなにかを察したようで、ひとつ頷《うなず》いた。そして立ち上がると、部屋の外で警備をしている神官に何事か伝え、俺のそばに戻ってくる。

「ホシナ様、あなたは存在するだけで、我々に妙なる恵みを与えてくださっています。金銭だろうがなんであろうが、ただお求めくだされればよろしいのですよ？　ホシナ様のもたらす恩恵の前では金銭など、なんら対価には値《あたい》しませんが」

「俺、面倒なことをお願いしてしまいましたか？」

「まさか。面倒だなどと、ありえません。どうぞ、もうしばらくお待ちくださいね」

「なにを待つんですか？」

「神官長を呼びに行かせました。執務室にいるクスタディオが、飛んでくるはずです」

えっ、クスタディオさんを、わざわざ呼んだ？　変な遠慮なんてせずに、お気に入り用の財政予算というところから、少しだけ金銭を包んでもらえばよかっただろうか。慌てる俺とは対照的にシジスさんはなぜか普段より機嫌がよさそうで、にこにこと微笑んでいる。十分も経たないうちに、クスタディオさんが現れた。

「ホシナ様、お待たせいたしました！」

クスタディオさんは、ヤシの実くらいの大きさの皮袋を両腕に抱えている。彼は「失礼します」と断りを入れて、その袋を書机の上に置いた。どすんと、重たげな音がする。

「クスタディオさん、こんにちは。すみません、お呼びだてしてしまって」

「なにをおっしゃいますか、いつでもお気軽にお呼びつけくださいませ！　それにしても、私はこの日を待ちわびておりましたよホシナ様！」

待ちわびていた？　なにを？　よくわからなくて戸惑っていると、クスタディオさんが皮袋のひとつを開いた。中にはざらりと大量に、金属片が入っている。

「これは、銀貨……？」

リュティビーアでは銀貨、金貨、青銅貨《せいどう》の順に価値が高い。銀は竜王様を象徴する色である上、金よりも産出量が少ないのだそうだ。名刺くらいの大きさをした長方形のファルノ銀貨と、同サイズのザヘル金貨。歪《いびつ》な円形の青銅貨には五百円玉大のジレ硬貨と百円玉サイズのグル硬貨と二種類があって、グル銅貨が一番貨幣価値が低い。日本での小銭といったところだろうか。

これらの通貨を俺は使ったことがないけれど、以前シジスさんにリュティビーアの生活様式について教わった時に見せてもらったので、それぞれの貨幣価値と形状は知っていた。

一番価値の高い銀貨が、二袋分……。どれほどの価値なのだろう？

「少ない額で恐縮ですが、こちらは、ホシナ様への給金として発生した金銭となります」

「えっ!?」

「ホシナ様の貴重なお力にて、いつも翻訳口述をありがとうございます。これは国庫からの支出ではなく、レカトビア神殿における神学と歴史学の学術研究費より発生している、ホシナ様への正当な報酬でございます。どうぞ、お納めくださいませ」

「そんな。ただ、自分が読めるものを読んでお伝えしているだけです。報酬なんてもらえません」

クスタディオさんは晴れやかな笑顔を浮かべると、声をあげて笑った。

「勝手ながら、ホシナ様はそうおっしゃって受け取りを拒否されるだろうと予想しておりました。ですが、あなたにとっては容易な翻訳によってもたらされる情報が、我々研究者にとっては全財産を投げ打ってでも入手したい叡智《えいち》にほかなりません。それもホシナ様の大事なお時間を割《さ》いていただき、教えを乞うているのですから、報酬の発生は当然のこと。文献を口述していただくたびに、報酬が積み重なっておりました。……いつか望まれた時にはお渡しできるようにと、今日というこの日を待ちわびていたのです」

お給料なんて、もらってもいいのかな……。文献の口述をすることは自分にとっても勉強になるし、彼らとコミュニケーションをとれる大事な場でもあるので、俺側のメリットだって大きいというのに。

心の中で迷っていると、シジスさんが、いたずらめいた表情で言う。

「ホシナ様、どうぞお受け取りください。あなたが白碧城へ何冊もの文献を持ち帰り、我々にわかりやすく口述するための下調べをしてくださっていることなど、お見通しです。神秘なるお力に対する報酬であるのはもちろんですが、ホシナ様の努力と誠実さへの謝礼でもあるのですから」

白碧城で予習していることは、なにも言わずともシジスさんにはバレバレだったか。文献の下読みが必要なのは、俺の頭の出来が悪いからなんだけど。

「……それじゃあ、遠慮せずにいただきます」

長方形の銀貨を一枚、手にとってみる。生まれて初めて自分が稼いだお金だと思うと、実際の重量よりもずしりと重く感じた。

「嬉しい。ありがとうございます」

銀貨を握りしめたまま彼らにお辞儀をして、感謝を噛みしめる。

「ホシナ様の持ち物をお預かりしていて、お渡ししただけですよ」

頭を下げる俺にクスタディオさんが慌てたように言い添えたけれど、クスタディオさんもシジスさんも目を細め、優しい笑みを浮かべていた。

自分の給料だという銀貨全部を持ち帰るには重たかったので、とりあえず十枚だけ白碧城に持ち帰った。銀貨一枚が、金貨二十枚分の価値だっけ。リュティビーアでは、なにが買えるのかな？　神殿内で学んだ文化や歴史は知識として納得していたけれど、買い物などの実践を伴《ともな》っていないので、いまいち価値感が曖昧《あいまい》だ。クスタディオさんが少ない額って言ってたし、あんまり高額じゃない気がする。——もし買いたい物の値段にお金が足りなかったら、リューイに借りよう。ちゃんと返せる自身の『財産』が、できたのだから。

「陸《りく》、どうした。眠れぬのか？　なにか考えておるな」

「え？　あ、いえ……。明日、楽しみだなって」

仰向《あおむ》けに寝ている俺の隣で、頭を支えるように片肘をついて横たわっているリューイは、ぱっと明るい笑顔を浮かべた。

「そうだな、デートは実に楽しみであるな！」

オリエイリオをともに再訪した時に手を繋《つな》いだので「デートみたい」と、つい呟《つぶや》いた声を聞き逃さず、「でーととは、どういう意味だ？」と追求されたので【恋人同士でお出かけすること】だと、教えてしまった。竜王様と俺の関係は、実際には恋人なんかじゃないけど……。

リューイはこの単語がよほどお気に召したらしく、数ヶ月に一度のオリエイリオへの遠出を『デート』と称するようになった。

明日は通算三度目のデートだから、今夜は夕食も風呂も早めに済ませて、竜王様の寝所でもう寝るだけの状態だ。人間がドラゴンに騎乗するのは体力を使う、という理由でリューイはオリエイリオへ行く前日、疲れさせないためにと俺を抱かない。だというのに一緒の寝台で寝たい、けれど俺が起きていて会話をすると発情してしまうので早く寝ろと、無理難題を申しつけてくる。

俺だって好きな人と寝ているんだから落ち着かないっていうか、彼に触れたいという欲望の欠片程《かけら》度なら感じているんだけどな。しかも、明日はふたりきりでお出かけ。わくわくするに決まっているし、昼間手に入れた自分のお金のことを思い出すと嬉しくて、なかなか寝つけない。

「リューイ、明日……リュティビーアの王都で買い物する時間を、とれませんか？」

「買い物？　なにか欲しいものでもあるのか？」

「はい」

「ふーむ。連れていこうと想定している場所はあるが、もし買い物に時間がかかるのなら、元々の予定は次の機会に回すか……」

「そんなに時間はかからないと思います。お出かけの最後の方に、王都でも、別の街でもどこでもいいから、お店のあるところに寄ってほしいんですけど」

「構わぬぞ。では予定どおりに出かけたあと、あまり遅くならないうちにリュティビーアの王都に寄って、商店を見ようか。ゆっくりと欲しいものを吟味《ぎんみ》すればよい」

「いいんですか？」

「ああ、もちろん。陸の希望が第一であるし……」

リューイは俺の前髪をさらりと掻き上げながら、口元を綻《ほころ》ばせて言葉を続けた。

「そなたが楽しくなくば、そもそも、デートへ出向く意味がないであろう」

彼の指先が柔らかく触れた額が、こそばゆい。リューイは口説き文句のようなセリフを臆面《おくめん》もなく言うから、そのたびに嬉しいけれど恥ずかしくて、どんな表情をすればいいのかわからなくなる。

掛け布団で顔の半分まで覆って、「ありがとうございます」と小さな声でお礼を言った。上掛けごと、長い腕に抱きしめられる感触。リューイの広い胸にすっぽり収まって安心する。だけど同時に胸が高鳴り、ますます眠気が遠ざかっていくので、困ってしまう。

「陸は、なにを欲しておるのだろうなあ。以前のように焼き物か、それとも新しい画材か？　また、たくさんの食料を買い込むか」

「……実は、リューイにも選ぶのを付き合ってほしい買い物があるんです」

そろっと目線を上げれば、俺を抱き込んでいるリューイの眼差《まなざ》しと、視線が重なった。

「私もともに選んでいいのか？　なにかな」

「あのね――」


オリエイリオは、現在雨季である。約四ヶ月ほどの雨季の期間は継続的に日々、雨が降り続く。数日間に渡ってスコールとともに雨が降りそそぎ、河川の氾濫《はんらん》や洪水といった災害が発生することも珍しくないらしい。しかし今年の雨季は、未だそのような事態には陥《おち》っていない。それが『お気に入り』である俺のおかげだなどとリュティビーアの人々に感謝されても、相変わらず実感がわかない。

だけど、自分の都合に合わせて天象を操る神様が実在しているのは、間違いないようだ。雨季のまっ最中だというのに、竜王様と俺の『デート』の今日は朝からよく晴れていて、いい天気だから。

その神様である白銀のドラゴンは非常にご機嫌で俺を背に乗せて、青空を悠々と飛翔している。

「陸、今日は海へ行く。そなたが喜びそうな場所を思い出したのだ」

「俺が、喜びそうな場所……？」

どういうことだろう。大海原の上空を飛ぶだけでなく、海辺に降り立つという意味かな？

今日はリュティビーアの王都近くには出現せずに山合いの上空に出現したから、オリエイリオのどの辺りにいるのかなんて、全然わからない。

わからないけれど――竜王様の背に乗って空から異世界を見下ろすのは、相変わらず爽快《そうかい》だ。

切り立った高山から流れ落ちる滝は水しぶきが激しくて、雨季だからか水量が増しているみたい。

眼下に広がる森林は以前見た時よりも緑が濃くて、瑞々《みずみず》しく感じた。乾季と雨季という季節の違いで、目に映る景色もなんだか違う。ひゅんひゅんと遠ざかっていく雄大な自然のパノラマは俺の目を楽しませ、感動で心を震わせてくれた。

竜王様は海上へ進み、そのうち前方に、高低差のある岸壁が連なった群島が見えてくる。群島の中央部には、そびえ立つ山脈。

「うわあ……！」

思わず、口から感嘆の声が漏れる。大海原の紺碧《こんぺき》から、海の色が徐々に薄い碧緑《あおみどり》色へと変化していき、島の海岸に至るあたりはエメラルドグリーン。真っ白な砂浜を取り囲む岸壁には湾曲している変わった形の樹々が生い茂り、赤とピンクの華麗な花が色鮮やかに咲き誇っていた。

「綺麗《きれい》！　すごい！　って、盛大に感動していたら――突然、足元の鐙《あぶみ》も手綱《たづな》も、尻の下にあった鞍《くら》も、消えた。

「わあああっ！」

ななな、なに、いきなり！　唐突な騎乗装備の消失に驚いて問いかける余裕もなく、俺は人の姿に変化したリューイに横抱きにされていた。上空から、結構な速度で下降していっている。

「リューイ！　び、びっくりしました」

「すまぬな。ついでに、服を脱がすぞ」

「え？　えっ？」

混乱している間に、下穿《したば》き以外の服や持ち物が消失してしまう。気づけばリューイも、上半身裸だ。

抱きしめられたまま、海面が迫ってきて――思わずぎゅっと目を閉じたら一瞬ふわっと浮いた直後、ばしゃん！　大きな水しぶきを上げて、ふたりの身体が海に沈んだ。

頭まで水に浸かって全身が大量の泡に包まれたけれど、海水は覚悟していたよりも冷たくなくて、案外ぬるい。リューイと抱き合ったまま、海面に浮上する。

「ふわあ……っ」

「ははっ、どうだ、気持ちいいか？」

「き、気持ちいいか、じゃ、ありません！　一度、砂浜の方に降りてくれたらいいのに……！」

驚きすぎたせいで心臓が激しく脈打ち、バクバクとうるさい心音が、耳に聞こえてきそうだ。

立ち泳ぎ状態で俺を腕に抱えながら、濡れた髪を後ろに流して白い額をあらわにしたリューイは、いたずらが成功した少年のように笑っている。うぐ……肌と髪が濡れてオールバック状態の彼は色っぽくて格好いい上にこんなにも屈託のない笑顔を見せられたら、怒りが持続しない。

「まあまあ、そう怒るな。浅瀬では見えぬ景色を見せたくてな」

「……？」

「そなた、泳げるとは言っておったな。潜《もぐ》れるか？」

「はい、大丈夫です」

大丈夫……かな？　そういえば俺、海に入るのって初めてだ。唇が塩辛い。プールは学校の授業があったけど、海水浴に行くなんて経験をしたことがないから、海に潜るのはちょっと不安かも。

「この辺りは海流が緩やかだから、難しくはないと思うが。私に掴まって」

「こうですか？」

リューイが俺の肩を抱き、俺は彼の背に手を回した。

「今からそなたの頭部を水で包むが、呼吸はできる。いいか？」

はいと頷いた途端《とたん》、リューイが作り出した水の球体に、顔全体が覆われた。視界はクリアで、後頭部に至るまで水に包まれている感触はあるけれど、息は全然苦しくない。俺の状態を確認したリューイは上半身を傾けて、緩やかに足を蹴った。ふたりで海へと沈んでいく。

（――うわあ、うわあ！）

海中で目の前に広がるのは、まさに絶景としかいいようのない光景だった。エメラルドグリーンの海中は水の透明度が高いおかげか、海底まで太陽の光が降りそそぎ、余すところなく明るい。あちこちにコーラルピンクと赤、白という複雑な色合いの珊瑚《さんご》が広がっており、大小様々な大きさの魚がすいすい泳いでいる。色鮮やかな原色系の鱗《うろこ》を持つ魚が多くて、黄色や橙《だいだい》色、黒いのや真っ赤な魚もいる。ひれが長くて、まるで泳ぐ孔雀《くじゃく》みたいに派手な模様の魚も。

海洋生物達は、まったく逃げる様子がない。それどころか、竜王様のおそばに寄りたいけれど遠慮している……とでもいうように、どんどん数が増えては、水中をゆっくり遊泳するリューイと俺の周囲を舞うように泳ぐ。人がまたがっても大丈夫そうな大きさの海亀が、海底すれすれに泳ぎながら姿を見せた。背びれが発達しているイルカによく似た海洋生物の群れも現れる。イルカもどきが上下にじぐざぐに泳ぐと水圧が波動となって、肌に優しい刺激を送ってきた。

更に数人の人魚達が姿を現し、彼らが出していると思《おぼ》しき、きゅきゅ、くるるる、という不思議な声が、細かい振動とともに海中を伝わってきた。

（すごい、すごい……！）

オリエイリオの海の中って、こんなに綺麗なんだ。海底って、こんなにも神秘的なんだ。

ウエストのくびれから上半身が人間、下半身が魚状の人魚は、男性も女性もいる。肌の色は淡い小麦色で、耳は魚のひれみたいな形状だ。色とりどりの髪はみんな一様に長く、水中でなびいていた。一定の距離を保ちながら付近を泳ぐ彼らは輝かんばかりの笑顔で、中には手を振ってくれる人魚もいた。

（リューイ、見て。人魚が、あんなにたくさん……）

興奮しつつリューイを仰ぎ見ると、彼は微笑みながら、まっすぐに俺の顔を見つめていた。

え、まさか。周囲の光景はそっちのけで、俺の表情を見ていた？

かーっと恥ずかしさがこみ上げてきて、ぎくしゃくと視線を落とす。……そういえば、俺が喜びそうな場所に連れていくのだと言っていた。リューイは、いつもそうだ。俺の楽しみばかりを優先してくれる。好きな人に大切にされているのだと実感できて、当然嬉しい。だけど……。

胸をぎゅっと締めつけるせつなさの方が強くて、目の奥が勝手に熱を帯びていく。

いずれあなたを置いて消えてしまう俺を、そんなに大事にしないで。いつか訪れる別れが、更につらいものになってしまいそうだから――。

うつむいたまま一度目を閉じて、泣きたい衝動を堪《こら》える。もし涙が多少滲《にじ》んだとしても、水塊に混ざって誤魔化《ごまか》せるだろう。そう判断して顔を上げ、ぎこちないのは承知で、できる限りの笑顔を浮かべた。最大限の感謝を伝えるために、彼が一番求めてくれているであろう自分の笑顔を。

(連れてきてくれてありがとう。とても、楽しいです)

水中なので声にはならなくとも気持ちは伝わったようで、リューイが満足げに目を細めて口元を綻ばせた。無邪気な表情からは、本当に喜んでいる気持ちが伝わってきて……彼の笑顔を見ることができて俺だって嬉しいはずなのに、どうしようもなく胸がざわめいて痛い。

見渡す限り広がる海中の美しい景色と海洋生物の演舞は、慕るリューイへの恋心とともに、深く記憶に刻まれた。

海の中を堪能《たんのう》したあとはリューイと手を繋いで、白い砂浜をしばらく歩いた。波打ち際を歩くと、細かい砂に沈んだ足に波がさらさらと触れては引いていき、くすぐったい。海って泳ぐのも気持ちいいし、ただ砂浜を歩くだけでも、楽しいんだ……。

「陸、疲れていないか？」

「はい、大丈夫です」

そう返事をしたのだけれど海中に長くいたせいか、ぶるっと震えてしまった。気温は低くないし、身体は清めてもらって、もう元の服を着込んでいるというのに、寒気を感じるなんて。

「すまない、身体が冷えてしまったようだな。よし、温まりに行こう」

「え？」

「この岸壁の向こう側に、火山があるのだ」

火山？ と、戸惑っている間にリューイにひょいと抱き上げられ、瞬く間に転移してしまう。

一瞬で、むわっとした湿度と熱気に包まれていた。移動した先は天井が高く、円形に広い洞窟の中央部のようだ。先ほどリューイが言っていた火山という単語から連想するに、溶岩でできているのだろうか？ 黄色や青、オレンジ、赤土色の結晶と岩石で彩られた岩壁のところどころから、しゅ、しゅー……と小さい音をたてながら、蒸気が上がっている。

「暑すぎるということはないか？ 火山の中心部から遠い場ではあるが、人間の感じ方は繊細で、私にはわからぬからな。苦しく感じるようなら言ってくれ」

「いえ……ほかほかして、気持ちいいです」

サウナみたいな場所なのかな。洞窟内には蒸気が充満しているけれど、天井にあるいくつかの亀裂から熱気がほどよく抜けていっているみたいで、冷えてしまった身体には心地いい暑さ。

リューイは水塊のソファを作り出すと俺を抱えたまま、片腕で背を支えて座った。もう一方の手には、ストローのささった細長いグラスが出現している。

「海中遊泳のあとは陸に水分をとらせるようにと、セイから言われていたのであった。飲めるか？」

「わ……。ありがとうございます」

至れりつくせりすぎて、驚いてしまう。コップを受け取ってストローで飲み物を吸い上げると、中身は冷たくて甘い果実水だった。柑橘《かんきつ》系の爽《さわ》やかな酸味と香りが、口の中に広がって喉を潤していく。思いのほか喉が渇いていたようで、遠慮せずにごくごく飲んでしまった。

「あ。すみません、結構、ひとりで飲んじゃった……。リューイも飲みますか？」

残りが少なくなったグラスを差し向けると、リューイはにこりと笑って「私は飲み物よりも、こちらの方がいいな」と囁き、俺の顎《あご》を摑まえて口づけた。ちゅ、ちゅ、と軽い口づけのあと唇を舐めなぞられたので、恥ずかしさに縮こまりつつも薄く唇を開く。肉厚な舌が、隙間から潜り込んでくる。

果実水で冷えた自分の口内に侵入してきたリューイの舌は、いつもより熱く感じた。その温度差が失くなるまで舌を絡ませ合い、体温を伝え合う。

「ん……」

深いキスで感じる興奮は思考力を鈍らせる上、もどかしい欲望を生み出す。顎を支えていたリューイの指先が服の袂《たもと》に差し入れられる感触に、焦《あせ》りを覚えた。

ぬるい快楽に身を任せたい気持ちもあったけれど、口づけから逃げて、背中を丸める。

「リュ、イ……だめです。このあと、買い物に行くって、約束……」

「陸が欲しいものならば、いつでも、なんであろうと手に入れてやる」

「……ぁっ」

身体を引いたのに、情熱を孕《はら》んだ囁きとともに胸元に大きな手が忍んできて、直接素肌を撫でられたせいで些細な快感に震えが走り、妙な声が漏れてしまった。

「半裸で泳ぐ陸は、白い肌が一層輝いて――夢かと見まごうほどに美しかった。うなじをあらわにして髪がなびくさまは美神そのもの。いっそあの海中でまぐわいたいと、私がどれほどにそなたを求め、渇望していたか……わからぬであろう」

「……は、……？」

えっと。俺が泳ぐ姿なんて、海へビがうねうねしてるようなビジュアルだと思うんだけど……竜王様にとっては、魅力的な遊泳姿だったらしい。

情熱的なキスと抱擁《ほうよう》に蕩《とろ》かされて流されそうになっていたが、相変わらず美意識がまるで異なる彼の褒め言葉に、うっかり我に返ってしまった。リューイのくさいセリフにはだいぶ耐性ができているはずだけど、俺が美神だとか言われても笑うしかない。雰囲気を壊さないように、吹き出すのだけは、なんとか堪える。

服の中に差し入れられたリューイの手首に、そっと手を添えた。

「リューイ……お願いします。買い物の目的は、欲しいものを手に入れたいんじゃなくて、贈り物を探したい、だから」

「……む」

じっ、と、瞳をまっすぐ見つめると、リューイの手の侵攻が止まる。目元を赤らめて息を呑《の》んだ竜王様は小さく呻《うめ》いたあと、残念そうに溜息をついた。

「確かに、ここで睦《むつ》み合うと陸の体力も心配だし、王都で買い物をするのにも時間のゆとりがなくなるやもしれぬな。私は昨夜、陸にゆっくり買い物をする時間を作ると約束した。約束は、守らねばな……」

「ごめんなさい」

しゅんと肩を落とす彼を見ると笑いなんて消え去って、罪悪感がこみ上げる。竜王様が発情していたのに、水を差してしまった。でも俺が買い物をする機会は、二、三ヶ月に一度、リューイと一緒に出かける時くらいしかないし……。

「よい。身体が十分に温《ぬく》もったら、王都へ向けて出発しよう」

「……はい」

「陸、そのように落ち込んだ表情を見せるな。私はいつだとて、そなたの意向を尊重したいのだから。まあ、その代わり――」

俺の申し訳ない、という気持ちを感じ取ったのか、リューイが苦笑して、頬に口づけた。

「今宵《こよい》の閨《ねや》では、覚悟しておくようにな」

閨では覚悟しておけ……と言われて、若干《じゃっかん》怯えるとともに期待しちゃってる、俺。

頬への口づけのあとに見せられた、リューイの意地悪そうな笑みを思い出すたびに、照れてしまうやら興奮してしまうやらで、心と身体がそわそわと浮かれてしまう。

今日はリュティビーア王都からは離れた空に出現して転移してきたので人目につかなかったからか、

市街地は以前のように竜王様フィーバーに沸くこともなく、落ち着いている。でも久しぶりの快晴のおかげで、商店街を行き交う人々は晴天を喜びつつも忙しそうだ。

雨季のおかげか、晴れているといっても、乾季に比べると日差しは柔らかい。俺は、顔と白い肌を隠すために布付きの笠を被《かぶ》り、手袋をつけている。通気性のいい薄い生地で作られた手袋は、コウさんが用意してくれた。

リューイはというと、リュティビーアの王都近くにあるオアシスに降り立って人の姿に変じると同時に褐色の肌と暗褐色の髪色に変化した。渋みのある赤い生地に金糸の刺繍《ししゅう》が施された衣装をまとっており、普段とはがらりと雰囲気を変えている。

数ヶ月に一度会える、精悍《せいかん》で野性味を増した竜王様は、白碧城での姿より男らしい。だというのに普段より声音が弾んでいて表情が豊かという、なんとも卑怯《ひきょう》な魅力を振りまいている。俺は自分の表情を隠せているのをいいことに、こっそりと何度も見蕩れてしまった。

「リューイ。セキさん達に、服をプレゼントするのは変でしょうか?」

「いいのではないか?　では、服飾店へ行くか」

リューイが連れていってくれたのは、高級な店構えの服飾店だった。露店や軒先まで商品が並べてある雑多な商店が並ぶ区画からは少し離れた場所にある。以前も連れてきてもらったことがあるけど、あの頃は、衣服に興味がなさすぎてスルーしたっけ。

店内にはすでに仕立て上がっている既製服も展示してあるけれど、日本の呉服店みたいに、服に仕立てるための布地の販売が中心のようだ。好みの布地を見つけて、どのような服にするのかをオーダーして仕立ててもらうものらしい。

――赤と、青と、黄色。色違いで、柄《がら》や生地は同じものがいいな……。そんなことを考えながら、たくさんの織物を見ていく。探しているのは、白碧城で一緒に暮らすカエル達への贈り物だ。

リューイや彼らをスケッチするようになって気づいたのだけれど、リューイは人の姿に変化するとその都度《つど》、違う衣装を身にまとっている。でもカエル達は、いつも同じ服。少しもこっとした一枚布の、フード付きチュニック。「着替えることはないんですか?」ってコウさんに訊《たず》ねたら、「清浄な白碧城では汚れぬし、気にしたことがないのう。ただ、劣化して古びてきたら新しい服と換えるがの」とのご返答だった。

彼らは俺がリュティビーアの服を着るようになってからは、色の組み合わせだとか、流行の型だとかをアドバイスしてくれるくらいなのに、自分達の身につけるものにはまったく無頓着。

カエルを観察していると、世界の中心は常に竜王様だ。……彼の手となり足となり、様々な務めをこなし、神に尽くす眷属《けんぞく》。

それが存在理由なんだって言われちゃうと、そりゃそうなんだけどさ。

ティタル・ギヌワ、鍾乳洞《しょうにゅうどう》の風呂、食事をとる広間――その他にもたくさんの部屋を有する広大な白碧城。そこで竜王様のために働き、ついでに俺の世話も抜かりなくこなす彼らになにか感謝の贈り物ができないだろうかと、コウさんと会話を交わしていて、思いついた。

昨夜その考えを話すと、リューイは「感謝など、必要ないがな……。まあ、陸が望むならば私に協力できることはしよう」と言ってはくれたものの、カエルに感謝している俺の感情が、いまいちぴんとこない様子だった。

誕生もほぼ同時で、二千数百年を主従として歩んできた彼らの有りように、たった数年関わるだけの俺が口を挟むつもりはない。

ただ、カエル達にとっては仕事の一環なのだとしても、お世話をしてもらっていることに個人的なお礼をしたいと、考えているだけだ。

カエル達への贈り物用にいろんな生地を見ているというのに、リューイは次から次へと俺の身体へ織物をあてがっては「これもいいな。あ、あの反物《たんもの》も見せてくれ」と、店員に命じている。

俺は自室のクローゼットに勝手に増えていく服を適当に着ているだけだから、憶測なんだけど……リューイも俺も、とても上質の素材で仕立てられた服を身につけているのだと思う。そのせいか富裕層だと思われているようで、彼の横には店員がふたりも付き従って、リューイがひょいひょいと選んでいく織物を必死に両手で抱えている。

そもそも、顔も肌も露出していない俺に布をあてても、似合うかどうかどころか、色味のバランスもわからないと思うんだけど……。あああ。心なしか、お店の人も困っているような。

服は選択肢のひとつに過ぎなくて、まだ他の店も見てみたい。それに、もしカエル達への贈り物を買ってもまだお金に余裕があるならば、初めてのお給料で、リューイにもなにかプレゼントしたい。なのに、このままじゃ、俺の衣服に仕立てるための布を大量購入されてしまいそうだ。

「リューイ、一度、お店を出ましょう」

「うん？　そうか。では、今選んだものをすべて包んでもらおうかな」

「お、俺の服は足りていますから！」

短時間のうちにたくさんの布を見せてくれた店員さんには申し訳なかったが、リューイを引っ張って店を出た。

「リューイ。俺が選びたいのは、セキさん達への贈り物です」

「それは承知しているが、私は陸が喜ぶものを買いたいのだ」

「……昨夜《ゆうべ》、一緒に選んでくれるって、言いました」

布地で遮られて俺の顔は見えていないだろうけれど、じとっと抗議の視線で仰ぎ見ると、リューイはばつが悪そうな表情を浮かべて目を泳がせた。が、ふう、と一息ついて俺に視線を戻す。

「――わかった。だが、陸。そなたが物欲にとぼしい性分なのは承知しているが、次回のデートでは、私がそなたへ贈りたいものを気が済むまで買わせると約束しろ」

「は？」

「そなたがカエルへ贈り物をしたいと思うように、私とて、そなたに贈り物をしたいのだ！」

初めて竜王様とオリエイリオに来た日を、思い出す。そうだった。なにもいらないと突っぱねている俺を、注意深く観察して――見入ってしまった陶器の絵皿を、買ってくれた。俺になにか贈り物をするのが楽しいのだと、そう言っていた。

リューイの気持ちがわかった途端、嬉しくて胸がいっぱいになって、彼に抱きつきたくなる。子どもみたいにむくれて拗《す》ねている、可愛い神様に。

人目がある雑踏の中では恥ずかしくてそんなことはできないので、リューイの手を両手で握った。

「リューイ、ごめんなさい。俺……もうリューイからたくさんの贈り物をもらっているから、これ以上は物なんていらないって、思っているのかも。服も、十分持っているし」

「白碧城にあるものならば、あれは八界の随所で捧げられている貢物《みつぎもの》から自動的に、『お気に入り』のサイズにあった衣服や宝飾品が転送されているだけだ。そなたが身につける品の傾向から好みを把握し増えていくので、なにひとつ、私が選んだものではない」

あ……俺の部屋にあるクローゼットの謎が、またひとつ解けた。

そっか。最初から全部俺サイズだったのも、リュティビーアの民族衣装を身につけるようになって以降はリュティビーアの衣装がどんどん増えていったのも、そういう仕組みだったからなんだ。

「白碧城にある物のことを言っているんじゃありません、前にも言ったでしょう。……こうしてふたりでオリエイリオへ来るために、竜王様が作り出してくれる時間。今日、海で一緒に泳いだことも、火山のそばで身体を温めさせてくれたことも、今、買い物に付き合ってくれている時間も。全部、リューイが贈ってくれた――俺の、宝物です」

繋いだ手の指先をぎゅっと握りしめるとリューイが真顔になって、次の瞬間、ぽん、と耳が竜のひれに変化してしまった。

「わ。リューイ！　み、耳が……っ」

「……っ！」

リューイは慌てたように俺の手を振りほどいて両手で耳を押さえ、ぎらりと半竜化した瞳で俺を睨《にら》みつける。気に障《さわ》ったのかと慌てたけれど、怒っているわけではなかった。

「陸……っ、不意打ちで、そのように愛《う》いことを申すでない！」

「ええっ？」

「そなたとの約束を違《たが》えて、今すぐにでも、閨に引き込みたくなるであろうが！」

「…………えー」

リューイの野性味のある褐色の頬が照れたように紅潮している。中途半端に竜化している様子からも、俺の発言はリューイに本日二度目の発情をさせてしまったようだ。なんで!? と思わなくもないけど、我慢させることは間違いがないので、慌てて「ごめんなさい」と謝った。

ふー、と深呼吸をして息を整えた竜王様の耳と目が、人の形に戻る。リューイは引き結んでいた口元を緩めると俺の手を繋ぎ直し、指と指を絡ませ合った。

「陸が喜ぶことは、私にとっては意外なことばかりだから、いつも驚かされてしまう。だが、なんとも嬉しいものだな」

リューイが屈み込んで、手袋をしている俺の手の甲に口づける。

「私の行いを宝物だと、そなた本人の口から告げられるのは。……さあ、他の店も見に行こう」

手の甲に口づけて微笑むだなんて、あんたどこの王子様ですかって突っ込みたくなるくらいなのに、揶揄《やゆ》するような気持ちになんて全然ならなかった。

だって、心がむずむずと浮き立って、仕方がない。リューイが作ってくれる甘い雰囲気に酔いしれて、今この時を、思いっきり満喫したいから。

「……はい」

返事をして、俺も彼の手を握り返す。表情が隠れていて、本当によかった。頬が緩みまくっているみっともない顔を、リューイに見られずに済んだ。


服屋を何軒か、それから装飾品のお店や雑貨店だとかを見て回ったけれど、ぴんとくるものが見つからない。服だと、着る本人を連れてきて採寸するのが好ましいと店員に言われたし、注文してから仕立てるまでに日数がかかるということなので断念した。リュティビーアの宝飾品は派手なデザインが多くて、色とりどりの宝石がはめ込まれたネックレスや腕環は重量がある。一枚布の服をまとっただけの軽装で過ごすカエルに贈るには、そぐわない気がした。家具？　絵画？　小物？　すべてが一級品のインテリアで揃《そろ》えられている白碧城へ持ち帰るものが、とても思いつかない。

知らなかった。誰かにプレゼントを選ぶのって、こんなに難しいんだ。相手が喜びそうなものを探したいし、迷惑に思われちゃ、元も子もないし……。

日本でだって買い物をした経験がとぼしいというのに、ここには『値札』という概念がないのが厳しい。売っているものがいくらなのか、一見してわからない。いちいち店員に訊《き》かなくてはどの程度の値段なのか、不慣れな俺には見当もつかなかった。

そのうち日が暮れてきて、茜色《あかねいろ》に染まった空を見れば、夕方といえる時間帯に差しかかっていることが察せられた。リュティビーアの商店って、何時まで開いているんだろう。

「リューイ、俺が優柔不断なせいでお店を何軒も付き合わせて、すみません」

「なに、気にするな。ただ、そろそろ閉店する店も出てきそうだ。今日どうしても目ぼしいものが見つからぬようなら、近々、また時間を作って来よう」

「……そんな」

今日一日の時間を作るために、リューイは連日ティタル・ギヌワにこもっていた。ここ何日かは夕食のあとも、おつとめをこなしていたのに。俺のわがままで、竜王様の貴重な時間を潰してしまった……。自分に落胆して肩を落としていると、リューイに手を引かれる。

「陸、以前絵皿を購入した店があるぞ。入ってみるか？」

「本当だ」

商店街の並びに、はじめてオリエイリオへ連れてきてもらった時、陶器の絵皿を買ってもらった民芸品店がある。入口にのれんのようにぶら下がっている布をよけながら店内に入ると、暖かみのあるランプやアンティーク風グラスの中に蠟燭《ろうそく》がともされていて、様々なオーナメントと売り物が優しく照らし出されて影を作っていた。

「いらっしゃい。……おお、お兄さん、久しぶりだね」

前回も対応してくれた店主らしき壮年の男性は、リューイを憶《おぼ》えていたようだ。

「男前だから、よく憶えているよ。たしか、竜王様がご降臨《こうりん》なさった日に来てくれたよな」

「ああ。ところで、時間はまだ大丈夫か」

「お客様がおられる間は、店じまいなんてしないさ。ゆっくり見とってくれ」

棚と、ショーケースに飾られた品を、順々に見させてもらう。他にお客さんはいなくて、店内は静かだ。店主はカウンターの奥で椅子に腰掛けて、クロスでなにかを磨《みが》いている。

「お連れさんは、以前来てくれた時と一緒の子かい？」

店主がこっそりとリューイに訊ねて、リューイがしたり顔で頷いているのが、なんだか可笑しい。

俺は前回も今回も顔を隠しているから、そりゃわかんないか。

店内をひとめぐりしたあと、ふと、店主の手元に目が行った。繊維の細かいふんわりした布の上に、いくつかの白い石が置いてある。

「それ……、なにを磨いているんですか？」

「おや、男の子だったのか。これはね、白翡翠《しろひすい》」

「翡翠？　白いのに」

そんなに詳しくないけれど、翡翠って緑色の宝石じゃなかったっけ？

「翡翠は色んな色があるんだよ。見てごらん」

「わ……綺麗ですね」

店主はランプを引き寄せて、白い石を照らしてくれた。片手にすっぽり収まる大きさで、歪《いびつ》な菱形《ひしがた》をしている。単純な白ではなく、透明で深く澄んでいた。ところどころ明るい白と暗い白が混じり合っていて、明かりに照らされると、きらきら銀色に輝いて見える。

――まるで竜王様の、鱗の色みたいだ……。

さっきまであちこちの店を渡り歩いて贈り物に悩みまくっていたというのに、そう感じた瞬間、俺の心は決まった。

「あの、これは売り物ですか？」

「気に入ったのかい？　そりゃ、売れるものはなんでも売りたいけどなあ……こりゃ、ちょっと値が張るよ。透明度の高い上物《じょうもの》だし、白は人気の色だから」

「いくらですか？　三個欲しいんです。ネックレス状に誂《あつら》えてもらうのは、可能でしょうか」

「えっ、三個も？」

店主は、驚いたように目を瞠った。それから、言い出しづらい、という様子で値段を告げる。

「うちで売るんじゃなくて、加工が済んだら宝飾店に卸《おろ》す予定だったからさ、本当に値が張るよ？　ひとつ、ファルノ銀貨三枚。びた一文まけられない」

ひとつが銀貨三枚ということは、三個で九枚？　俺は、銀貨を十枚持っている。腰布にぶら下げていた財布代わりの革袋から銀貨を取り出し、カウンターに置いた。

「十枚あります。加工費は別ですか？　鎖かなにかで、首からぶら下げられるようにしてほしいのですが、あといくら必要ですか？」

店主は口を半開きにして唖然《あぜん》とした様子で、目を丸くして銀貨十枚を見つめている。

「参ったな。二人とも身なりが立派だとは思ったが、まさか銀貨十枚をぽんと出せる御仁《ごじん》だとは思わなかった。加工費か……。どんな加工をするか次第だな。とりあえず白翡翠は五個あるから、好きなのを選んでおくれ」

苦笑しながら、銀貨を一枚返された。

「ありがとうございます！」

ファルノ銀貨って、俺が思っているよりも価値が高いのかな？　……まあいいや。やっと、プレゼントが決まった。さっきまではカエル達の名前にちなんで、赤、青、黄色のものがいいな、なんて漠《ばく》然《ぜん》と考えていたけれど、竜王様を連想させるこの美しい白翡翠をお揃いで身につけている彼らの姿を想像したら、ものすごくしっくりきた。

アクセサリーなんて嫌がるだろうか。うわあ、想像すると怖い。嫌がられたらどうしよう。誰かに贈り物をするのって、選ぶわくわく感を通り過ぎると、今度は相手からどんな反応が返ってくるのかっていう不安で、すごくドキドキする。一度だけでも、身につけてくれたらいいな。

「じゃあ、これと、これ、……あと、これで」

大きさよりも、色味の美しさと輝き具合を重視でみっつ、宝石を選んだ。店主はうんうんと頷きながら、眦《まなじり》に笑い皺《じわ》を浮かべた。

「なかなかいい鑑定眼だね。ネックレスにしたいなら、こちらから紐部分の素材を選んでくれ。物によっちゃ、追加料金が発生するよ」

ふたつの箱を見せられた。濃紺のフェルト生地が張られた箱の中には金属製の鎖や、宝石が散りばめられた細工入りの金や銀のチェーンが二十種類ほど、丁寧に並べられている。もうひとつの箱は木製で、いろんな糸で編まれた組紐や革製の紐が、丸められて乱雑に入っていた。

箱を見比べて、木箱に入っている素材の方を好ましく思う。重々しい金属よりも、自然な素材の方がカエルには似合っている。いくつか手に持ってみて、できるだけ軽いものを探した。

「ん……。これ、なんですか？」

「これはね、ガジュロっていう植物の蔓《つる》を干して作った紐だ。水分の多い植物の茎だから、完全に乾燥するまで時間がかかるんだよ。飾り気のない艶があって綺麗だろう？」
一、二ミリ幅で平たい、茶色がかった深緑色の紐は店主の説明どおり、艶がある。乾燥させてあるらしいけれど植物の瑞々しさを感じさせる、味のある艶だ。軽いし、色味も気に入った。
「これは、おいくらですか？　みっつ分だと、追加料金はどれほどでしょうか？」

「……ガジュロの蔓が、いいのかい？」

「お金が足りれば……。リューイ、お金が足りなかったら貸してくれる？」

リューイの顔を見上げて訊ねると、「任せておけ。だが、銀貨一枚あれば足りぬはずはないと思うが」そう、冷静な口調で告げられた。

「ファルノ銀貨三枚の値で購入した白翡翠に、ガジュロの紐をつけるのか。面白いねぇ。お連れの兄さんの言うとおり、ガジュロの紐はたいした価値がないから、追加料金はいらないよ」

「本当ですか？　よかった」

「ガジュロの蔓を刈ってきて、乾季の間中、天日干しにしただけのものだからね。これなら、くるくるって巻き付けてしっかり固定させれば、もう立派なネックレスになる。加工にたいした時間もかからないけれど、今日持っていくかい？」

「すぐにできるんですか？　ぜひ、お願いします！」

俺が弾んだ声を出してしまったせいか、店主が苦笑した。

「ぼったくりなつもりはないけど、値引き交渉があるだろうと考えて、想定より少し高めの値を言ったんだよ。だからその分、加工費も紐の材料代もいらない。すんなりこちらの言い値を差し出すから、驚いたな。恋人か旦那か知らんが、お兄さん。あんた、ちゃんとものの価値を知っているのなら……この子相当な世間知らずっぽいしさ、もうちょっと最初から口出ししてやんなよ」

話しかけられたリューイは、声をあげて笑った。

「なにを言う。店は儲《もう》かった、私の連れは望みのものが手に入り、喜んでいる。なにも悪いことなどないだろう」

「そりゃ、そうだけどさあ……」

竜王様の返答に店主は呆《あき》れたような声を漏らしたけれど、すぐ、嬉しそうに破顔した。

「でもうん、そうだな。兄さんの言うとおりだ。気持ちよく商売ができた！　お礼と言っちゃなんだが腕によりをかけて、かっこよーく紐をつけてあげるよ。ちょいと、待っていておくれ」

——紐がつけられたネックレスは、それぞれ個別に小さな木箱に入れて、包装してもらえた。

「ありがとうね！　また来とくれよ」

店主の明るい声に送られて店を出ると、もう日暮れ寸前だ。満天の白い星が、夕靄《ゆうもや》の向こうでうっすらと輝いている。家々の窓から明かりが漏れていて、肉を焼く匂いや煮込み料理の美味しそうな香りが周囲に漂っており、食欲をそそった。

「お腹すいた……」

ぐう、と音をたてて空腹を訴えるお腹を押さえながら呟くと、リューイが快活に笑った。

「朝食をとったきりだったからな。海で泳いだし、陸はだいぶ疲れただろう。私も燃料《エネルギー》不足を感じるほどだ。どうする？　なにか食べて帰るか。白碧城で夕食をとるか」

「白碧城に戻って食べたい、です」

「承知した。ひとまず、オアシスに移動しよう」

人気のない建物の合間に誘導されて、リューイとともに転移した。

オアシスでドラゴンの姿に変じたリューイの背には、鞍と鐙、手綱が出現しており、俺はふわりと浮かべられて鞍に乗っかった。竜の固い背びれを撫でながら、改めて謝罪の気持ちを伝える。

「俺のわがままに付き合わせてごめんなさい。買い物の間、リューイは楽しめなかったでしょう」

「そんなことはないさ」

申し訳なさのあまり「でも……」と言い募ると、ドラゴンはぐるる、と喉を鳴らした。

「なあ、陸。私は……生まれいでて数百年のうちはよく、八界《はっかい》に降りて遊んでいた。『お気に入り』がおらぬ時期でもな、人の姿に変じて、あるいは竜体で空を飛行し、あちこちを訪ね回っていたものだ。だがいずれ飽きて、いつしか用事のないことには白碧城から出なくなった。ティタル・ギヌワから管理するだけで、八界の隅々まで知っているつもりであったのだが……」

リューイは一度言葉を切ると、長い首をひねって俺を見た。

「どこへ連れていけばそなたが喜ぶだろうかと考えれば、うろ覚えだった記憶が、鮮やかに蘇る。そして陸とともにであれば、オリエイリオはまだまだ私に、新たな感動を与えてくれるのだ。買い物に付き合って、そなたが物を選ぶのをそばで見ているのだとて、楽しかった」

「リューイ……」

俺も、そうかも。海の中を遊泳したり、火山のサウナでくつろいだりっていう珍しい体験はもちろん、砂浜を歩いたり、商店街で誰かへの贈り物を探したりした、ごく普通の出来事がすべて好きな人《リューイ》と一緒だから、あんなにも心が躍ったのかもしれない。

あと何年、あと何回、こうしてあなたとふたりで、出かけることができるのだろう。忙しい竜王様がたまに捻出《ねんしゅつ》してくれる貴重な外出時間を、大切に過ごしたい。俺にとってだけじゃなくて、どうかリューイにとっても心の片隅に留まるような思い出を、作れますように——。

そんな願いを込めてぎゅっと首元に抱きつくと、小さな振動が起きる。竜王様の、笑う気配。

「リューイ、ありがとうございます。俺も今日一日、すごく楽しかったです」

「なによりだ。では、白碧城へ戻ろう。ある程度上空へ行ったら、息を止めておくのだぞ」

両翼をはためかせて、ドラゴンは浮かび上がった。遠ざかっていく砂漠を見下ろしつつ、空気が薄くなる感覚に従って息を止め、目を閉じる。空気のまとう重さと熱気が消え、清浄な空気に包まれたように感じると、もう、ティタル・ギヌワに帰還《きかん》していた。

「竜王様、ホシナ殿。お帰りなさいませ」

「セキ、陸も私も空腹だ。夕餉《ゆうげ》の支度はできているか？」

俺達を出迎えてくれたセキさんに対して、リューイは帰還の挨拶《あいさつ》もせず、横柄《おうへい》に言い放つ。

「はい、竜王様。食堂にて、ご用意が整ってございますぞ」

あっという間に景色が入れ替わって、セキさんも一緒に食堂へと転移していた。目の前には、いつもどおり湯気をたてる出来立ての豪華な夕食。セイさんとコウさんは慌ただしく給仕していて、手拭き用のおしぼりを渡してくれたりだとか飲み物の希望を訊いてくれたりと、細やかに気遣われる。

人間を乗せるための鞍や手綱といった装備を解いた竜王様が食事をとりはじめたのを見て、俺も自分用の食事に手をつけた。

「ホシナ殿、今日は楽しめましたかな？　竜王様がおっしゃるには、だいぶお疲れだとか」

食事も終盤、温かいお茶を淹《い》れてくれたセキさんに話しかけられて、「とても楽しかったです」と言葉を返す。渡された茶器をいったん横に置いて、背後に置いていた麻袋を手に取った。

「セキさん、セイさん、コウさん……あの、これ、お土産です」

あえて、普段の感謝だとか、ありがとうの言葉はなしにお土産と称した。かしこまりたくないし、もし中身を気に入らなくとも、とりあえず受け取ってほしいから。

きょとんと顔を見合わせたカエル達は、ひとりずつ渡した木箱を両手に載せ、戸惑っている。

「開けてみてください」

そう促《うなが》すと、まずコウさんが木箱に結んであった紐をほどいて中身を取り出し、歓声をあげた。

「うわああ！　なんですかの、なんですかの、これは！　ネックレス……？」

「はい。邪魔だったら、別につけなくていいので……。よかったら、もらってください」

そもそも、服だって個体の判別のために着ていたという彼らだから、身につける装飾品なんて煩《わずら》わしいだろうし。そう考えて、つけなくていいと前置きしたのだが、コウさんを皮切りにセキさんもセイさんも、慌てて木箱を開く。そして取り出したネックレスを首からさげて、ペンダントトップになっている白翡翠を、大事そうに両手で掲げた。

全員、元々潤みのある黒くてつぶらな瞳がうるうると濡れ輝いて、大きな口が弧《こ》を描いている。

「我らに、土産……？　ホシナ殿、まことに、いただいてよろしいのか」

「ほほう、白翡翠か。ホシナ殿が選んだのか？　なかなかいい趣味をなさっておるな」

「わたくし、『お気に入り』にものをもらうなど、初めてである！　ホシナ殿、ありがとう！　全然邪魔になど思わぬし、大事にするからの！」

驚いたように、白翡翠に見入るセキさん。興味深げにネックレスを観察するセイさん。きゃあきゃあとはしゃいで、お礼を言ってくれるコウさん。反応は三者三様ながら、嫌ではなかったみたいなので、ほっと胸を撫で下ろす。

「ホシナ殿、かたじけない。わたくしも、日々身を飾らせてもらいますぞ。このように瀟洒《しょうしゃ》なものをいただけるなど、感激じゃ」

小さな手に白翡翠をぎゅっと握りしめながら、セキさんは心なしか、うっとりしている。その横でコウさんが、セイさんの背をぺちぺちと叩いた。

「セイ、おぬしも、素直に礼を言わぬか。頑固なのも、過ぎるとみっともないからの」

「なにを言う。いい趣味だからいい趣味だと、褒めておろうが。ホシナ殿、ありがたく頂戴しますぞ。うむ、軽くてつけ心地もいいのう」

彼らしい言い回しに、思わず笑みがこぼれた。お礼の言葉なんて、いらないのに。だって表情を見ているだけで、みんなが喜んでくれているのが伝わってくるから。

「はい……。セキさん、セイさん、コウさん。もし身につけてくれるのなら、嬉しいです」

「こらー、セイ！　おぬし、なんじゃその言いぐさは！」

「はあ？　礼を言っているであろう。コウ、ちゃんと聞いておるのか⁉」

「これこれ、落ち着かぬか。ホシナ殿からの賜《たまわ》りものを前にして、喧嘩《けんか》などするでない」

コウさんとセイさんが言い争いを始めてしまい、セキさんが仲裁している。言い争いというか、わりと日常的なじゃれ合いなので、俺は口を挟まずにいよう……。

俺、誰かに贈るプレゼントを自分で選んだのも初めてなら、それを喜ばれたのも初めてだ。日頃の感謝をプレゼントに託して贈るという行為が、これほど幸せな気持ちにしてくれるものだなんて、思いもしなかった。彼らの胸元を飾るお揃いの白翡翠を見ているだけで、嬉しい。心にじんわりと灯《ひ》がともったようなぬくもりが広がり、口元が勝手に緩んでしまう。

絶対にやけちゃっている顔を誤魔化そうと両手で覆えば、安心したおかげか空腹が満たされたせいか、心地よい疲労と眠気の波が急速に押し寄せてきた。重くなった瞼をこすっていると、食事を終えて人の姿に変じた竜王様が、いつの間にか俺の隣に座って寄り添っていた。

肩を抱かれたので遠慮せず、広い胸に背中を預ける。

「きっとみな、ずっと身につけているだろうよ。いい品を選んだな、陸」

「リューイが、選ぶのに付き合ってくれたおかげです。……ね、リューイ。贈り物をして喜ばれるのって、こんなに嬉しいものなんですね。白翡翠を気に入ってもらえて、よかった」

「宝石を喜んでいるというよりは、『陸から贈られたもの』に喜んでいるのだろうがな。……ところで、陸。昨日からのお預けのせいで、早くそなたを愛《め》でたくて辛抱ならん。腹も満たされたようだし、そろそろ私への褒美《ほうび》をくれ。そなたとの約束を守るため、散々耐えたぞ」

「え？　褒美……？」

褒美とはなんのことかと問いかけた俺に対して、輝くような笑顔を浮かべたリューイにひょいと抱き上げられ、瞬く間に転移した先は竜王様の寝所だった。

「昼間の約束を、憶えておろうな？」

「昼って……。あ」

『今宵の閨では、覚悟しておくように』――そんなことを言われた直後には俺自身だって期待する気持ちもあったはずだけれど、商店街を歩き回っている間に、すっかり忘れていた。

覆い被さるように俺をベッドへと押し倒すリューイを仰ぎ見ると、首筋にうっすら白銀の鱗を出現させ、耳の部分は竜のひれに変化している。口元はご機嫌そうに微笑んでいるものの、ぎらりと鋭い眼光をまとった捕食者《ドラゴン》の双眸《そうぼう》と目が合って、思わず、ごくんと息を呑んだ。

『疲れたので眠たいです』なんて、そんな空気の読めない発言、もちろんしません。しませんが。

……できれば、手加減してくださいね？　竜王様。

「竜王様のお気に入り！　竜の至宝は微睡《まどろ》む」に続く

次巻予告

竜《りゅう》王《おう》様《さま》のお気《き》に入《い》り！

竜の至宝は微睡《まどろ》む

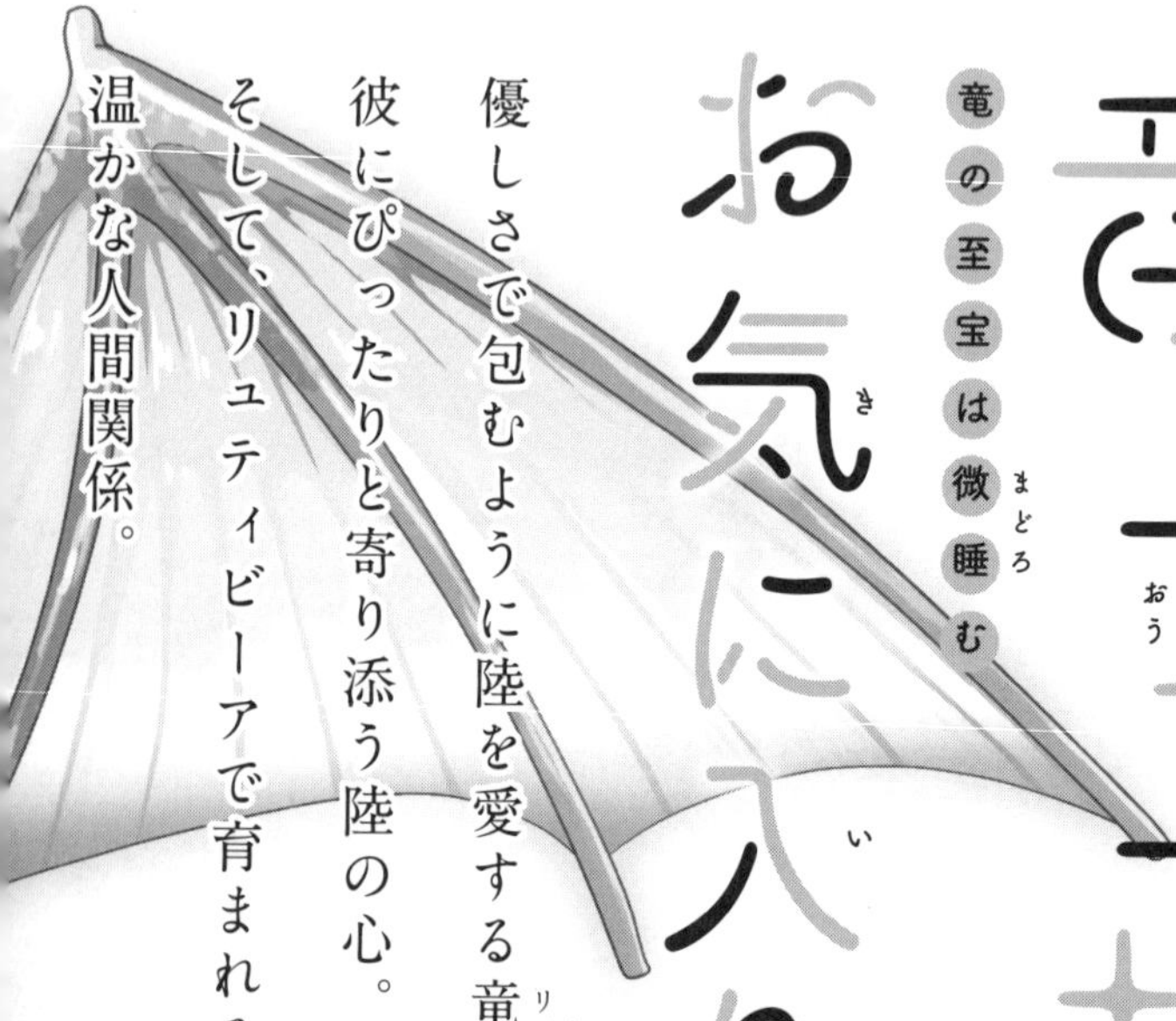

優しさで包むように陸を愛する竜王様《リューイ》。
彼にぴったりと寄り添う陸の心。
そして、リュティビーアで育まれる
温かな人間関係。

いつか終わりが来ると覚悟しながらも、
毎日を全力で生きる陸だったが、
現在弟がいる世界を
リューイが滅ぼそうとしている
ことが分かり……!?
絶賛発売中

弊社ノベルズをお買い上げいただきありがとうございます。
この本を読んでのご意見、ご感想など下記住所「編集部」宛までお寄せください。

リブレ公式サイトで、本書のアンケートを受け付けております。
サイトにアクセスし、TOPページの「アンケート」から
該当アンケートを選択してください。
ご協力お待ちしております。

「リブレ公式サイト」
http://libre-inc.co.jp

竜王様のお気に入り！

ブサイク泣き虫、溺愛に戸惑う

著者名　野羊まひろ

©Mahiro Yagi 2018

発行日　2018年3月19日　第1刷発行
2018年10月1日　第3刷発行

発行者　太田歳子

発行所　株式会社リブレ

〒162-0825 東京都新宿区神楽坂6-46 ローベル神楽坂ビル
電話03-3235-7405（営業）　03-3235-0317（編集）
FAX 03-3235-0342（営業）

印刷所　株式会社光邦

装丁・本文デザイン　円と球

初出　竜王様のお気に入り！ブサイク泣き虫、溺愛に戸惑う
＊上記の作品は「ムーンライトノベルズ」（https://mnlt.syosetu.com/）掲載の「竜王様のお気に入り！」を加筆修正したものです。
（「ムーンライトノベルズ」は「株式会社ナイトランタン」の登録商標です）
贈り物　書き下ろし

Printed in Japan
ISBN 978-4-7997-3746-0